JN070360

Ronso Kaigai
MYSTERY
299

小さな壁

Winston Graham

The Little Walls

ウィンストン・グレアム

藤盛千夏［訳］

論創社

The Little Walls
1955
by Winston Graham

目次

主要登場人物

フィリップ・ターナー……語り手。ターナー家の三兄弟の三男
グレヴィル・ターナー……考古学者。ターナー家の次男
アーノルド・ターナー……会社経営者。ターナー家の長男
ジャック・バッキンガム……グレヴィルの友人。仕事仲間
レオニー・ウィンター……謎の女性
マーティン・コクソン……元イギリス海軍司令官
パンガル……グレヴィルの助手
コロネル・パウエル……イギリス警察。事件責任者
トーレン警部……オランダ警察。事件責任者
ヘルミナ・マース……売春婦
マダム・ウェーバー……屋敷ヴィラ・アトラニの所有者
チャールズ・サンバーグ……マダム・ウェーバーの友人
カイル……マダム・ウェーバーの友人
ニコロ・ダ・コッサ……画家

小さな壁

第一章

兄が自殺したとき、僕はカリフォルニアにいたため、検視審問に立ち会うことも葬儀に参列することもできなかった。二週間後、ようやくカリフォルニアを離れ、イギリスへと飛び、真っ直ぐドーキング近郊の兄の家へ向かった。電報はそこから打たれていた。しかし、着いたときには家は閉ざされていて、義姉のグレースは、僕の一番上の兄、アーノルドとウルヴァーハンプトンにいると隣人から聞かされた。僕はロンドンで一夜を過ごし、翌日車でそこに向かった。

グレースはどんなにショックを受けたことだろう。彼女の心中を察し、僕はまずアーノルドと会うことにした。アーノルドからは一度だけ手紙が送られてきたが、内容は断片的で混沌としており、彼自身の心の乱れがはっきりとあらわれていた。手紙には最初に受け取った電報以上の詳細は書かれていなかった。アメリカの新聞にも詳しいことは載っていなかった。紙面では兄の死因についての明言を避けていた。警察はまだなんの見解も結論も出してはいないらしい。なにが起きたのか。僕にわかっているのは、極東からの帰り道、数日オランダに立ち寄ったグレヴィルがアムステルダムの裏通りの運河に身を投じた、ということだけだった。靴紐で首を括り、家の台所で自殺したと聞かされる方がまだ納得がいったかもしれない。

車で工場に向かい、裏口へまわった。グリーン・ストリートに建設中の新しいビルが目に入った。

〈ハンフリー・ターナー・アンド・サン・エンジニア〉と書かれた古い看板の下に車を止める。看板はもう何年も塗り替えられてはいないが、僕はそれを見て嬉しかった。そのままの方がずっといい。父であるハンフリー・ターナーのことをよく知らないのが今となってはますます残念に思えた。

本社の中には二、三人の女子社員がいたが、タイプライターの音はなく、アーノルドの重々しい声が曇りガラスのドア越しに聞こえてきた。女子社員が僕の名を告げると話し声が止み、すぐに中へ通された。

アーノルドはもともと肉付きの良い方だったが、どちらかと言えば、がっしりと引き締まったタイプだった。それが今初めて締まりのない体に見えた。自分にとってグレヴィルがどんな存在だったか、それはもちろんよくわかっている。でも、アーノルドがどんな風に思っていたかはよく知らなかった。おそらく彼自身も今までわかっていなかったのだろう。それとも、事件が残した傷跡によって気が動転しているのかもしれない。話を聞きながら僕はそんなことを考えていた。

「……つらいことだよ。まだ若くて、これからだと言うのに。まあ、破天荒なところも多少はあったが、せっかくここまでやってきて……まったく考えられんよ、なんだってこんなことを、いったいなにが……」

「僕はアメリカの新聞を読んだだけなんだ」

「イギリスの新聞じゃ、疑わしいことはなにもないと書かれていた。オランダの警察も言っていたよ、不審な点はほとんどなかったと」

「それじゃあ、現地に行ったのかい？」

「ああ……グレースも一緒に。遺体を飛行機に乗せ、連れて帰ってきた。葬儀は九日の日に終えたよ」

「グレースの様子は?」

「だいぶ落ち着いた」

「ペギーは?」

「ああ、学校に戻った。本当につらい毎日だった」彼は少し怒ったように僕を見た。家族の中で面倒が起きても、末っ子の僕はいつも逃れてきた。「でも、おまえが帰ってきてくれて助かったよ。まだいろいろとやらなきゃならんこともあるし」

「説明が必要なこともいろいろあるよ」僕は再び立ち上がった。なにがあったのか、穏やかに座って話し合うなどできなかった。きれいに片付け、忘れてしまえるようなことではなかった。

「おそらく、決して説明がつかないこともたくさんあるだろう」

「グレヴィルは病気だったと?」

「思うに、熱病にかかったようなものさ。しかし、すべて終わったんだ。誰もがそう望んでいる」

僕は言った。「どんな理由があったんだろう? グレヴィルのような人間が——そういったこととは一番無縁の人間が。二か月前に手紙をもらったんだ。ジャワからだった。グレヴィルは帰ってくるつもりだった。そうだろう?」

「グレヴィルのような人間か」アーノルドも立ち上がり、机の端に腰を下ろした。煙草の箱を取り出し、こちらに向けたが、僕は首を振った。「グレヴィルのような——。最初に聞いたとき、私もそう思ったよ。おかしなもんだな、二人ともまったく同じ言葉が浮かぶなんて」

「グレヴィルのことを知っている人なら誰だってそう思うさ」

沈黙のあと、アーノルドが言葉を選びながら言った。「もちろん、これは否めない事実だが、グレヴィルのように才能に恵まれた特別な人間は……常日頃から常人よりも強いプレッシャーのもとに置かれている。親父もそうだった。皆同じさ」

皆同じ――。いまだに受け入れることのできない不愉快な常套句。僕にしてみれば徹底的に排除したい言葉だ。「言うなれば、グレヴィルは辛うじて精神のバランスを保ってきたんだよ。しかし、その頭脳は我々三人の中ではずば抜けていた」

アーノルドは鼻をかみ、頭を上げ、ハンカチの向こうから僕を見つめた。瞬き一つしない年老いた目で。「やがて自分が間違っていたとわかるときが来るだろう、フィリップ。彼は我々が思っていたほど順風満帆ではなかったんだ。助手は病気でずっと休みがちだったと言うじゃないか。グレヴィルがどんな風に自分を追い込むか、わかるだろう？　そしてしまいには……」

僕は見つめ返した。「どうして事故とは考えられないんだ？　暗闇で足を踏み外したとか……」

「あっちでは思った以上にいろいろあってね。もちろん通訳も手配してもらったが。ある女性がグレヴィルが運河に飛び込むところを見たと言うんだ。話を聞いているうちに今度は言葉を濁して、つまずいたのかもしれないと言いだした。でも、彼女がどう考えているかは明らかだった。それから、残念なことに手紙が見つかったんだよ。それですべて決着がついた」

「遺書？」

「いや、女性からの手紙だ。二人の関係は終わったと告げる内容だった」

アーノルドはハンカチをしまった。僕はどれほど不信な顔をしたことだろう。「グレースはこのことを知っているのかい？」

「ああ、当然彼女の耳にも入っているよ。公には知られてないがね。新聞社にも伝わってはいない。オランダ当局はこれ以上ないほどよくしてくれた。いろいろ便宜を図ってもらえたのもすべて彼らのおかげだ。もちろん、グレヴィルのことをとても尊重してくれた——単に考古学における功績だけではなく、戦争中に育んだオランダ王室との友好関係といった観点からも。グレヴィルはルイ・ヨアヒム伯爵の晩餐会に出ることになっていたんだよ、死んだあの日の夜に」

ゆっくりと僕は口を開いた。「待ってくれ、今のことだが、僕は納得できない」

「これは逃れることのできない事実なんだよ、フィリップ」

「グレヴィルはグレースと充分幸せだったはずだ。そうさ、ずっとそう思ってた。誰なんだい、その女性は？　何か証拠でもあるのかい？」

「彼女が誰なのかはまだ摑めていない。手紙にあったのはクリスチャン・ネームだけだ。便箋はグレヴィルが泊まっていたホテルのものだった」

僕は考えをまとめようとした。人は他人の品行についてはこうも寛容になれないものなのか？　いや、違う。今、僕に欠けているのは寛容さではない。理解力だ。

アーノルドが言った。「せっかくおまえも来たことだし、昼食をとりに家まで乗せて行くよ。グレースもこっちに来ているんだ。おまえの車を使ってもいいがね、その方が楽なら。そろそろ正午だ。今からじゃ私も仕事に集中できないよ」

一階へ下り、二人で車に乗り込んだ。

アーノルドが訊いてきた。「仕事はどうだい？」

「うまくいってるよ」

「続きそうかね?」

「ああ、大丈夫」

「ずっとカリフォルニアにいる予定なのか?」

「もう一年ぐらいはね。電報が来たとき、すぐにでも飛んできたかった。でも、まとまらない事案がいくつかあって、そのまま放ってくることはできなかったんだ」

「こっちにはどのくらい、いられるんだ?」

「一週間かな。兄さんは順調のようだね」

「まずまずだな。納期内に商品を供給できるか、それが一番の問題だ。じゃなきゃ契約を失うことになる。つい先週もベルギーの会社が……もちろん、グレヴィルのことがあったからな——突然、思いがけず——いずれにせよ、会社の将来について本気で考えなきゃならないと思ったよ」

「そうかもしれない、でも、まだまだ兄さんは若い」

「グレヴィルは会社の経営に関わっていたわけではないが——もちろん親父のように代表とか創設者とかいった立場でもないが——会社になんらかの影響を与えんとも限らない。ずっと先のことまで考えておいた方がいいだろう」

兄の言いたいことはよくわかっていた。そして兄も僕の気持ちをわかっているはずだった。僕らはそれ以上なにも言わず、家に向かった。昼食の席は、かなりぎこちないものだった。グレースはいつものように歓迎してくれたが、僕があらわれたことで事件の生々しい記憶がよみがえったようだった。誰もがその件には触れないように努め、やがてアーノルドは仕事に戻り、メアリーは下手な言い訳でその場を去り、僕達二人が取り残された。それから少しカリフォルニアの話をしたが、僕は途中で言葉を切った。

「グレース、僕が近くにいられたらよかったのに――なんとかもう少し近くに――すべてが起こったときに。僕にとってグレヴィルがどれほどの存在だったか――電報を受け取ったときはどうしても信じられなかった」

グレースの顔には、なんの表情もあらわれてはいなかった。それは人が長い間不安を抱え、遂に最悪の事態を迎えたときに見せる、あの表情だった。

「わかるわ、どんなにショックだったか。アーノルドは本当はもっと言葉を選んであなたに伝えたかったのよ、でも、私はこの方がいいかと……」

それから僕らは語りはじめた。そのうち彼女の気持ちが少し和らいだようだった。ずっと張り詰めていたのだろう。

話によると、グレヴィルは十一月にイギリスを発ち、それ以来ジャワにいたという。オランダとインドネシア政府の協力を得て、戦争によって中断されていたサンギランの発掘調査に赴き、その後、最初のジャワ原人が発見されたトリニールに向かった。そして、先月の末にオランダに戻ってきた。発掘品の大半はオランダの国立博物館が保管しているらしい。兄は死ぬ前の二日間だけオランダにいたことになる。ジャカルタを離れる前にグレヴィルはグレースに電報を打っていた。まもなく戻ってくるものとグレースは思った。そして、イギリスの警察からアーノルドへ事件を知らせる電話が入った。

彼女が話し終えても僕はなにも言わず、銀のフレームに入ったグレヴィルの写真を見つめていた。そこには背が高く苦行者のような顔をしたグレヴィルがいた。僕の知っている面影はどこにもなかった。

「アーノルドから手紙のことは聞いたでしょう」彼女が言った。

「手紙って？」

「女性からの」

「ああ、なにか言ってた……僕はあんなこと信じないけど」

「そうかしら」

「そのまま鵜呑みにすることはできないね。実際手紙を見たわけじゃないし——なにが書かれていたかもわからない——人にはそれぞれ柄（がら）に合うことと、合わないことがあるだろう。そんなの僕の知っている限りグレヴィルの柄じゃないよ」

「そうね」彼女が言った。

「だからたとえ自殺だとしても、そんな理由じゃないと思う」

「なぜそんな言い方をするの？　たとえ自殺でも、なんて」

「それじゃあ、姉さんは本当に自殺だと信じているのかい？」

彼女は立ち上がり、僕の手から写真を取った。

「他になにが考えられると言うの？」

「二十三年前のことがあるから余計そう思うんだろう？」

彼女は顔を紅潮させた。「違うわ。なぜ私がそんなことを？」

「心の弱さは受け継がれる。才能と同じように」

「必ずしもそうとは限らない」

「必ずしもね。僕だってそう思いたい」

「そう信じるべきよ。アーノルドにもそう言ったわ」

「グレヴィルが自殺するような人間だと今まで思ったことはある？」

「ないわ」

「例の女性のことだけど。彼女のことでなにか知っていることは？」

「まだなにも。グレヴィルの泊まっていたホテルに友人や知人が訪ねて来ることはほとんどなかったみたい。警察も手掛かりになりそうなものはなにもないって。ホテルには確かに誰もいなかったのよ」

「手紙のサインには、なんという名前が？」

「レオニーよ。Ｌ－Ｅ－Ｏ－Ｎ－Ｉ－Ｅ。オランダ語かしら」

「アーノルドから聞いたけど、ジャワではあまり仕事がうまくいってなかったって」

「そうね、何日かテントに閉じこもっていたと手紙には書いてあったけど。もちろん、健康状態にはあまり触れてなかった」

「最近の手紙で、ふさぎこんでいる様子はあった？」

「いいえ。よかったら手紙を見せるわ」

「でも、おかしいじゃないか。アムステルダムにいたのが、たった二日間だけだとしたら、どうやってその女性と深い仲に？」

「彼女とは、きっと以前からの付き合いだったのよ――手紙の内容からしてそう思うの。最近になって、二、三回オランダに行っていた――今回の旅の準備や友人と会うために。その女性とは、いつからの関係だったのかわからないけど――」

「飛行機で一緒だったのかも」

「いいえ、乗客リストは確認済みのはず。女性の乗客については全部調べがついているの。バッキンガムというインドネシアで知り合った男性が一緒に乗ってたらしいけど――女性はいなかったって聞いてる」

「で、そのバッキンガムはなんて？」

「彼の居場所もまだわからないのよ。警察の捜査が始まる前に彼はオランダを出たみたいね」

僕は窓際へ行き、庭に目をやった。木々が青々と色付き、今しがたのにわか雨で咲きはじめのチューリップが銀色に光っている。

彼女が言った。「わかってるわ。不実だと思ってるんでしょう、私のこと。そんな女性の存在を鵜呑みにするなんて」

「いや。でも、姉さんが信じるからには他にもっと理由があるはずだ」

彼女は戸惑っているようだった。「こんなこと言わなきゃよかった。他に理由なんてなにもないのよ。今回は。あの正体不明の手紙以外は」

心に痛みを感じるまで一瞬の間があった。

「前にもあったという意味？」

「一度だけ」

「そんな――」

「もう何年も前のことよ。誰にも話したことはないわ。あなたが抱いているグレヴィルのイメージを壊すようなことだけは言いたくなかったけれど」

「確かにグレヴィルに対するイメージは変わったかもしれない」僕は言った。「でも、僕がグレヴィルのことを見損なったんじゃないかって心配しているのなら、それは違う。なぜなら好きな人間のことを批判したりなんかできない。少なくとも僕には絶対できない。でも、姉さんにとっては大変なことだったろうね」

「私にとって？　そうね、その当時は」

「そんなに長い間？」

「それほど長く関係が続いていたとは思えないわ。知ったときはかなりショックだったけれど。時が経ちすべてが終わると、そんなに大きな問題でも、二人の間を阻むものでもなくなった。以前のように幸せな生活に戻ったのよ」

「そうか」

「わかってほしいの、フィリップ。彼に以前女性がいたことで——もう八年も前だけど——今度もまたそうかもしれないってやっぱり思ってしまうの。もちろん知らなかったわ。まったく疑ってもいなかった。いずれにしても、それで彼の自殺が納得できるってわけじゃない。六人愛人がいたと聞かされる方がまだまし……でも、もう起きてしまった。そうでしょう。実際起きてしまったことなのよ。たとえ信じまいとしても消し去ることはできない——なにひとつ。どんなにもがいても事実から逃れることはできないのよ」

その夜、煙草を手に僕は長いあいだ寝室に座っていた。僕は現実を甘く見過ぎていたようだ。これまでずっと事件のことを考えていたが、実際ここに来て真相を聞き、アーノルドやグレースと納得いくまで話し合えば、僕の中の痛みと緊張――最初はグレヴィルの死によって、二度目はその経緯を知って感じたもの――が少しは和らぐのではないかと自分に都合のいいように考えてきた。しかし、今までのところそれは間違っていた。

いつかはわかることだったのだ。遅かれ、早かれ。しかし、今夜僕が感じたのは、聞いた内容に対しての強い不満とそれらの言葉のかすかな残虐性だけだった。

分別あるもう一人の自分が言う。これはアーノルドのせいでもグレースのせいでもない。たとえ彼らが納得できない事実を黙って素直に受け入れたとしても――。僕は遺体を確認していない。現場に赴き、グレヴィルが運河に飛び込むのを見たという女性の証言を聞いたわけでもない。例の女性からの手紙だって見ていない。二週間のあいだにケチな利息のように詳細が少しずつ蓄積され、その結果、二人はこのような考えに至ったのだ。彼らと同じ立場に立って事実を受け入れるべきなのかもしれない。

しかし今のところ、彼らに従おうという気にはなれなかった。僕とグレヴィルの間には、特別な結びつきがあった。十歳年上のグレヴィルは僕に対して父親以上の役目を果たしてくれた。そして、決して父親ぶるのではなく、同志のように接してくれた。グレヴィルより四つ年上のアーノルドは、それとは違った形で父の代わりを務めようとしていた――つまり、突如創設者を欠いた会社を継ぐということで――しかし、僕にとってはそんなに大きな存在とは言えなかった。グレヴィルこそが心の拠り所だった。

グレヴィルは才能にも恵まれていた。地道で保守的な上の兄よりも、向こう見ずで信頼のおけない弟よりも、秀でた知性を備えていた。科学の分野で飛躍した彼の才能は――九年前、考古学へと軌道修正していたが――変わらぬ価値観をもって常に前へ進んでいった。二十世紀半ばでは極めて珍しいことだろう。近頃では信心深いことは流行らない――敬虔なカトリック教徒でもない限り――しかし、グレヴィルは流行らないと言われることを敢えて選び、時代遅れであることを決して恐れたりはしなかった。自分の信念に基づき、自分の人生をしっかりと歩いていった。決してそれをひけらかすこともなく。最大の敵にしても、グレヴィルのことを学者ぶっているなどとは言えないはずだ。

そして、そのグレヴィルはもういない。四十歳の誕生日を迎えたばかりで、無様にも濁った運河にその身を沈め――少し猫背気味の背中、細長い頭、土色の顔、鋭い瞳とユーモアを備えたシャープな口――すべてバクテリアに侵され、今や原型をなくしてしまった。化学者にとっては興味深い題材かもしれない。しかし、彼の思い出を持つ者には耐えられないことだった。

『愛しい人を堅い地中に閉じ込めるなど、どうして甘受できようか』あるアメリカの詩人がそんなことを歌っていた。たぶん誰もがみな、いつかは向き合わなくてはならないことなのだ。しかし、僕が甘受できないのは、人生半ばで理由もなく無駄に命を落とすことだ。

でも、僕になにができるというのだ？　調査について騒ぎ立て、警察と一悶着起こしたところで事態を元の鞘に戻すことにはならない。僕が望むのはただ一つ。なんらかの形でグレヴィルの名誉を回復し、その過程で自分の心の平穏を取り戻すことだ。

つい一時間ほど前にアーノルドからもらった新聞に一つ一つ目を通した。たいしたことは書かれていない。『イギリス人考古学者の溺死体、オランダで発見される』『イギリス人科学者の自殺について女性の証言』そして当然のことだが、ある紙面にはグレヴィルの経歴まで載っていた。『イギリスの原子科学者、アムステルダムで謎の死を遂げる』もっとも詳細を網羅していたのはガーディアン紙だった。『イギリス人科学者グレヴィル・プライアー・ターナーの溺死体がアムステルダムで発見され、その死について現地で調査が進められている……医師の所見によると、遺体が水中に沈んでいた時間はおよそ三時間……争った形跡はなく……深夜少し前に窓から運河を眺めていた女性が、男性が落ちるのを目撃していたもよう……ターナー博士は考古学における貴重な資料を持ち帰ったと見られ、現在それはオランダ国立博物館にて調査中……ウィンチェスター・アンド・ニューカレッジにて学位を取得し……二十代にして物理学者としての名声を得る……後に民族学、考古学の分野を手掛け……昨年発表の著書においては長頭類の頭蓋骨についての貴重な見解を……』

次々と新聞を放り出し、今度はグレースから預かってきた手紙へと手を伸ばした。内容はごくありきたりのものだった。天候について、国の情勢について、仕事の進行状況について。そして、夫と妻が交わす家庭内のやり取り。世間があっと驚くようなことはなに一つ書かれていない。ただ一つ、注目すべき点があった——何者かは知らないが、ジャック・バッキンガムという男の名がこの数か月の手紙の中に度々出てきている。グレヴィルは最初にこう述べている。『驚いたことにスラバヤで一人の白人に出くわした。なかなかの人物だ。ここでなにをしているのかはまだわからない。なにやら不運な出来事に見舞われたらしい。しかし、話していて本当に楽しい男だ。今後も密に会えるとよいが』

次の手紙では話がさらに進展していた。グレヴィルのインドネシア人助手、パンガル博士が病に倒れ、バッキンガムがその代わりを務めていた。彼について『熱心なアマチュア考古学者で主要なヨーロッパの遺跡をいくつも訪ね歩いている』との記述もあった。次にはバッキンガムの提案で、三十マイルほど離れたアルティニと呼ばれる土地へキャンプ地を移す準備をしていた。そこで川床の発掘作業を行ったらしい。そのあと手紙は全部アルティニの消印になっていた。最後の一通を除いては。その中で彼はこう書いている。『パンガル無きあと、ジャック・バッキンガムなしでは僕はどうすることもできなかっただろう。彼が優秀だということはもう話しただろうか？　おそらく優秀という言葉は適当ではない。彼は僕が危惧する事柄に対し、ことごとく反対の意見を唱える。それでいて、これは賭けてもいいが――ホプキンスを引用すると――彼の心の動きはとても繊細だ。とにかく、人が彼をどう思おうと、ジャンドゥイでの緊急事態をないがしろにしようとも、彼の支援、そして二人の間に芽生えた友情はかけがえのないものだった』

最初の頃の手紙にジャンドゥイの事件についてなにか書かれていないか探したが、何も見つからなかった。

そして、最後の手紙にはこうあった。「地獄のような暑さのあと、ほんの数日だが山に休息に来てほっとしている。J・Bも一緒だ。彼にはより一層の親しみを感じている。これほど親近感を覚えるとはおかしなものだ――知り合ってからこんな短い間に、こんな多くのことを分かち合えるとは。一緒に国に帰って今後のことが決まるまでしばらく我が家に滞在しないか誘ってみた。君もかまわないだろう？　面倒を起こすような男じゃないし、きっと君もすぐ好きになると思う。誰もがそうであるように」

途中で読むのをやめて、僕はベッドに入った。バッキンガムの所在がわかったとしても、彼は実際に手を貸してくれるだろうか。なぜグレースに会いに来ないのか。手紙一つよこさないのはなぜなんだ。彼に関する捜査は進展しているのか？　それとも、どちらの国の警察も、心のバランスを失い無残な死を遂げた王立学会特別研究員グレヴィル・ターナー博士の捜査書類などもうとっくに片付けてしまったのだろうか。わからない。僕はその答えを探すつもりだ。

しばらくして、ようやく眠りにつき、夢を見た。僕は青々と茂った一本の命の木の横に立っている。しかし、近くで見ると、それは腐っていた。芯の部分が腐っているのだ。木の向こうに運河が見える。目を凝らすと水門に男の体が挟まっていた。最初はそれがグレヴィルに見え、それから父の姿に。どちらでもないかと思えば、再び二人の姿と重なる。腐敗してどろどろになった、どぎつい黄色の水が死体の上を勢いよく流れていた。

第二章

官僚と何の接点もない僕は、守衛が敬礼するにも値しないらしい。しかし、グレヴィル・ターナーの名前にはまだ何らかの効力があり、無意味な面談を二つ終えたあと、金曜の朝にはコロネル・パウエルのオフィスに腰を下ろしていた。ロンドンの官庁街ホワイトホールのややさびれた場所に彼のオフィスはあった。パウエルは背が高く黒ずんだ顔をしたもうじき六十になる男だ。大英帝国を一つにしようと尽力し、精も根も尽き果てたような顔だった。ぶっきらぼうでかなりの堅物だが、基本的には内向的な性格のようだ。

彼は言った。「この事件はまだすっかり幕を降ろしたわけではない、ミスター・ターナー。オランダ警察の捜査が的確に進められたことに——もちろん、今も捜査中だが——我々は満足している。彼らとは常に連絡を取り合っている。双方とも二人の人物の手掛かりを摑むまでは、事件を幕引きにするつもりはない。それは君に保証する。二人の行方を追うのが果たして妥当かどうかは、また別の問題だが。とにかく、今のところはそれが捜査の主軸となっている」

「これまでに何か手掛かりは摑めたのですか？」

「いや。ジャック・バッキンガムという人物は間違いなくターナー博士と一緒にオランダ航空で現地に入り、ホテルにチェック・インしている。しかし、たった二日の滞在でよそへ移ったようだ。そういった名前の人物がその日以降オランダから出た形跡はない。もちろん友人のところにでも滞在して、届けを出していないのかもしれない。しかし、各方面に当たってみたが、該当する人物はないとの回答を得た。もう一人の女性に関してはまだ進展はない。手掛かりはクリスチャン・ネーム――珍しい名前だがね――それだけだ」

「その女性が書いた手紙の写しはお持ちですか？」

「現物があるよ。よかったら見せてもいいが」

その一分後、汚い物にでもさわるような奇妙な感覚で、僕はグレヴィルのポケットから見つかったという手紙を見つめていた。破かれていない無地の封筒、ヘッドにホテル・グロティウスの名前が印刷された便箋。どちらも皺が寄って萎れていたが、文字のインクはボールペンで書かれていたためか、思いのほかそんなに滲んではいなかった。きれいに整った女性の筆跡。しかし、急いで書いたように見える――特に最後の部分は。


『今日、発つことを伝えるためにこの手紙を書いています。今度こそ何もかも終わりです。どうかわかってください、もう本当に終わりだと。今日の午後、あなたに会うつもりでやってきたけれど、突然怖くなってしまったの。前に話したこと以外他になにを話せばいいと言うの？　さよなら以外にいったいなにを？

思えば、最初からごたごた続きだったわね、私達――それはあなたのせいでもあるし、私のせいでもある。そもそも最初から間違っていたのよ。もちろん良い時もあったわ――それは否定しない――でも、起こってしまった様々な問題から目を背けることはできない――少なくとも私はそう。この二日間一緒にいて、きっとまた同じことを繰り返すだけだと気づいたの。

まだ少しでも私に友情を感じてくれるのなら、どうか私を追わないで。そしてどうか手紙も書かないで。

ごめんなさい。

レオニー』

僕は手紙を彼に返した。「上手な英語ですね」

「オランダ人の多くがそうさ。でも、おそらく彼女はオランダ人じゃない」

「根拠はあるんですか?」

「ああ。お兄さんが亡くなる前の日の午後、女性が会いに来てるんだ。その女性のおおまかな特徴についてホテルの受付係から情報を得ている。えーと、これだ——『最初はフランス語で次に英語で話しかけてきた。二十四、五歳くらい、髪はブロンドのショート・カット、茶色がかった薄緑色の瞳、ショルダーバッグに英国風またはアメリカ風のコート。華奢な体型、五フィート六、七インチくらい。ターナー博士は話し中だと告げると、彼女は待つと言った。客の応対に忙しかったため彼女が実際にターナー博士と会ったかどうかはわからない』まあ、手掛かりには違いないが、そんなに重要な証言とは思えない。手紙の女性かどうかも怪しいもんだ」

「もう一人の女性は? 兄が運河に飛び込むのを見たと言う」

コロネル・パウエルは革のようながさがさの頬を指で擦った。

「ヘルミナ・マースか? 売春婦だ。だが、彼女の証言に疑わしいようなところはなかった」

「もし、その女性が何も隠していないと言うのなら」

「何を隠さなきゃならないんだ?」

僕は窓の方へ歩いてゆき、外を見つめた。眺めが良く、ロンドン市議会と、そこを出入りする人々の姿が見渡せた。

パウエルが言った。「君の兄上は物取りに襲われた様子はなく、落ちた時にできたと思われる手の切り傷と額の痣以外体に争ったような傷跡もない。オランダ人の医者が言っていたが、額の傷は意識を失うほどひどいものではなかったそうだ」

僕は言った。「もし、その女性が飛び込むところを見たと言うのなら、なぜ遺体が三時間も水の中に放置されていたんですか?」

「確かに彼女は窓から見ていた。でも、通りに出たときには彼の姿を見失っていたんだ。警察に通報し、それから捜索が始まった」

「グレヴィルがジャワで出会い、一緒に戻って来たという男性のことですが、飛行機の乗客で彼を見たという人は?」

「スチュワーデスの一人から、手掛かりになりそうな証言を得てはいるが、あまり確かではない」

「きっと他にも情報源があるはずです」

「そう簡単にはいかないよ。ここだけの話だが、我々もぜひバッキンガムの足取りを掴みたいと思っている。彼がもし我々が考えている人物だとすればだが。戦争が始まってから、バッキンガムという男が近東や極東で二、三、問題を起こしているんだ。以前彼はユダヤ人移民をパレスチナへ逃がす手伝いをしていた。最終的にはそこで移民と衝突し、警察の目にとまった。次にカイロで問題を起こし、のちにバンコクへ渡ったとの情報がある。彼自身もおそらくわかっているはずだ。もし姿を見せたら多方面から取調べを受けることになると。ターナー博士の死についてだけではなく、もっと別のことも訊かれると。これで君もわかっただろう、奴に網をかけるのは容易ではないと」

「彼はイギリス人ですか？」

「わからない。イギリスのパスポートを使ってはいるが。問題は彼の活動のほとんどが我々の手の届かない場所で行われているということだ。一つかなり信用できる情報を得ているが、ヨーロッパ中を捜すとなると、それだけでは充分な決め手にはならない」

窓の外、セント・トーマス病院では誰かが釜戸に火をくべていた。僕は言った。「日曜にオランダへ行こうと思っているんです。あちらの責任者の名前を教えていただけませんか？」

彼が探るような視線を向けた。「今、行くと言うからには何か特別な理由でもあるのかね？　ミスター・ターナー」

「あります。たぶん、僕には」

コロネル・パウエルは立ち上がり、手にした鉛筆に力を込めた。「オランダでの調査はまだ終わっていない。オランダ警察が力を尽くしてくれているし、我々もできる限り協力している。私に意見させてもらえるのなら、この問題に個人的に立ち入るのは間違っていると思うがね。おそらくもっと後になってから現地に出向き、トーレンに会って……」

「後からでは遅すぎます。ヨーロッパにはあまり長く滞在できないんです。それにとにかく、今どういった状況なのかを正確に知りたいんです」

彼は顔をしかめ、手にした鉛筆を見つめた。「今わかっていることと、最終的な結論がそんなに大きく異なるとは思えないがね。不幸なうまくいかなかった恋愛の結果、兄上は自ら命を落とした。すべてのことがそう説明しているんだよ」

僕は窓から向き直った。「すべてのことが――ええ、ただし、グレヴィルの人格を除いて。僕は兄をよく知っているつもりです。誰よりもよく。調べるつもりです」

「もちろん私はターナー博士に会ったことはない。しかし聞くところによると、彼には衝動的なところがあったんじゃないかね？　決断を急ぐ傾向にあったのでは？　さらには浮き沈みの激しい性格だった。ときに異例の決断を下すことも――」

「例えば？」喉に渇きを覚えながら僕は訊いた。

「いいかね、極めて稀なケースだが、トップへと上りつめていた若い物理学者が突然、一九四二年に仕事を手放し、軍隊に加わり、一介の兵士となった」

「兄は自分の学問がどこへ通じているのかを悟ったんです――それが原子爆弾の発明に行き着くと。加担することはできないと感じたんですよ」

「単なるジェスチャーだよ。だがまったく無駄なことだった。それまでの経歴をなげうって――」

「兄が分別ある人間だと言う確固たる証拠です」

パウエルが僕を見た。怒っているとわかったのだろう。

「見解の相違だね。しかし、ドンキホーテ流の犠牲行為であることに変わりない。自分の信条のために一生の仕事をなげうつ男が、別の機会には命をも投げ出す。まったく突飛な話でもないがね」

書類の束を持って一人の事務員が入ってきた。にきび面をした、まったく存在感のない男だ。男が出て行っても僕らは口を開かなかった。行き詰まった状況のまま。やがて少し落ち着きを取り戻すと、僕は言った。「あなたの話を聞いて、余計事実をこの目で確かめたいと思いました」

「バッキンガムについて言ったことで？」

「そうです」

パウエルは書類をパラパラとめくった。「よろしい。デレック閣下からできるだけ君に協力するよう言われている。ではオランダに行きたいということだね？」

「はい。よろしければ現地の責任者に宛てて紹介状を書いていただきたいのですが」

「トーレン警部だ。いいだろう」彼は便箋を一枚むしり取り、そこにペンを走らせた。まもなく手を止め、ペン先をじっと見つめた。どこか調子が悪いのかと思ったが、違うようだ。彼は言った。「おそらくここを発つ前に、マーティン・コクソンに会っておいた方がいいだろう」

「誰ですか？」

「我々の知っている男だ。バッキンガムと面識がある。かなり古い話だが」

「ぜひお願いします」

「ライに住んでいる。もしも家にいればの話だが。所在を確認してみるよ」パウエルは机上の無線電話のボタンを押し、そこに向かって話しだした。

しばらく沈黙が続いた。パウエルは手紙を書き終えるとそれを読み返し、もう一枚の便箋でインクを吸い取って封筒に入れ、僕に手渡した。カチッと無線の音がして声が聞こえた――コクソン司令官が家にいらっしゃるかどうか確認が取れません。電話も引いていませんので今すぐ捜しだすのは無理かと思われます。電報を打ちますか？

「いや、結構だ」僕が首を振るのを見て、パウエルが言った。彼はスイッチを切り、考え深げに僕を見つめた。「コクソンは戦争が終わってからも一般市民の生活に馴染めず、自分の居場所を探しさまよっていた。そういった人間がたくさんいるんだよ。警察で彼を雇い、一、二度仕事をさせたが、性に合わなかったようだ。最近では連絡も途絶えている。彼は一九四八年の春、イスラエルのヤッファ近郊でバッキンガムに会っている。当時、マーティン・コクソンがパレスチナ沖で何をやっていたかはわからないが。たぶん非合法的な方法でこっそり金を稼いでいたんじゃないかと睨んでいる」

張り詰めた空気は消え去り、今や彼の口調も穏やかになっていた。話のあいだ僕はかなり緊迫した状況にいた。まるで追い詰められたゴルファーのように。理由はわからなくとも彼もそういった僕の感情に気づいていたはずだ。ついカッとなってしまった自分が忌々しかった。アーノルドとグレースが検視官の判断を真実として受け入れたのならば、他にどんな望みがあると言うのだ？　パウエルのような赤の他人が何かしてくれるとでも？　彼は自然な流れに従っただけだ。なぜそれに腹を立てる必要がある？

おそらく僕は全然わかっていなかったのだ。詳しい知識もなく、薄っぺらな証拠の上に築きあげた安易な憶測が一般的にどのように受け止められるのかを。

僕は自分自身をコントロールし、事件を客観的にとらえなくてはならない。古い葛藤や忠誠心とはすべて切り離した上で。

マーティン・コクソンに会いに行くかどうか、僕は決めかねていた。しかし、その日の午後は特にすることもなかったので、車を走らせた。

ライから一マイルほど東に行った海岸沿いに彼は住んでいた。三〇年代によく建てられた大きめでモダンなバンガローだ。大きな白い石で縁取ったふぞろいな敷石の上を歩き、ロックガーデンの石段を五段上り、鍵の形をした玄関ドアに辿り着いた。呼び鈴を引っ張るとにぎやかな音が鳴り響いた。背が高く浅黒い顔をした六十歳くらいの女性がドアを開けた。まるで僕が来るのをわかっていたかのように。コクソン司令官は在宅かどうか尋ねると、不在だがすぐに戻ってくると彼女は答えた。パウエルの名前を出すと、二十世紀の家具がひしめき合う居間へ通された。本が散乱していたが、かえってそれが好ましく見えた。

「息子はじきに戻ると思いますわ」上品ぶった声で彼女が言った。「ちょっとライまでお使いに行ってますの。もう帰って来るはずなんですけれど」

僕は礼を言ったが、彼女は部屋に入るでもなく、ドアのあたりでうろうろしている。かつては美人だったと思われるが、今や痩せ過ぎでギスギスして見える。どうかおかまいなくと僕が言うと、彼女は口元に手を当て咳払いをした。

「こんなこと言うのは失礼ですけど、えーと、ターナーさん、どうか息子に面倒な話は持ちかけないでくださいな。あまり体の調子がよくないのです。息子はリラックスしたり、手を休めたりできない性分ですので。自分を追い込んでしまうんです」

「心配はご無用です」僕は言った。「ちょっと訊きたいことがあって来ただけです」

美しい黒い瞳がこちらに向けられた。まだ不安そうだった。「ごめんなさい。こんなこと言うべきじゃないですわね。でも、コロネル・パウエルから連絡があったのはもう何年も前のことで、そのとき……」

僕は言った。「僕はコロネル・パウエルの部下ではありません」

ようやく彼女は僕を残して出て行った。窓のそばに寄ると、小さな車がバンガローの方へ走って来るのが見えた。車は家の正面でタイヤをきしらせ向きを変え、裏手のガレージへと消えた。車のドアが閉まる音。続いて玄関のドアが開き、閉まった。そのあと小さな話し声が聞こえた。窓際のテーブルには、海軍士官学校殊勲者マーティン・コクソン司令官宛ての一通の手紙、そして、各部分の寸法が正確に記載されたレーシング・ヨットの実務的なスケッチが置かれていた。その傍らにエル・トロの葉巻の缶。本が一冊――コデルロス・ド・ラクロの『危険な関係』。

ドアが開き、一人の男が入ってきた。「ミスター・ターナー？　私がコクソンだ。何か用かね？」

「コロネル・パウエルからあなたの名前を聞いて来たんです。もしかしたら助けになってくれるかもしれないと」

「パウエルが？　最後に連絡をもらってから、もう随分になるな。彼がなんだって？」

僕は説明した。彼は中背のハンサムな男だった。引き締まったたくましい体、それに対して豊かな黒髪の下の顔は青白く、とても繊細に見えた。おそらくそれは表情のせいだ。過敏で内向的、移ろいやすい表情。自分がどんな人物を期待していたのかわからないが、彼は僕の想像とは違っていた――こんなに若々しい感じではなく、もっと海の匂いがぷんぷんするような、そんな男を思い描いていたのだ。それらしい服装をしていたが、最初の印象では水兵のように見えなかった。古い海軍の戦闘服を普段着に改良したようなものを着ている。さらに、大きな銀のバックルが付いた見事な細工の革ベルト。事情を説明するあいだ、僕は差し出された煙草を一本受け取り、彼は本を脇へよけて窓際の席に座った。彼は取り出した煙草でその箱の側面を小刻みに叩き、火は点けなかった。一度だけ頭を上げ僕を見た。話が終わると彼は言った。

「君のお兄さんの死について新聞で読んだのを覚えているよ……しかし、一九四八年以来、バッキンガムとは会っていない。なぜ私が手助けできると、パウエルは思ったのだろうか?」

彼の声は母親のとはまったく違っていた。教養のある、耳に心地よく響く声。僕は言った。「明日、オランダに行くつもりです。出発前にできるだけ情報を集めたいんです」

「もちろんバッキンガムについて知っていることは教えるよ。ごくわずかしかないがね。それにしても、なぜそんなにバッキンガムを重要視するんだい? 手紙を書いた女性の方がもっと手掛かりになりそうだが」

「そうかもしれません。彼女を見つけだすことができたら。でも、彼女の名字さえ誰も知らないんです。バッキンガムの足取りが掴めたら彼女のこともなにかわかるかもしれない、そう考えているんです」

コクソンは火の点いていない煙草を口にくわえた。目の下には年輪が刻まれ、ときおり落胆したように口を歪める。それを見ると、落胆の原因が何なのか不思議と気になってくる。母親が体の具合について心配するのはもっともなことかもしれない。しかし、実際に病気だとしても、彼の中にはそれをしのぐ強い生命力が感じられた。

「海軍にいたことはあるかね?」彼が訊いた。

「ええ、なぜですか?」

「わからんが、まあ男の勲章のようなもんだ。おそらくね。どこにいたんだい?」

「駆逐艦です。二年だけでしたが」

「私は海軍義勇予備部隊にいた」彼は言った。「今やその地位を失ってはいるが、そういったことは一生ついてまわるもんだ。戦争のはじめには掃海艇を指揮していたが、あのちっぽけな船は私の目の前で沈んだよ。そのあとはコルベット艦だ。君の位は？　少佐かね？」

「ええ、最終的には。きつい道のりでしたが」

彼はようやく煙草に火を点けた。束の間、彼が話しているあいだ、その声に威厳のようなものが感じられた。それは海上で指揮をとった者の声だった。「思うに人はすべてを終えて、ようやく巣立つことができるんだ。そんなに昔のことだとは到底信じられないな」その口調は昔の恋愛を、その喜びと葛藤を思い出しているかのようだった。

僕は言った。「なるほど、あなたの場合は、すべてが始まって、それから羽ばたくことができたんですね」

「ああ、そうだな、私の場合は。今、三十九歳だ……そう見えないかもしれんが……で、バッキンガムについてなにが知りたい？」

「あなたが知っていることをすべて。外見はどんな感じですか？」

「背丈は五フィート八、九インチくらいかな。短い鬚があり、目は茶色で細く、それからかなり鷲鼻だった。髪には少し白髪が混ざっている。物事を善悪で区別するとすれば、おそらく彼は悪人だ。定められた倫理規定には従わない男だ。しかし、かなり頭が切れる。知的で巧妙、誰も彼のことをよく知らないのはつまりそういうわけさ。彼は独自の生活を送り、独自の交友関係を築き、違法な仕事に手を出すときは捕まらないように終えると同時に姿をくらます」

「彼のことは好きでしたか？」

「奴を好きかって？　答えはノーだ」

「なぜですか？」

マーティン・コクソンは二本の指で髪を後ろへかき上げた。「なぜ他人に対して好き嫌いが生じるのか。ホルモンの分泌によるものか？　星座の巡り合わせか？　一つには自分の好みをより明確にしておきたいからだ」

「どうやって知り合ったのか、教えていただけませんか？」

「ああ、いいとも。奴はユダヤ人をパレスチナへ送り込んでいたんだ。あるとき、私は奴の船の舵取りをした」

「そのとき誰か他の女性はいませんでしたか？」

「いや、特に親密な女性はいなかったはずだ。ある晩キャビンに連れ込んだ若いルーマニア系ユダヤ人の娘がいたが。奴は彼女の上に乗っかろうとしたが、彼女は払いのけ、抵抗した。娘の両親が話を聞いてちょっとした騒ぎになった。でもまあ、六年も前の話だ。ウィスキーをどうだね？」

「いただきます」

彼はカップボードのところへ行き、一本のボトルとグラスを二つ取り出した。「君のお兄さんについてもっと話してくれないか？　ジャワで何をしていたんだい？　どうやってバッキンガムと知り合ったんだろう？」

僕は彼に話した。彼は頷きながら注意深く聞いていた。一度だけ笑顔を見せた。暗い影の残る奇妙な笑顔だった。話しながら僕は彼を見定めていた。そして、自分の衝動に従うべきかどうか考えていた。彼はグレヴィルの死について多くのことを僕に尋ねた。彼の質問に答えられず、アムステルダムに行くのはその答えを見つけるためだと説明した。彼の態度は明らかに今朝のパウエルとは違っていた。彼は興味を抱いたようで、この新たな出来事を積極的に受け入れようとしていた。僕にとっては素晴らしく斬新な変化だった。閉ざされたドアはここには存在しない。

遂に僕は覚悟を決めた。「さっきバッキンガムのことが嫌いだとおっしゃいましたね？」

「ああ、会ったときから嫌いだった。奴にやきもきさせられたのは一度や二度じゃない。でも、どうしてだい？」

「彼を探す手助けなど、あなたには気が進まないでしょうね」彼はグラスにウィスキーを注ぎ、それを光にかざした。「こういった最近の代物は寝かせないですぐに保税倉庫から出すようだな。戦前にスコットランドで手に入れたものとはまったく違う……それで、私がなんの役に立つだろうか？」

「少なくともあなたはバッキンガムの顔を知っている。もし会えば、わかるでしょう」

「今頃奴は、遥か遠いところにいるはずさ」

「そうかもしれない。しかし、あなたが一緒なら、わずかでも望みがないわけではない。実際、この思いつきにヒントをくれたのはパウエルです。僕が悪さをしないか見張るために探偵でも付けるつもりかと最初は思いましたが。とにかく、ここに来たときにはこんな話をあなたに持ちかけることになろうとは思いもしませんでした。理由は単純です——あなたの前向きな姿勢が気に入ったからです」

「それはありがとう」マーティン・コクソンはためらっていた。それから不意にひどく神経質そうに首を振った。「すまないが、私にはそれが妥当な提案とは思えないよ」

「たぶん、そう言われると思いました。でも、そこをなんとかお願いしたいんです。もちろん費用は全部僕が持ちます」

ドアが開き、彼の母親が半分顔を出した。彼女はなにか言おうとしたが、すぐに口を閉ざし、顔を赤らめた。「ターナーさんにお茶はいかがかお訊きしようと思って……でも、遅すぎたようね」

「ほら、うまく逃れただろう、ターナー。それとも、そっちの方が良かったかな?」

コクソン夫人が言った。「お酒を飲むには早すぎますよ、マーティン。ターナーさんだってきっと——」

「そういえば昔、髭剃りの用の水と一緒にウィスキーのタンブラーを出してくる男がいたな。剃刀の切れ味がよくなるそうだ」コクソンは少量のソーダを僕のグラスに注いだ。「かあさん、一緒にどうだい? さほど神経にさわるものじゃない」

「ありがとう、でも結構よ」不愉快そうに彼女は言った。「私がよく思っていないのは、わかっているでしょう」

彼女が出て行くと、彼はすまなそうに額に皺を寄せた。「うちの母はまだ、子離れできてないんだよ。四十年前、誤ってアヒルの卵を産み落とし、それ以来僕が水に入るのをいつも心配して眺めているのさ。確か心理学者が名付けたそんな病名があったはずだ、もし調べる気になれば」

僕は言った「アムステルダムには行ったことがないんです。どんなところか知ってますか?」

「ああ、いい町だよ。オランダ人は人生の喜びに対して決して鈍感なわけじゃない。それは単に世間一般に言われている誤解だね。君の後ろの壁にウィンターヒュードの写真がある。十八のとき、初めてアムステルダムを訪れた。古い帆船からその地に降り立った——メルボルンから百十二日もかかって。十六週間の禁欲生活を送ったあとのあの素晴らしい解放感。今じゃとても耐えられないな。つまりあの放蕩ぶりではなく、禁欲生活がだ」

「もしもあなたの気が変わって、決心がついたらの話ですが、僕は明日の午後発つつもりです」

彼は立ち上がり、考え込むように琥珀色のウィスキーが入ったグラスを傾けた。聞いていなかったのかもしれない。横から見ると、とても気品ある頭だ——こめかみに小さな窪みがあり、そこに彼の繊細さが映しだされていた。

「最後にそこに行ったのはちょうど戦争のあとだった。海軍諜報機関の仕事でスパイ小説じみたばかばかしいことをやっていた。オランダには三週間滞在したんだ。主にアムステルダムとロッテルダム……」

「そういった経験のすべてが、あなたが思う以上に僕にとって役立つものなんです。現地事情に明るいのはなによりの強みです。でも、もちろんあなたのお気持ちもわかります。たとえ時間があったとしても、見知らぬ他人のために浪費する義務などないわけですから」

快活な声で彼は言った。「他人を助けるのに気が進まないってことじゃないんだ。しかし、最近アイルランドから帰ってきたばかりでやるべきこともいろいろある。『ヨットマン』という雑誌の連載を三つ手掛けていて、それも片付けなきゃならん。一週間でも留守にすると二十ギニーの損失だ」

「当然その分の埋め合わせはします」

「多くのことが君の身にふりかかっているようだが」彼はひどく苛々した様子で髪を後ろへかき上げた。「わからないな、なにがそんなに君を駆り立てるのか。もし君がバッキンガムを——そして例の女性を見つけたとして、君にできるのはせいぜいそこまでだ。それから、どうするんだ？　それがなにかにつながるとでも？」

僕は彼を見つめた。「グレヴィルのことはよく知っています。どうしても信じられないんです、自殺したなんて」

長い沈黙のあと、彼は口を開いた。「なるほど——。君の言わんとしてることはだいたいわかった。

しかし、そうなると、残る可能性は二つだけだ」

「誤って足を滑らせたか、それとも……あなたの思っている通りです」

「彼は泳ぎは?」

「かなり得意でした」

「それでは、君は彼が殺されたと思っているのだね」

僕は言った。「それを確かめたいのです」

第三章

そのとき、彼の関心がより深まったように感じられたが、どの程度なのかはまったくわからない。彼は明らかに常識とはかけ離れたことを好むタイプで、この件に心を引かれた要因もそこにあったのだと表情から見てとれた。しかし同時に、生まれつき目の前にあるものならなんにでも心を奪われやすいタイプでもあった。未知の航路でも、チェスでも、女でも、それはきっと同じことだ。僕が帰ったあともこの問題が彼の関心を引き続けるかどうか、すべてはそこにかかっていた。

次の朝早く、一緒に行くと彼から電話がかかってきたとき、僕は意義あることを成し遂げたような気分だった。オランダに行くことはかなり無謀な賭けでもあった。ただ一つ言えるのは、彼がいる方がいないよりは幾分状況がましになるということだ。

僕らは三時にロンドンを飛び立ち、四時二十分にスキポール空港に到着した。三日間の滞在予定だ。控え目に言っても、僕の会社は今回のこの行動をそんなに好意的な目で見ていたわけではない。兄が死んだために重要な任務を中断し、七千マイルも離れた故郷へ舞い戻ること自体、はた迷惑だったに違いない。何通か届いたお悔やみの手紙の中にそういった意向が充分あらわれていた。サンフランシスコのハミルトンも、ロンドンのウィンチコムも、僕の行動が理解できないようだった。むろん説明しようとはしたのだが。今の状況で、確信のないままさらにオランダに行く時間をくれと頼むのは、彼らの我慢の限界を超えるものに違いない。

　飛行機が北海の上空を進むあいだ、マーティン・コクソンがさらに詳しくバッキンガムについて話してくれた。僕が望むような役に立つ情報ではなかったが、それによって活動的で冷酷な一人の男の像が浮かび上がってきた。気の向くままに行動を起こし、どんな危険をもかえりみない一人の男。はっきりとは言わなかったが、マーティン・コクソンはその男に古い恨みがあるようだった。バッキンガムについて話す彼の口調には特別なものが感じられた。おそらく昨日から様々なことを思い出していたのだろう。そして、一緒に来ることになった裏にはたぶんそのことがあったのだろう。

　彼はそれから僕の家族について、僕のことについて尋ねた。話せるだけのことを話した。英国ターボ・ジェット社の仕事のこと、絵描きになるかつての夢、進級に失敗したこと……

「君は結婚しているのかい？」突然彼が訊いた。

「いいえ」

　その一言が思った以上に多くを伝えたに違いない。

「予定は？」

「ありません。何年か前に婚約までいったんですが、結局白紙になりました」パメラとのこと、それがどう暗礁に乗り上げたかを説明するのは容易ではない。とにかく話したくなかった。恋愛がうまくいかなくなると、人は常道を踏み外すと言われるが、僕の場合はまったくの逆だった。常識という冷たい風が僕を吹き倒し、長いあいだ抱き続けた幻影をさらっていったのだ。

「あなたは？」今度は僕が訊いた。

「私かね？」彼は首を振った。「結婚をあらわすドイツ語、Ｅｈｅがすべてを物語っているよ。二つの母音が退屈なため息でつながっている。まあ結婚以外では戦前に君が経験しなかったようなとても素晴らしい時を過ごした。時代を充分に満喫した。『ワインを、女を、歌を、どうして愛さずにいられよう……』」スチュワーデスが、頼んでいた煙草を持ってきた。彼は礼を言って微笑んだ。立ち去るときの彼女の顔と言ったら――。「振り返ってみると今ではくだらないことにも思えるが――たぶん何事も一度経験するとたいしたことではなくなるのかもしれない。大切なのは次のステップだ」彼は僕に煙草を勧めた。

僕は言った。「そんな風に思えたら、こうやってオランダへは向かっていないでしょうね」

煙草に火を点けたあと、彼は持ってきた書物に目を通し、しばらく無言だった。彼が読んでいたのは、ハウスマンの『マニリウス』第一巻序文だった。明るいライトに照らされ、初めて彼の顔の皺があらわになった――戦闘体験を持つ者だけにあらわれる、そんな皺だった。

僕は十六年前初めて飛行機に乗ったときのことを思い出していた。再びグレヴィルのことが頭に浮かんだ。二十四歳の若者が科学会議のためにパリに飛ぶなど、そうそうある話じゃない。おまけにわざわざ十四歳の弟を連れて行こうとは。飛行機が地上を飛び立つ前に僕がコックピットを数分見学できるように兄は特別な許可を取ってくれた――その年齢の子供にとってはものすごいスリルだった。何とか時間をつくり、パリのいろいろなものを見せてくれた――画家たちの部屋、オスカー・ワイルドが亡くなった家、血なまぐさいフランス革命の史跡、シテ島、モンマルトルの丘……

「もう一度、教えてくれないか」本を下に置き、コクソンが言った。「つまり、お兄さんが自殺ではないと、なぜそんな風に言い切れるんだね？」

「兄を知っているからです。それが理由です。兄は頭のいい人でしたが、とても自然でごく普通の人間でした——善良な心を持ち、異常なほど寛大で。決して完璧なわけではなく学者ぶってもいませんでしたが、最近のいくつかの傾向についてはかなり明確な意見を持っていました。僕に言うべきことが一つあるとすれば、兄は人間一人一人の価値というものを誰よりも信じていたのです——まさにキリスト教の見解ですが。個人の魂の真価を信じていました。今の時代、それをどう呼ぶのか知りませんが。そのような考えを持つ人間が自ら命を絶ったりはしないはずです。もし自殺だとしたら、兄がもっとも大切にしていた信念に大きな穴を開けるようなものです」

九千フィート下、薄いうろこ雲の屋根を通してオランダ沿岸が見えてきた。

「もう一つの理由は」僕は続けた。「父のことです。家族の間でそれについて語られることは一度もなかった——おわかりだと思いますが。父は僕が七歳のときに亡くなりました。ただ黙って事実を受け入れるしかなかった。兄もそうでした。どうして父が死んだのか、誰も触れようとはしなかった。しかしもちろん、生活していく中で、ときおり浮上するその話題を避けて通ることはできない。兄がそれについてなにか言うたびに僕と同じ思いを抱いているんだと強く感じました。過去にそんなことがありながら兄が自分で同じことを繰り返すとは考えられない」

マーティンは深く頷いた。「私が今日来る気になったのは、よくある直感というやつさ。君が思うのと同じくらい私も強く感じたんだ。たぶん君は間違ってないと」

「よかった」

しばらく僕らは無言だった。それから彼が言った。「しかし、地図を持たずに航海しているようなもんだ。現地に着いたらまず何をするつもりかね？」

「まずトーレンに会ってみます。そして、もしも彼が——」

「この事件を担当している男かね？　彼は君が来るのを知っているのかい？」

「いいえ。でも紹介状は持っています」

「そんなもの、カモメにでもくれてやった方がましさ。警察の協力を期待しているのなら、ジェット機販売の仕事にとっとと戻った方が身のためだ」

「どういうことですか？」

「いいか、つまり、警察はこの件について既に見解を出しているはずだ。君が警察に行ってもそれ相応の事実を突きつけられるだけだ。裁判官は――向こうじゃ何て呼ぶのか知らないが――既に判決を下し、彼らに言わせればもう決着はついているんだ。君が勝手にことを進め、既に決まったことを揺るがすような動きを取れば、誰かがそれを阻むはずだ。私も一、二度、あちら側にいたことがある。だから彼らの考えがわかるんだ」

僕を思いとどまらせようとしたパウエルのことが頭によぎった。「ご忠告、ありがたく受け止めます」

彼は勝利のVサインのような二本の指で黒い髪をかき上げた。「簡単には行かないさ。しかし、前に来たときの、ちょっとしたつてがある。ホテルはもう予約してあるのかい？」

「いいえ」

「それじゃあボエツという男のところに泊まろうかと思うんだ。まだ彼がそこにいればの話だが。ヘーレングラッハトの外れに小さな宿がある――高級ホテルとは言えないが、部屋はまずまず清潔だ。肝心なのは戦時中彼が地下組織の一員として活動していたということだ。彼はあらゆること、あらゆる人間を知っている。行ってみるだけの価値はあると思う」

「最初にまずヘルミナ・マースを捜すつもりです。彼女が見たことについて話を聞きたいんです」

「ボエツなら、なんとかできるだろう」

今や機体は高度を下げ、雲に突入してグラグラと揺れはじめた。

「やってもらえるのなら、どんなことでもかまいません」僕は言った。「ぜひお願いします」


クリスチャン・ボエツはメニューで顔をあおぎ、そして言った。「そういうことならなにも難しくはないだろう。二週間前の新聞に詳細が載っていた。知り合いに古い新聞をとってる奴がいるから息子にもらってきてもらおう。しかし、その他に関しては警察が動かないのなら……俺にも手出しはできない。オランダでは戦争が終わったとき、争うこともやめたんだ。他にもっとやるべきことがある。せっかくここまでホテルを続けてきたんだ。今の生活で充分さ」

「彼らの名前を書いて渡すよ」マーティン・コクソンが指でテーブルを叩きながら言った。「ジャック・バッキンガム。それからレオニー。ファーストネームだけだ。骨が折れると思うが、もちろん礼はする」

「売っていないものを金で買うことはできない」ボエツはきつくなった腹を緩めた。ズボンの腰周りが気象観測気球のように膨らみ、テーブルがきしんだ。「やれることはやってみるさ。でも、たいしたことはできない。他に協力しようって人はいるのかい？」

「いいえ、警察だけです」僕は言った。

ボエツは顔をしかめ、マーティンが咄嗟に言った。「もちろん、何人かあたってみるつもりだ。でも君を一番頼りにしてるんだ、ボエツ」

彼がよたよたと出て行くと、マーティンが言った。「いつもこうなんだ。われ関せず。報酬をつり上げる奴のやり方だよ」

数分後、コーヒーとビスケットをとりながら僕らはテラスにいた。くしゃくしゃになった新聞を持ってボエツがあらわれ、オランダ語にしか聞こえないような、しわがれ声の英語で概略を読みあげた。通常イギリスでは行われるはずの公式の検視審問についての記載はどこにもなかった。『ツォーレン通り十二番地のヘルミナ・マースが、警察に通報した内容によると、その夜……』

「ツォーレン通り」僕は呟いた。「どこですか、それは」

ボエツは息を吐き出し、目を閉じた。その目は脂肪に押しつぶされるかのようだった。「旧教会の近く、波止場のある一帯だ。ここから一キロくらいかな。あまり評判のよくない地域で地元じゃデ・ヴァレッチェとして知られている。橋を渡ったその向こう側がツォーレン通り――」

「デ・ヴァレッチェ」マーティンが言った。「そこは歓楽街じゃないのか？　でもまあ当然か。その娘は……」

僕は、グレヴィルの写真の下に何と書かれているのか読みとろうとした。「兄が泊まっていたホテル・グロティウスからその通りまではどのくらいですか？」

「そうだな、ここから行くよりは近いはずだ。いいかい」ボエツはコーヒースプーンを三本取り出した。彼の太い指の中ではマッチ棒のようだった。「ここが今いる場所。こっちがグロティウス。そしてここがツォーレン通りだ。七、八百メートルかそこらだな。しかし、観光客が見つけられるような場所じゃない。地元の人間でさえ馴染みがない。わかるだろ。しかし、少なくとも彼は知っている」

マーティンと目が合った。

「上品な場所とは言い難いよ、フィリップ。一度だけ行ったことがあるんだ。君のお兄さんは自らそこに行ったのだろうか？」

僕は写真を見つめた。グレヴィルが自らそこへ？　「行き方を覚えていますか？」

「もう何年も前だ……しかし、ボエツがだいたいの道を教えてくれるだろう」

「ああ、いいよ」ボエツが言った。「でも、一緒に行くのはご免だ」

「今夜、向かった方がよさそうですね」僕は言った。「暗くなったら、すぐにでも」


マーティン・コクソンが葉巻の端を切り落とすと、切れ端が橋の上から運河へ向かって飛んでいった。ライターの明かりが、細長い円筒の葉巻と思案するようななにかに幻滅したような青白い彼の顔をくっきりと映し出した。青い煙が優しい微風のように彼の前を流れてゆく。僕らは商店街をあとにし──そんなに離れてはいないが──栗の木が立ち並ぶ運河沿いの通りを歩いていく。静かだった。切り妻の屋根や尖塔が夕空の縁をぎざぎざに切り裂いていた。

彼は言った。「一九三二年に初めてこの町に来たとき、この辺りを歩いたはずだが、あまり記憶がないな。ダーツェクや旧市街のキャバレーは覚えている。十八と言えば、差別意識よりも欲求の方が強いものさ」

運河の岸に寄せて艀(はしけ)がつながれ、下を覗くと切り立った煉瓦の内壁が見えた。

「ここに落ちたら、上がってくるのは容易じゃないな」僕は言った。「柵もないし」

「彼はかなり酒を飲む方だった？」

「いいえ」

角までやって来ると、縞模様の日よけの下がった安っぽいカフェがあり、煌々と灯った明かりが石畳に筋を描き、暗い埠頭の上までその光を投げかけていた。マーティンは足を止め、道を尋ねた。道を教えてくれた礼儀正しい市民は、歩み去るとき、ちょっと怪訝な顔をしていた。

マーティンが言った。「もし、今の男が女房と一緒だったら、そんな場所は知らないと答えただろうな」

「デ・ヴァレッチェ……どういう意味だろう」

「リトル・ウォールズ(小壁)さ……ボエツによるとね。正式な名称じゃないが、この街では誰もがそう呼ぶらしい。具体的に何を意味するかはよくわからない――意味があったとしてだが」

「なんだか元気がないみたいですね」

「そんなことはないさ」彼は少し口をつぐんだ。「だが、ここに――この辺りに来るのは私にとって、過ぎ去った青春時代に戻るような気分なんだ。十八のとき、二十一年後にまた戻ってくるなんて想像できただろうか――無駄に時を過ごし、なにひとつ達成できないままで。たぶん人は子供の頃から、中年の、そして老年の自分を背負って生きてゆくんだ、まだ開けられていない小包のように……」

僕らは今、街のいちばん古い地区に近づいていた。細い運河、それを縁取る傾斜した石畳の埠頭、張り出したクレーン。歪んだ切り妻の家々やそのあいだを走る曲がりくねった裏通りは大火の前のロンドンを思わせた。通りの角で若い男たちが大声を上げ、なにか言い争っている。

「もう近くまで来ているはずだ」マーティンが言った。
二、三分もすると、両岸を埠頭に囲まれた広い運河に出た。運河に面して高く古びた破風造りの建物が並んでいる。既に暗くなっていた。家々の一階の窓に明かりが灯り、今まで過ぎて来たどの通りよりも一層の明るさを放っていた。だいたいは薄いボロボロのカーテンが引かれていたが、何軒かはブラインドが下ろされ、そこから明かりがこぼれていた。ブラインドはどれも赤だった。誰かが遠くでマンドリンを弾いている。

「ここがそうだよ」マーティンが静かに言った。「しかし、ちょっと早すぎたようだな。商売が賑わう時間はまだこれからだ」

でこぼこの石畳を歩いている途中に部屋の中が見えた。ほとんどが小さなひと間のアパートで、笠のついたランプ、安物の鏡、クッションなどが置かれている。どの部屋も窓際に女性が座っていた。様々な年齢、そして通行人の注意を引くための様々な衣裳。こちらに気づかないふりをして髪を梳く女、ガーターをこれ見よがしに直す女、手招きをする女。オランダ語、英語、ドイツ語と次々に試し、僕らを呼び止めようとする女もいた。

黒い水面に明かりがちらちらと浮かび、唯一汚れなき輝きを放っていた。マンドリンの音が建物の二階から聞こえて来た。後ろに下がって見上げようとしたとき、人影が僕の脇をかすめ、戸口に入っていった。まもなく楽器の音が止み、ブラインドが下ろされた。

「道徳の壁という意味かな」不意にマーティンが言った。「ごく平凡に暮らすオランダ市民が染みひとつない磨き上げられた家を出て、ここに初めて足を運ぶまでには、きっとたくさんの壁をよじ登らなければならないのだろう」

僕は言った。「ロンドンのハイゲイトに暮らす中流家庭の妻帯者が、フリス・ストリートの女を訪ねるのと同じことでしょう。ここが特別というわけではない」

「その通りだな。ほら、あの女、悪くないだろ、ちょっと遊ぶには……あの太った女は海に浮かべてやりゃそのうち横波がさらってゆく」

「ツォーレン通り十二番地」僕は言った。「ボエツはどっちの方だと？」

「もっと先だよ、たぶん。どういうことかわかるだろう――ロンドンのハーレイ・ストリートみたいなもんさ。すべての金持ちがそこに部屋を持てるわけじゃない。溢れた者はウィンポール・ストリートに流れ込む」

橋の上で、リーファー・ジャケットを着た若者に道を尋ねた。今までの例から、誰もが英語を話せると勝手に思い込んでいたが、彼は例外だった。理解してもらうのに少し時間がかかったが、やがて彼はある方向を示し、背中をまるめて通り過ぎていった。

橋を渡り、ちょうど通りの角に出た。運河に沿って歩き出そうとしたが、僕は角の家の前で足を止めた。窓に明かりが灯っている。一つの窓が水辺に、もう一つの窓が橋から続く狭い裏通りに面していた。煉瓦の壁に黒い文字を見つけた。〈ツォーレン通り〉

では、ヘルミナ・マースはもうそんなに遠くはない。もしもこの角からグレヴィルを見ていたとしたら――本当に見たのなら――この橋の近くで兄は最期を迎えたことになる。橋の入口に戻り、水の中に目を凝らした。果てしなく連なる両岸の灯火が運河をちらちらと照らしていた。僕達は今、スエズ運河の東の端に来ているのかもしれない。極東との交易が始まった遥かむかし、オランダ人がこの地区に最初に運河を巡らし、自分たちの土地を作りあげたのだ。そしてグレヴィルは――ここで何をしていたのだろう？　見上げると、夜空は雲に覆われ、海から冷たい風が吹きつけていた。三週間前、この場所で……。

背後で、コクソンが一人の女性と話をしていた。すぐこちらにやって来た。「彼女があそこだと教えてくれた。二階に黒っぽい女性の影が見えるだろ」

僕はしばらくなにも答えず、マーティンは横に来て欄干に寄りかかった。「この場所を実際目にして、前よりも、もっとわからなくなったんです」

彼は僕を見た。「どんなによくその人を知っていたとしても、その行動の真意を推し量るのは難しい。もし何か特別な理由で彼がここに来たのだとすれば、たぶんそれは彼の心の壁が崩れ落ちたのさ——思いがけなく。よくあることさ」

「その比喩は僕にはちょっと理解し難い。ともかく、もし兄がはっきりした目的もなく、ここに来たのだとすれば、他にどんなことが考えられるだろう」

「さて。これはただの推測だが。彼は正直な男だった、そうだろう？　そして正しいと判断すれば向こう見ずなことも危険なこともやってのけた。ローマの詩人、ホラティウスの言葉を知っているかい？『汝、鉄の壁をここにうち建てよ。決して罪を犯さぬよう、己が心に知らしめるために』こんな時間にこんな所にいたら、なにが起こるかなんて誰にもわからないさ」

僕は暗く翳った彼の顔を見つめ、そして思った。彼が読み取ろうとしているのはグレヴィルの心ではなく、むしろ自分自身の心の中なのではないのか。

彼は言った。「いずれにせよ、我々はかなり無謀な状況で理論を打ち立てようとしている。君のお兄さんはただ好奇心に駆られてここに来て、思いがけなく石につまずき、その命を落としたのかもしれない」彼は葉巻を放り投げた。水面に当たってかすかな音がした。「あそこの二階だ。行こうか」

「まず一人で行ってみます」

「賛成できないな。二人でいた方が安全だ」

「一人で行ってみたいんです。こういうことは一人の方がうまくいくときもある」

「君が訪ねて来たわけを彼女はきっと誤解するだろう」

「その方が好都合です。ここで待っていてもらってかまわないですか?」

「ああ、もちろん。私はただ君の力になりたいだけだから。君が一人で行くと言うのなら、橋の上で見張っているよ」

「ええ」僕は言った。「見ていてください」

第四章

彼女は黒い髪を一房だけブロンドに染め――まるでカーストのしるしのように――大きなイアリングをぶら下げていた。

この手の女性にしては醜くもなく、そんなに派手でもない。安っぽい紫色の着物、それには不似合いなストッキング、そして色褪せた金のスリッパを履いていた。僕を見て欠伸をし、体を伸ばして立ち上がった。かなり背の高い女性だった。何かオランダ語で言ってからブラインドの房に手を伸ばした。

僕は口を開いた。「英語は話せる?」

「大丈夫よ、もちろん。ちゃんと話せるわ。お入りなさい、ビッグ・ボーイ。お目にかかれて嬉しいわ」彼女はダンスホールのホステスのように僕を夜の終焉へと招き入れた。

「きみがヘルミナ・マース?」

「そうよ」彼女は目を細めて僕を見た。取っ掛かりの言葉としてあまりふさわしくなかったようだ。

「誰かに勧められたの?」

「いや、違う」

彼女はブラインドを下ろし、振り返った。「コートをかけて。ドアのうしろに杭があるから。煙草、持ってる?」

　部屋はまるで飾り立てた独房のようだった。壁紙には茶色い花の模様、ベッドのまわりにはレーヨンでできたピンクのカーテン、角の割れた大きな姿見があり、そこに赤いフラシ天のカウチから飛び出たバネが映っていた。鏡台には細々とした物が置かれている。手当たり次第に仕留めた狩りの戦利品のように。灰皿の中にはピンク色に染まった一ダースもの煙草の吸差し。ピルスナーの空のボトルが三本。熱源が一本だけの電気ヒーターが鏡の横に置かれ、カレンダーの上の壁にはスケートをする少女の雪景色の絵が飾られ、『メリー・クリスマス』という文字が見える。誰かがそこに鉛筆で口髭を書いていた。

　僕は彼女の煙草に火を点けた。ちらちらと震える炎がマスカラの瞼と薄い眉毛を照らした。「僕の名はフィリップ・ターナーだ」

「オー・ケイ。すてきな名前ね。それじゃあ――」彼女は言葉を止め、頭を上げた。「ターナー?」

「ああ。このあいだ、そこの運河で溺れたのは僕の兄だ」

　ライターを閉じるとともに、形式的な歓迎の笑みも顔から消えた。彼女は言った。「全部もう終わったことでしょう、違う?　私は関係ないわ。警察へ行ってよ。彼らが教えてくれるから。私はなにも知らないのよ」

「別に君からなにか聞こうとは思っていない。ただ礼を言いに来たんだ」

「どういうこと?」

　僕はカウチの破れていない部分に腰を下ろした。「きみは兄を助けようと最善を尽くしてくれた、そうだろう?　誰もができることじゃない。特にきみのような仕事の女性は。どうなるか承知の上で

――つまり、警察に出頭しなきゃならないと知りながら」

「ふんっ！　知らなかったわよ！　もし知ってたら――」

「それでもきみは同じことをしたはずだ」

煙の向こうで彼女は警戒するように目を細めた。

「とにかくもう終わったの。彼の命を救うことはできなかった」

「そのとき、兄が死んだとき、僕はアメリカにいたんだ。だからここに話を聞きにくることはできなかった。先週ようやく戻ってきて、遅くなったけれど君に礼を言いたくて」

彼女は少し表情を変えたが、せわしなく煙草を吸い続け、一言も話そうとしない。

僕は百ギルダー紙幣を一枚取り出した。「受け取ってくれるだろう？――お礼だよ――たとえ助けられなかったとしても」

紙幣を鏡台の上に置くところを彼女はじっと見つめていた。まるでそれが動き出すのを待つかのようにじっと目を凝らして。それから再び僕の方へ視線を向けた。「他になにが目的なの？」

「なにも」

「じゃあ、どうしてこれをくれるの？」

「さっき言っただろう」

「でもなんのために？　今夜一晩付き合えってこと？」

「ただきみに会いに来たんだ。他にどんな事情もないよ――わかるだろ……」

「あら、そう」彼女はどうでもよさそうに肩をすくめた。「ここじゃあまり、ハンサムな人にはお目にかからないのよね」

「兄はなかなかのハンサムだったよ。そう思わないかい？」

「目の前で見たわけじゃないわ。外の橋のところにいたから。でも、あなたよりだいぶ年上よね？もっと痩せていたし、たくましい感じじゃなかったわ」

「それじゃあ、ここに来たわけじゃないのかい？」

「来ないわ」

「他の人たちの行方もわからないんだ。兄と一緒にいたんだけれど」

彼女はスリッパの踵を裏返し、煙草の灰をそこで叩いた。「他の人たちって？」

「男が一人、それから若い女性」

「女の人なんて見なかったわ」

「彼女はここまで来なかったかもしれない。でも男の方は、きっとここに来たはずだ」

彼女は言った。「よく聞いて、知ってることは全部警察に話したの、わかった？　九時間ものあいだ、ああだこうだと質問攻めにあったわ。その人の命を救おうとしたばかりに。あんたはオランダの警察を知らないのよ。戦争以来、奴らはいろいろと余計なことをドイツから学んだようよ。あなたのお兄さんのことなんて見なきゃよかった。もうこれ以上ペラペラ口を開くつもりはないわ。気の毒だけど、あんたを助けることはできないの」

「警察に近づくつもりはないよ」僕は言った。「それは、いちばん避けたいところだ。時間のある限り自分のやり方で決着をつけたいんだ」

「そう」

「まずは君に会うことができた。次に、兄が死んだ日に一緒にいた、その男を捜したいと思っている。

短い鬚のある男だよ」

　彼女は言った。「あんた、なんの魂胆もなくここに来たんでしょう。話さなくても百ギルダーくれると思ったわ」

「そのつもりだよ。話したくないことは話さなくてもいい」

　彼女はしばらく煙草を吸っていた。それから部屋着の袖を後ろへ押しやり、肘を掻いた。「あたしが恐れているのが警察だけだと思ったら、あんた、大間違いよ」

　あたりは静まり返っていた。突然、家中が沈黙に包まれたようだった。彼女は言った。「あたしはね、古い方じゃないのよ――つまり、この辺じゃあ新入りってわけ。まだ二、三か月なの。身の危険がなくなったら、すぐにここを出てユトレヒトに帰るわ。でも今はまだ出て行くことはできないの。だから、ここにいるのよ。黙っていることに決めたの。その方が安全だから」

「わかった」僕は言った。「もういいよ。悪かった」

「これはあたしにとって、あまりいい経験とは言えないわね。最悪よ、こんなところ。あいつら、あたしの顔を焼きつぶすって脅すの。ただの脅しじゃない。ある女の子の話を聞かされたの……ここがそんなにひどいところとは知らなかった。ここで見たことは全部忘れなくちゃいけないの。最初は他とそんなに変わらないと思った。あなたのお兄さんが死ぬまで知らなかったのよ。走って出て行って警察を呼んだわ。そしたらあいつら、あたしの顔をめちゃめちゃにしてやるって」

「あいつらって？」

　上の階でドアが閉まり、窓がきしむ音がした。彼女は耳を澄ました。首の筋が二回ぴくぴくと動いた。

「あの夜、最初にお兄さんを見たのは夜の十一時くらいだったかしら。橋のそばに立っていた。低く月が出ていたけど影がかかっていた。彼はそこに着いたばかりだったみたい。マッチを擦って煙草に火を点けようとしてたから。火は二回消えて、そのあと点いた。当然彼のこと、この辺りに来たお客さんだと思ったの。でも、全然こっちの方を見ないで立ったまま煙草を吸ったり、捨てたりして——。おまけに何度も橋の上を行ったり来たりしていた」

「どんな男だった?」

「あなたのお兄さん? 背が高くて痩せていて広い肩幅、それにちょっと猫背だったわ」

僕がその通りだと頷くと、彼女もすぐ安心したように頷き返した。「そうだよ。続けて」

彼女は百ギルダー紙幣を手に取り、じっと見つめてから二つに折り、ストッキングの中に素早くしまった。

「ここにいると危険だわ」彼女が言った。「もし、やつらが知ったら……あたしにとっても危険なのよ」

「さっきの金でユトレヒトへ帰れるだろう。明日にでも帰るんだ。一度ここから出てしまえば誰も手出しはできないはずだ」

「誰も? そんなのわからないわ。三十キロ離れただけでは安全とは言えない」

「さっきの兄の話だけど……」

彼女は肩をすくめた。「彼が来てしばらくして、この家から男が一人出て行った。男が通り過ぎようとしたとき、お兄さんが呼び止めたの」

「どんな男だった?」

「わかるわけないでしょう。あたしの客じゃなかったんだから。お兄さんよりちょっと背が低くて短い鬚があったわね、さっきあなたが言ったような。その日、ここに入ってきたのは見なかったけど、前の日の夜に一度、その男を見てるのよ。二人は立ち止まって話をしていた。そのあとすぐに喧嘩と言うか、揉めてるような……」

　僕の正面の姿見にドアが映っていた。鏡の中のドアがわずかに動いた。それがあまりにもゆっくりだったので、ただ鏡が歪んでいるだけかと思った。しかし、彼女の顔を見て、違うと気づいた。もう一度鏡を見た。ドアの向こうに男が立っていた。

「もう一本、煙草をどうだい？」と僕は言った。

「ええ、ありがとう」彼女は箱から煙草を一本取った。マニキュアが所々剝がれていた。その手は今、わずかに震えている。

　僕は何気なく言った。「ある男がここを教えてくれたんだ。そいつが言うには、デ・ヴァレッチェのようなところは他にないって。しばしばここに来ているらしいが」

　彼女と目が合った。「そうなの？」

「ああ。そいつは定期的にアムステルダムに立ち寄るんだ。三か月に一回くらいかな、船をドックに入れるんで。たぶん僕もまた来るよ。君さえよければ」

「もちろん」彼女が言った。「もちろんよ。いつでも来てちょうだい」

　ドアが開き、男が入ってきた。

　僕は立ち上がった。腹が出た中年の大男だ。白髪のような褪せた白っぽい金髪に八角形の縁なし眼鏡をかけている。もし、この服装でこの眼鏡でなければ、教師か、それとも立派な会社員として通用するだろう。

彼はドアを閉め、かなり巧みな英語で言った。「ここでなにをしてるんだ?」

「あんたとなんの関係があるんだい?」

「充分関係はあるんだよ。そいつは俺んところの女だ。いったいなんのためになにを聞き出そうとしてるんだ?」

お守りを付けた時計の鎖、緑のシルクのシャツ、赤い水玉のネクタイ——それらがこの男からすっかり品格を奪っていた。くだらないものに随分と金を費やしているようだ。

男は言った。「おまえの名前は?」

「ターナーだ」

「俺はヨデンブリー。この界隈に住んでる」

僕は言った。「言いたいことがあるのなら、さっさと言って出て行ってくれないか」

こちらを見つめる男の目には色彩がほとんどなかった。瞳孔も虹彩も無色だ。前にどこかでこんな目を見たことがある。「言いたいことがあるかって? いいか、ここらじゃトラブルはお断りだ。波風は立てたくない。ミーナは黙っていりゃいい子だ。でも、黙っていることにまだ慣れていないようだな、どうだ?」

「あたし、今夜はなにも言ってないわよ、ジョー。なにも」

「ああ、それはわかってるよ。言うことなんてなにもないはずだからな。だが、俺らはこそこそと詮索されるのが好きじゃないんでね。そろそろ出て行ってもらおうか、ターナーさんよ」

「準備ができたら出て行くよ」僕は言った。「よければ、外で待っていてくれないか」

彼は穏やかな口調で言った。「ただのはったりだと思ってるんだな。いいか、俺はミスター・ヨデンブリーだ。この名前がなんの意味も持たないって言うなら、おまえさんはまったくおめでたい人間だよ。せいぜいおめでたいまま、とっとと出て行くんだな」

僕は言った。「できればあまり警察を呼びたくはないんでね。取引しないか?」

彼はそばかすのある肉付きのいい手で上着のポケットを探った。銀のホイッスルを取り出す。「昔、犬のトレーナーをやってたんだ」彼は言う。「部屋に入ったら電気のスイッチをつけ、出て行くときは消すように犬を訓練した。ダンスも覚えさせた。俺様が辛抱強いのはこういったわけさ。覚えの悪い奴にでも辛抱強いんだ。だがな、あまりにも覚えが悪けりゃ、そのときはぶん殴る。今も同じだ。ただ今はもう、自分の手を痛める必要はない」

タイミング、声の調子から、こういったことを前にも経験済みだとわかった。卑劣な脅しの手口がそこにあった。僕は自分が本当に怖がっているのか、よくわからなかった。恐れは怒りに姿を変えるからだ。

僕は窓のブラインドに手を伸ばした。ブラインドはカタカタと音を立てて上がり、彼女はまるで撃たれたように飛び上がった。

ヨデンブリーが言った。「そんなことが役に立つと思うのか? 無駄なことだ。ブラインドはそのままでいい、ミーナ。かまうな」

僕は言った。「こんなガキくさい真似をするには二人とも年を取り過ぎていると思わないか? 得るものより失うものの方が大きい。さっき取引しようと言ったはずだ。返事を聞こうじゃないか」

「取引だって? なんのことだ?」そこいらのチンピラと違って、経験を積んだ彼の心がかすかに動いたようだ。おそらく彼は街の売人として人生のスタートをきったのだろう。さっきの言葉でなにかを感じ取ったらしい。

「いくつか知りたいことがある。それがわかったら、すぐにここを出て行くし、これ以上迷惑はかけない。まず、バッキンガムのことだ」

それを聞き、彼は口を少し開け、音もなく笑いだした。とても愉快そうに。しかし、手の中のホイッスルは休んでいるふりをしながらもそこでちゃんと待ち構えていた。「バッキンガム？　そんな名前知らないな。誰だい？」

「兄が殺された日、あんたが一緒にいた男だよ」

僕は今、以前どこでこの目を見たのか思い出していた。戦時中、ジブラルタルの病院だ――モルヒネ中毒の男がいた。「そういった話はあまり賢いとは思えない。これ以上おまえに我慢していてもなんの得にもならないな。いいか、二分以内に――」

男の後ろのドアが開き、マーティン・コクソンが飛び込んできた。

ヨデンブリーは振り返り、動きを止めた。そして唇を舐めた。繊細で優し気な面影は、このときのマーティンの顔からはすっかり消えていた。彼は無言のままだった。

「そうか……」ヨデンブリーは目をパチパチさせた。「つまり、こういうことか」新たな訪問者に男は不意をつかれたようだった。

「こういうことだ」マーティンが言った。

「来てくれて助かった」僕は言った。

「そろそろ時間だと思ったんでね」

ヨデンブリーが言った。「仲間がいたってわけか。結構なことだ。俺にも仲間はいるからな。簡単だ……」彼は手を動かそうとした。

「ホイッスルは使うな」マーティンが言った。「さもなきゃ、痛い目に遭うぞ」

彼女は震えていた。煙草を置こうとする彼女の手が見えた。いや、さっきのことを思い出し、そう錯覚しただけだ。この数分間過度に緊張が高まっていた。世の中に悪が存在することを、真の悪の存在を、生まれて初めて強く感じた。説明はつかないが、確かにそれは実在し、どう対処してよいかもわからなかった。

僕はヨデンブリーに言った。「さっき言っただろう、バッキンガムがどこにいるか教えてくれたら、ここから出て行くと。まだオランダなのか？」

娘が僕の手を摑んだ。「すぐにここから出て行って！ 帰って。オランダから出て行くのよ！」

僕は彼女の方を見た。「僕の兄は殺されたのか？ 君はここから、殺されるのを見ていたのか？」

「いいえ、見てない、見てないわ！」彼女は激しく首を振った。「何も見てないわ！ お願い、すぐに出て行って」

ヨデンブリーの顔が怒りに歪んだ。「そいつの言うことがわかっただろ。イギリスに帰りたければ、今すぐ出て行くんだ」

男が振り返ったとき、マーティンが殴りかかった。彼の判断がよかったのか、ただの偶然かはわからないが、その攻撃はヘビのように素早く獰猛だった。ヨデンブリーは体型に似合わず、しぶとかった。しかしまもなくガクリと頭を垂れ、折れた傘のように床に倒れた。倒れたとき、摑み損ねた鏡台から物が飛び散った。

娘が叫び声を上げた。「ばかよ！　本当になんてばかなの！　あんた、殺されるわ！　あたしだって！　この男は——」

コクソンが彼女をうしろへ押しやった。「黙るんだ、さもなきゃ、あんたも同じ目に遭うぞ。黙って座るんだ！」マーティンが僕を見た。「さあ、訊きたいことがあるなら、今のうちだ」

僕はヨデンブリーを電気ストーブのそばから引き離した。彼は完全に気を失っていた。唇から血が滴り、歯も一緒に取れていた。眼鏡が片方の耳からぶら下がっている。すさまじい騒動のあと、再び辺りは静まり返った。墓場の乱闘騒ぎのように。彼女はマニキュアの剝げたぎこちない指で煙草を取った。苦しそうな荒い息遣いだった。

マーティンは鼻の上で手を拭った。「……けちなペテン師が調子に乗りやがって。運河に沈めてやるか。こいつにはうってつけの場所だ……」

娘は深く煙草を吸い込み、吐き出してはまた吸い込む。僕達二人を交互に見つめる。化粧の下の顔が病人のようだった。

マーティンが彼女の方を見た。「よく聞くんだ——あの夜、なにを見たんだ？　ターナー博士は殺されたのか？」

取り乱して彼女は言った。「こんなことをするためにここへ来たって言うの？　なぜ来たのよ？　あいつら全部あたしのせいにするわ！」

「ターナーの死について真実が知りたいんだ。我々は警察ではない。下手な話には騙されない！　彼は殺されたんだな？　どうやってだ？」

「言ったでしょう。なにも見てないわ！　なにも——」

「誰かに押されたのか？　この男か？　それとも、こいつの腐った友達にか？」

「何か飲み物が欲しいわ」彼女が言った。「気を失いそう」

マーティンはこぶしを拭い、忌々しげに部屋を見まわした。「あそこの隅にジンがある、フィリップ」

僕はグラスにジンを注ぎ、彼女に渡した。マーティンがさらに二、三、質問しようとしたが、僕はそれを制した。そして彼女に言った。「君は疲れているようだ。明日、どこかで会えないか？　ここから離れた別の場所で。君が話をしても安全なところで」

「話すのに安全な場所なんてどこにもないわ！　あんたたちだって同じよ、安全な場所なんてないわ。帰ってよ、あんたたち馬鹿よ」

マーティンは彼女がジンを飲むのを見つめ、それからヨデンブリーの姿に目をやった。低い声で彼は言った。「今夜はもう、これ以上訊くのは無理だな」

彼女はグラスを空けた。僕は彼女に言った。「どうだい？　力になってくれるかい？」

彼女は外の音に耳を傾けているようだった。僕の言葉には、明らかになんの注意も払っていなかった。なんとか興奮がおさまり、彼女は僕の目をじっと見つめた。「お金は返すから、もう帰って。じゃなきゃ今度はあんたが運河に沈むことになるわ」

マーティンはわずかにドアを開けた。僕達はお互いの目を見ながら、これ以上残るべきかどうか推し量っていた。

「わかった」僕は言った。「これ以上ここにいても、どうにもならないな」

マーティンはドアを大きく開いた。こぶしから血が出ていた。僕は言った。「でも、この男をここに残しては行けない」

「どうしてだい?」

「彼女に被害が及ぶ」

「いずれにしても逃れられないさ」

「こいつを通りに出して行こう。膝の方を持ってください」

「さわるだけでも反吐が出るよ」

男を階下まで運んだ。部屋を出た途端、彼女がドアを閉め、僕達は真っ暗な階段を手探りで進まなければならなかった。途中、男の体が何度も階段にぶつかった。下まで来るとマーティンが言った。

「ここまで来たら、充分だろう」そして、男を乱暴に床に落とした。

僕達は通りへ出た。再びマンドリンの音が聞こえてきた。北海からの冷たい夜風に吹かれ、調べが空へと舞い上がる。運河に映る灯火が溺れた人々の顔のように見えた。微風が水面に触れるたび、その顔がかすかに震える。人気のない石畳の埠頭はしんと静まり返っていた。マーティンが革のベルトを締め直した。

僕は言った。「助けてくれて、ありがとう」

「あまり気の利いたやり方じゃなかったが。しかし、ああいった男は……ああするしか……」

「そうですね、あれも一つの手段かも」

僕をちらりと見て、彼は拳を吸い、血を吐き出した。上唇に血が付いていた。

「この私に分別ある行動など期待しないでくれ、フィリップ。私は思ったときに、思ったことをするまでだ。とにかく、あの男は俺たちを逃がしはしなかっただろう——あの娘の前では。すぐに仲間を呼んで来たはずだ。私は殴られるのは好きじゃない。君もそうだろう？　さあ、行こう」

　次の朝、枕もとの電話の音で目が覚めた。昨夜は真っ直ぐ戻らなかったため、既に遅い時刻になっていた。マーティンは若き日の思い出をかき集めるのに没頭し、宿に戻ることを拒み、かつて足しげく通った店を見つけようとあちらこちらさまよい続けた。

　ある店で――そこは地下の穴蔵で、フロイトでも解釈不能と思われるような現代壁画が飾られていた――マーティンはアコーディオンを借り、数曲歌をうたった――水夫のはやし歌でもなく、陽気な合唱曲でもなく、奇妙な歌だった。さらにシューマンの曲を二曲、「君は花のごとく」と「ヒダルゴ」。フォーレの曲も何曲か。歌っているときの彼の顔は笑っているように見えた。顔の翳りは消え、まるで二十五歳に戻ったかのように失望からも解放され、幸せに満ちていた。生粋のイギリス人と呼ばれるのは、まさにこういったタイプかもしれない――ハンニバルの理念に基づき、現代ゲリラとの戦いに挑む男、はたまたリヴィウスの教えを胸に最終戦線を率いる闘将。そして彼は己の規律のみに服する古典的な活動家のようでもあった。

　この穏やかな夜の冒険がその日起こった事件の衝撃を和らげ、僕はベッドに入った途端ぐっすりと眠りにつくことできた。

　僕は受話器を上げた。

「ミスター・ターナー？」

「はい？」

「こちら、トーレンと言う者ですが。おはようございます。あなたがオランダにいたとは知りませんでしたな。いつ、こちらに?」

「昨日着いたばかりです。そのうち、お伺いできればと思っていたんですが」先手を打ってやった。

「もちろん、私もそれを言おうとしていたところです。コロネル・パウエルから聞いていたので。あなたが来るかもしれないと」

なるほど、連絡していたのか。「それで、今日はどうです? いや、ちょっと待てよ……午後はだめだな。ランチはどうですか?」

「ええ、ありがとうございます」

「一時にアメリカン・ホテルで? よろしい。お一人ですか?」

僕はためらった。「いいえ、コクソン司令官が一緒です。お会いになったことがあるか、わかりませんが」

「いいえ、たぶんないでしょう。しかし、一緒に来てもらってもかまいません。あなたがそうしたいのなら」

十分後、マーティンが部屋に入って来て僕のベッドに腰を下ろした。

「朝食は、もうとったかい?」

「いいえ、まだ」

「もう九時半だ。私は六時から起きてるよ」

「何かあったんですか?」

「習慣だよ。長くは眠っていられないんだ」

「じゃあ、昨夜はわざわざ僕を酔わせるために?」

髪をVの字にかき上げ、彼は笑った。「違うよ。でも、君は例のことがあってから、かなり興奮していただろう。だから、ちょっとリラックスした方がいいと思ったんだ。私が知ってる唯一のやり方さ」

「確かによく効いたみたいです」

それから、トーレンの電話について話した。彼は言った。「せいぜい、そいつを困らせてやればいいさ。こっちは今、他に手伝ってくれそうな奴を探してるんだ。しかし、警察と連絡を取り合っていると知ったら……私も行くと返事をしたのかい？」

「トーレンは僕に連れがいると知ってるはずです。そうじゃなくてもすぐにわかるでしょう。来るかどうかはあなたにおまかせします」

「もちろん、行くよ。警察がなんと言うか、ぜひとも聞きたいからね」

第五章

トーレン警部が煙草の灰を叩いて落とし、煙がテーブルの上を漂った。「昨日、お越しいただければよかったですね、ミスター・ターナー。あんな所に足を踏み入れるなんて賢明とは思えない。まあ、被害に遭わなかっただけよかったですが」

僕は言った。「昨日、僕達が危険な目に遭ったと知っていながら、なぜ兄の件に関しては、犯罪が絡んでいないと断言できるんですか?」

「犯罪であれば」トーレンが言った。「それらしい痕跡が残るはずです。よろしければ医学的証拠をお見せしますが」

「ヘルミナ・マース以外に目撃者はいないのですか? ああいった場所では、きっと――」

「ああいった場所で目撃者を探すのは非常に困難です。ブラインドを下ろしていたからわからないと、みんな口を揃えて言うでしょうし。まだ捜査を続けてはいますが」

ファン・レンクムが言った。「あなたのお兄さんには神経衰弱の傾向はありましたか、ミスター・ターナー? 興奮剤や鎮静剤を投与していたとお聞きになったことは? フェノバルビトンは最近では万能薬としてどこでも普及しています。誰でも処方してもらえるので手に入れるのは簡単です」

「兄は大酒飲みでも薬物中毒でもありませんよ。あなたがそのことを言っているのなら」

「いえ、まったくそういった意味ではありません。しかし、有能な人間というのは得てして神経が過敏になりがちです。睡眠薬には記憶を失う危険性がともない、また、過剰摂取につながることも……」

僕はまだ、しっくりきていなかった。警察署の警部からアムステルダム最高級のホテルに昼食に招かれるなどイギリスでは考えられない。オランダでも、そうそうあることではないだろう。おそらくこれは、悲惨な最期を遂げたグレヴィル・プライアー・ターナーに対し、今も変わらぬ敬意が払われているという証拠だ。僕よりも正確な発音で英語を話す聡明なオランダ人、ファン・レンクムの態度がそれをよく示していた。彼は公的な立場ではなく、ここに居合わせているようだが。マーティンは第四の男として沈黙を守っている。端正な青ざめた顔が間近にあった。内に何かを秘め、物思いにふけるその顔が。

僕達の胃袋は八品を詰め込み、もう充分満たされていた。トリュフとピーマンの入った巨大なチキンのゼリー寄せ、フォワグラを添えたステーキ、何杯も注がれるストレートのボルス（オランダ製のリキュール）。この会の立案者と思われるトーレンは、ものすごい速度で食事を平らげ、その合間に煙草をふかしている。吸い込んだ煙があらゆるところから出てくるようだ。鼻、口、耳、ポケットからまでも。

僕は言った。「その後、バッキンガムについての情報はなにかありましたか?」

「ジャカルタとまめに連絡を取り合ってはいるが、全面的な協力を得るのはなかなか難しくてね」トーレンはちょっと困った顔で連れを見た。

ファン・レンクムは渋い顔でカフス・ボタンに目をやった。「トーレン警部が言いたいのは、つまり、オランダとインドネシアの間にはまだいくらか感情的なもつれがあるということです。オランダ領東インドの完全独立は、戦後苦境に立たされているあいだに我々オランダ人の手から奪い取られ——そして、国連が愚かな過ちを犯した。つまり、インド諸国はまだ充分な準備ができていなかったんです。よちよち歩きの子供を親が支えず放っておけば転ぶのは目に見えている——共産主義体制においても同じことが言えます。彼らインドネシア人は我々がなにかを与えても、それは嫌々ながら与えられたもので、我々が悪意を持っていると感じているのです。そういうわけで国内のことで協力をお願いしてもいつも快く応じてはもらえないのです」

トーレンは力強く頷いた。「だが、一週間前に使いを一人ジャカルタに派遣した。この件を調べるためです。昨日現地を発ったはずですから、明日には詳しい話が聞けるでしょう」

マーティンが遂に沈黙を破った。「バッキンガムがジャワにいたのはわかっています。私達が知りたいのは、今、彼がどこにいるかです」

「なるほど、わかります。しかし、警察ではよくこんな風に言われるんです——以前起きたことは次に起こるべき出来事を予告している、とね。バッキンガムについてさらに詳しい情報をお伝えできればと願っています、コクソン司令官。できれば、なにか身元を確認できるもの、写真の一枚でもいい。既に使いの者から電報も来ています。バッキンガムがどうやってターナー博士と知り合ったかもわかりました。昨年から今年にかけての三、四か月のあいだ、『ペキン号』という一艘の船が、フィリピンから武器を運んでいました。ジャワにはダール・アル・イスラムが占有している港があります——これは中央政府と対立しているイスラム教徒の組織ですが。その船の所有者がバッキンガムというわけです。しかし、二月に政府専用機の襲撃を受け、船は座礁し、バッキンガムはすべてを失った」トーレンは髭に覆われた顔を僕の方に向けた。「あなたのお兄さんは親切にもこの落ちぶれた犬を助け、借しみなく深い友情を注いだ。そして助手が病に倒れたときはバッキンガムが代わりに彼の仕事を手伝った。そういうことです。バッキンガムは無一文で、ターナー博士が帰りの旅費を払ったと思われます。しかし、ターナー博士はアムステルダムで亡くなり、バッキンガムが姿をくらました。つまり、彼が他の土地へ飛んだとは考えにくいのです。今にきっとバッキンガムは見つかると思います」

「レオニーという女性は？」と僕は訊いた。

「その名前の外国籍の女性がオランダを出入りした痕跡はありません。たぶん、レオニーと言うのはただの愛称でしょう。もしもオランダ人なら話は別ですが。ターナー博士の交友関係については詳しく調査済みですし、彼の去年二度にわたる滞在についても調べてみましたが、今のところなにも情報はありません」

チーズが運ばれてきた。ほんのひと口で僕はやめたが、残りの三人は最後まで食べ終えた。

ファン・レンクムが言った。「もう一つ他の問題があります、ミスター・ターナー。あなたのお兄さんは最初の核実験にどのくらい深く関わっていたのですか？　はっきりしたことは言えませんが、最近随分と妙なことが起こっているようです。外交官が突然消えたり、親しい友人が突然ロシアへ高飛びしたり」

「もう十二年も関わりはないはずです。当時兄が知っていたことはかなり時代遅れで、実用性に乏しいと思われます。しかし、そのような知識はどの国にとっても貴重なものです。もし、利用しようと思えばですが」

「私が考えていたのはそのことなんです——彼に何かを強要するような思いも寄らない圧力がかかったのではないでしょうか」

マーティンは、ファン・レンクムが差し出した葉巻を受け取った。「ヨデンブリーという男を知っていますか?」彼が尋ねた。

二人のオランダ人は一瞬ちらりと目を合わせた。トーレンが言った。「旧教会広場の近くに住む男のことですか? 昨夜、会ったのですか?」

「そうです」

「あまり身持ちのいい男ではない。あの界隈ではかなりの影響力を持っているが。親しくなさらない方が無難でしょうね」

「向こうもそのつもりはないでしょう」

トーレンが言った。「明日、私の使いがジャカルタから戻ってくるので会ってみるといいでしょう。何か証言が得られるかもしれません。通訳を用意しておきましょう」

マーティンはなおも食い下がった。「ヨデンブリーについてはどうなんですか? 彼には尋問したんですか?」

「ええ、しました。しかし、もちろん彼には証人がいる。あの夜は遠くに出かけていたことになっています」

「つまり、彼はあそこにいなかったということか」

「そうとも言えないんです。何かトラブルが起きても彼には自分のアリバイを証明してくれる人間がいる。口裏あわせなど彼にしてみれば簡単なことです」

「あの男はどうやって生計を立てているんですかね? あの女の子たちを働かせた金で?」

「あそこにいくらかの不動産を持っています」

マーティンは葉巻に火を点けた。苛立った様子でマッチの火を消す。「もちろん、私は第三者でしかないが、ミスター・ターナーの力になりたいと思っている。思惑などなにもない。でも、この事件を調べれば調べるほどますます納得がいかないいんだ。もし、グレヴィル・ターナーがホテルの部屋で自ら銃で……自殺したというのなら少しは頷ける。しかし、今回の状況や場所を考えると腑に落ちない。あんな場所で、ヨデンブリーのような連中がいるところで。ターナーの死は自殺に見せかけるために偽装されたんだ。なんらかの形で、なんらかの理由があって、彼は殺されたんだ。あの娘がたまたま見ていて警察に連絡しなければ、彼は忽然と姿を消したままだったかもしれない。数週間後、溺死体で発見され、ただの事故死として片付けられたのだろう……」

「しかし、ヘルミナ・マースの証言によると——」

「彼女は誰もが怯えて口を閉ざしているのも知らず、ついうっかりしゃべってしまった。すぐに自分が危険にさらされていると気づき、自殺の話をでっちあげた。今でも彼女は、恐怖に怯えながら暮らしている」

「見つかった、あの手紙については？」

「まったく納得がいかない」

「では、死因についてはどうお考えですか？」ファン・レンクムが冷ややかに言った。

「神のみぞ知る。神のみぞ——。たぶん、何者かによって水底に沈められたんだ。病理学者を欺く方法なんていくらでもある」

窓の外に目をやると、木々に縁取られた運河が日差しに煌めいていた。

トーレンが言った。「なるほど、あなたの言う通りかもしれない。私にはそうは思えないが、いつかそれが真実だとわかるかもしれない。とにかく、いずれにせよ、あなたたち二人が勝手な行動をとるのは危険です。私の言っている意味がわかりますか?」

「ええ、わかります」

「勝手な真似をしないと約束していただけますかね?」

僕は言った。「約束できるとは思えません」

トーレンは僕を見た。品定めするような注意深い眼差しで。「残念ですね、ミスター・ターナー」

「面倒は起こしません」僕は言った。「でも、あまり時間がないんです。自分の納得がいくように時間を有効に使いたいと思っています」

レストランを出たとき、ファン・レンクムが僕を呼び止めた。「ルイ・ヨアヒム伯爵から言付けがあります。オランダを発つ前に一緒に食事でもいかがかと。明日の夕方、ご都合はつきますか?」

「ええ、ぜひとも」僕は言った。「楽しみにしています」

マーティンと僕は騒々しいトラムと自転車で混み合うライツェ通りをぶらぶらと戻っていった。彼は再び無口になっていた。僕は腹に詰め込んだ食べ物と飲み物のせいで口を開く気力も失っていた。

もうすぐ宿に着くという頃、彼が言った。「さて、これであまり大っぴらなことはできなくなったな」

「トーレンのことですか?」

「そうだ。おとなしくしてろ、さもなきゃそれ相応の手段をとるぞってことさ」

「どんな手段を?」

「たぶん誰かに尾行させるつもりだろう。パウエルもよくやる手だ。始終誰かに監視されてちゃわざわざここに来た意味がないな」

「あなたがそんな風に思ったのなら残念です」僕は言った。

「君はそう思わないのか？」

「僕が言いたいのは、警察に目を付けられ、あなたが興味を失ってしまったのなら残念だということです」

「少しも興味を失ってはいないよ」彼は言った。「むしろ、その逆さ。ただ今のやり方でなんとかなるという確信は揺らいでいる」

「では、他にどんな方法があると？」

「わからない」

「ボエツからは、まだなにも？」

「ああ、なにも。でも彼が頼みの綱だ」

「どちらにしても、あと二日です」僕は言った。

「君はこのあと、アメリカに帰るのかね？」

「たぶん、そうなると思います」

「結局なにもできず終わってしまったとしても、自分を責めてはいけないよ」

「でも、よくやったと喜ぶことはできませんね」

「トーレンとファン・レンクムのことだが、随分と気前よく話をしてくれたと感じなかったかい？」

「いいえ。むしろヨデンブリーのことでは、あなたの質問を避けているように感じましたよ。まさかヨデンブリーから金を受け取っているようなことはないですよね？　オランダじゃよくあることでしょうか?」

「わからないな。どこにでもよくある話だ」

僕らはしばらく無言で歩き続けた。彼は言った。「もし未解決のままアメリカに帰ることになっても、それでも、これはまだ君にとって意義のあることかい?」

僕は肩をすくめた。「これは選べることではありません」

彼は頷いた。「わかるよ。だから厄介なんだ。いつだってそうさ、選ぶことなどできないんだ」


その日の夕方、マーティンは母親から電報を受け取った。バンガローに泥棒が入ったらしい。長い電報にマーティンは苦々しく笑った。

「うちの母は今でもときおり、自分のことをか弱い新婦だと思い込んでいるんだ。そしてこの私に夫の役目を求める。でも、自分でちゃんと対処できるはずだよ」

夕食の席で彼は自分自身について詳しく話した。彼の父親はスコットランド貴族と女優ロッティ・バーンスタインの間に生まれた末の子供で、後に自身も劇場の演出家となった。「父は仕事で成功をおさめ、女性にもとても好かれたようだ。女性関係が盛んだったせいか、体に反動が来て三十五歳の若さで死んだよ。父のことはよく覚えていないんだ。でも、スコットランドのファイフに住んでいた祖父のカラード卿のところへはよく遊びに行ったな。かなりの堅物だったが、根っからの貴族だった。母は結婚当時、幼稚園の先生をしていたんだ」

食事の終わり頃、彼はもう一度母親からの便りに目を通し、翌朝、電話をもらえるように電報を打つことにした。電話は隣の家から借りられるということだった。

彼が電報を打っているあいだ、僕はもう一度ホテル・グロティウスまで歩いて行ってみることにした。そこの受付係がグレヴィルに会いに来た女性と直接話をしている。この前訪ねたとき、彼女は非番だったが、今度はそこに姿があった。彼女の話によると、グレヴィルの友人らしきその女性は、グレヴィルを電話で呼び出してもらうために名を名乗ったそうだ。しかし、受付係はその名前を思い出せず、ミスかミセスかもわからないと言う。確か外国人のような短い名前で、ひょっとするとイギリス人かもしれない。きれいな女性であまり言葉が流暢ではなかったということだ。

「つまり、ネイティブのようではなかったと?」

「ええ、何度か言葉に詰まっていましたので」

もう一人の受付係が、その前の日にグレヴィルが金髪の女性ともう一人の男性と一緒にロビーに入って来るのを見たと言う。彼らはバーに入って行ったが、バーテンダーは覚えていなかった。

僕は宿へ引き返した。帰り道、考えていた。今までの努力に対してまだなにひとつ成果があらわれていないことを。三週間前なにが起こったか調べることは、半分萎んだ風船を捕えるのとよく似ている――摑んだかと思うと、するりと手から抜けてどこかへ飛んで行ってしまう。警察さえもどこかうさんくさく、時間ばかりがただむやみに過ぎてゆく。

次の朝、マーティンと二人で朝食をとっていると、コクソン夫人から電話がかかってきた。電話を終えて戻って来たマーティンはやっぱり家に帰るべきかと迷っていた。母親はもう若くはないし、保険のことでちょっとした問題が生じていると彼は説明した。さらに二、三日滞在したところで大きな違いはないはずだと僕は彼に言った。しばらく悩んだあと、マーティンは帰ることに決めた。

僕は半分疑っていた。もしかしたらマーティンはここから抜け出す口実として電報を利用したのかもしれない。彼が衝動的な人間なのはわかっていた。おそらくこのオランダ行きだって突然思い立ったに違いない。彼の決断力に感銘を受けたのは確かだ。しかし、九年来のつてもさほどあてにはならず、熱意は次第に失われつつあった。そして、トーレンの登場によってマーティンは自分の役割にはっきりと限界を感じたのだ。

できないことを約束する――それは善意によるものだが――そんな人間に出会うのは、別段珍しい経験ではない。ともかく彼を非難することなどできない。彼をここまで来させたのは僕の責任なのだから。

彼は十二時三十分発の飛行機のチケットを手に入れ、僕は空港まで見送りに行った。飛び立つ前に彼が言った。まるで僕の心を見透かすように。「手伝えなくなって申し訳ないな。でも、信じてほしい。やる気が失せたわけじゃないんだ。たぶん君一人でも充分うまくやれるさ」

「一人でどうやって？　いずれにせよ、ほんのわずかな望みしか残っていませんよ」

「いや、なにかまだ進展があるかもしれない。もし、なんらかの事情で君がアメリカに戻らずに――ここでなにかを見つけ、そして私のことが必要とあれば、遠慮せずに電報を打ってほしい。戻って来るよ……」

「そうします」

彼は一瞬、しっかりと僕を見つめた。「今後、どうなるかはわからないが、お互い連絡を取り合う価値はあると思うんだ。君はどうだい？」

「ええ、ぜひとも」

「アメリカに帰る前に連絡してくれ。帰ったあとでも、なにか思い出して私に手伝えることがあれば手紙でもよこしてくれ。私は今でも自殺説など信じちゃいない。それを証明するためなら喜んで力になるよ」

「ありがとう」僕は言った。「覚えておきます」

スキポール空港からの帰り道、彼がいなくなったことで強い喪失感を味わっていた。知り合ってまだほんの数日だったが、彼との出会いは僕にとってとても価値のあるものだった。おそらく僕もこの段階ですべてを放棄し、帰る準備をするべきなのかもしれない。この件に関してはすっかり正気を失っているようだ。いまだに事件に多くの意味を持たせようとしているが、マーティンに言った自らの言葉が絶対的な真実を物語っていた。選ぶことなどできないんだ——。その言葉は、まさしく過去の遺物だった。遠い昔からずっと引き摺っているもの、七歳のまだほんの子供の頃から——。

再び街に戻り、トーレンのところへ立ち寄った。残念な知らせがあった。ジャカルタへ派遣した男から連絡があり、調査にはまだ三、四日かかるとのことだった。つまり、来週まで戻って来られないということだ。トーレンは、今朝はまた一段と愛想がよかった。僕が近いうち戻らなければならないと告げると、手紙で報告書を送ると約束してくれた。

その日はかなり長い時間を警察で過ごした。青い目に赤ん坊のような肌をした礼儀正しい若い警官からグレヴィルの検死結果について聞かされた。ホテルに早めに戻ると、僕はパンガル博士に宛てて手紙を書いた。住所はトーレンが教えてくれた。グレヴィルはいつも自分の友人を助手として採用していた。もし彼になにか知っていることがあれば、オランダの警察関係者よりもグレヴィルの弟である僕の方に話してくれるのではないかと密かに期待していた。その夜はルイ・ヨアヒム伯爵から晩餐に招待されていた。僕は支度を始めた。

半分着替え終えたとき、ボエツの女房が二階へ上がってきた。コクソン司令官に会いに客が来ていると言ってるようだが。彼女は英語の単語を六つ並べただけだった。そしてボエツは出かけている。僕は客を二階に上げてもらうよう身振りで示した。

ジャケットを羽織ったとき、一人の青年があらわれた。青白い顔に華奢な体、厚い縁なし眼鏡をかけている。生真面目な顔をして、どこかそわそわしている。身なりはそんなに悪くない。どこかの下級事務員といった風情だ。

「コクソン司令官ですか?」

僕はためらった。「そうだが?」

「あなたが、コクソン司令官?」

僕は頷いた。

青年は背中でも刺されやしないかと、恐る恐る部屋を見まわしていた。

「ローウェンタール氏から伺ったんです。あなたが情報を欲しがっていると。彼のことはご存知ですよね?」

再び僕は頷いた。

「三月三十日にこの国を発った女性について知りたいと?」

表情を隠すため、屈んで煙草を取り出した。

「ああ、そうだ」

「それなら調べが付きました。二百ギルダーいただけるとのお話ですが」

千ギルダーでもかまわない。「いいよ、払うよ——君の情報が僕の必要としているものならばね」

「それではお金をいただけますか?」

「君が、話すことを話してからだ」

二人はしばらく見つめ合い、やがて彼の方から目をそらした。彼はポケットを探り、一枚の紙切れを取り出した。

「その女性は、オランダ航空三四一便で三月三十日の二十一時十五分にオランダを飛び立ち、ローマへ向かいました。ローマでの滞在先の住所はクイリネール通り二十一番地、ホテル・アゴスティーニとなっています」

僕は彼に煙草を差し出したが、彼は首を振った。「すみません、煙草は吸わないんです」

「それで、彼女はまだローマに?」

「もちろん、それはわかりません」

僕は煙草に火を点けた。「女性の名前は?」

彼はぶ厚いレンズ越しにこちらを見た。「彼女の名前?」

「ああ、そうだ」

もっと金をせびるつもりかと思ったが、そうしなかった。代わりにもう一度紙切れに目を落とした。

「ヘレン・ジョイス・ウィンター」

「ミセス、それとも、ミス?」

「ミセスです」

「イギリス人?」

「はい、そうですね」

「で、男の方は？」

彼は目をしばたたいた。「男の方、とは？」

「一緒に男がいなかったか？」

「わかりません。僕が調べたところでは彼女は一人で旅立ったようですが」

僕は考えを巡らした。ヘレン、ヘレナ、エレノラ、レノーラ、そして、レオニー。

「他にわかってることは？」

「他にはありません」

財布から二百ギルダー取り出し、その青年に渡した。彼は再び目をしばたたき、いぶかしげに金を見つめたが、すぐに細い指でぎこちなくそれを折りたたんだ。カサカサと音を立てて金は姿を消した。

「なにか飲むかい？」僕は尋ねた。

「いえ、結構です」

彼をもう少し引き止めておきたかった。しかし、他のことを聞いてみてもそれ以上は何も出てこなかった。決定的な情報を手にして彼はやってきた。もし他に情報があるのなら、必ずそれもふっかけてくるはずだ。今、彼が考えているのは金を持ってさっさと立ち去ることだろう。二人で階段を下りてゆくと、ボエッツが巨大な体を揺らし入って来た。なにかひとこと言いたげな顔をしている。僕は青年の背後で顔をしかめ、奴が消え去るのを見守った。

どうやら結果的には、マーティン・コクソンの調査は無駄ではなかったようだ。

第六章

ルイ・ヨアヒム伯爵はとても簡素に暮らしていた。そして旧友の弟に対し、礼儀正しく親切に接してくれた。食事をとった部屋には、彼らを結んだ趣味の品々があちらこちらに飾られていた。ヒッタイト語の粘土の書字版、ウェザーヘットの古墳から出土したパピルスの写本、第十二王朝の金のマスク、ヒィラコピの模様のついた陶器。

彼はグレヴィルとの二十年間に及ぶ長い付き合いについて、それからジャワに発つ前、最後に会ったときの様子について話してくれた。最後の夜、グレヴィルは今度の発掘調査の目的を語り、人類の起源に関する新たな概念を模索していると伯爵に話した。まだ推理の段階に過ぎないが、もし二、三年のうちに発掘が行われ、その概念を確証にまで高めることができれば、人類学の歴史を再編する新たな足がかりになると考えていた。

「前途有望な若者は——数多くいるが」ルイ・ヨアヒムが言った。「君のお兄さんは格別だった。有望であると同時に人間的にも成熟していた。古くさいところなどまったくなく——円熟の域に達しながらも常に自分を再生してゆく、とでも言うのだろうか。若々しい感性のまま彼はいつも物事に取り組んでいたよ。大きなチャンスを目前に、今、花開こうというときに。実に痛ましいことだ」

「それに不可解です」

「その通り、不可解だ」彼はしばらく口をつぐんだ。

僕は言った。「あなたはこの件について自分なりの解釈を得ようとは思いませんでしたか？」

「グレヴィル・ターナーは立派な男だった、非凡な才能の持ち主だった。私はただ彼の思い出を辿るだけだよ」

「それで、どうなると言うのですか？」

「ああ、どうにもならない。ただの個人的感情だよ。突然投げかけられた友の死というヴェールの中身をしっかり見極めなければならない、そう思うばかりだ。人はこのように不意に……」ルイ・ヨアヒムは一瞬考え込み、顔をしかめた。「君のお兄さんはいつだって不可能と思われることに取り組んできた。ずっと考えていたよ、彼のような人間がなぜこんな最期に甘んじたのだろう？　ことの発端はなんだったのだろう？」

「もし、これが他の人だったら、と？」

「ああ、その通りだ。だが、普通の男だったら危険を覚悟でなにかを始める勇気も、いっそ終わりにする勇気もないだろう。彼は物事に対し、とても柔軟な規準を設けていた。そういった人間は、今必要と思えることにいち早く自分を順応させる。そして、高い理想があるがゆえに実直であるがゆえに妥協するような精神的曖昧さを許すことができないんだ。できないし、しようとも思わないだろう。突き進むか、死を選ぶか――後戻りなどあり得ない」

僕は再び同じ思いに打たれていた。グレヴィルの謎の死について推測するとき、アーノルドも、コロネル・パウエルも、マーティン・コクソンも、そして今やルイ・ヨアヒムさえも、自分だったらどうするかと、なにができただろうかと考えを巡らす。客観的な予測を立てるのではなく、自己を省みるのだ。誰もが自分をグレヴィルの立場に置き換え、自分自身の性格と照らし合わせて解釈し、推測する。誰も本当のグレヴィルを知らないし、グレヴィルがなにを思っていたかなどわからない。おそらく不可能なことなのだ。この難問は、きっと僕一人で解き明かさなくてはならない。超人的な頭脳を用いてではなく、深い愛情と理解によってのみ解くことができるのだ――それ以外に解決の糸口はない。

食事も終わる頃、ふとあることに気がついた。一九四〇年から四二年にかけ、グレヴィルはオランダ王室に惜しみない援助の手を差し伸べ、それに対しこの国はグレヴィルに借りがある、そうヨアヒムが二度も強調して述べていた。確かに彼は本心からそう言ったようだが、見方によると必要に迫られて言ったようにも感じられる。もしかすると、彼は事件に関して僕よりもずっと警察に通じているのかもしれない。

十時頃、彼の屋敷を出て、十時半には町に戻ってきた。朝からずっと僕の中である感情が高まっていた。アムステルダムの滞在を切り上げる前にまだ一つやるべきことが残っていた。もう一度、ヘルミナ・マースに会いたかった。

二回目だとしても、デ・ヴァレッチェは容易に見つけられる場所ではない。二度ほど道を間違え、やがてこの前とは逆の方向からその場所に辿り着いた。少なくともこの間のようにあの飾り窓の前を通らなくて済んだというわけだ。

灯火の雨が降り注ぐ中、煌めく石畳の橋を渡ってゆく。遠くで酔っ払いが歌っていた。ほろ酔い気分というよりは孤独で悲しげな歌声だった。小さな明かりの灯ったたくさんの部屋。それは石の棺を思わせた。中の肉体は腐敗し、今にも朽ち果てようとしている。どんなに着飾ろうとも、みすぼらしく気の滅入る悪行の本質は変わらない。夜ごと繰り広げられる性的行為は、あるときは詩人の歌のように美しく、またあるときはトイレの落書きのように醜悪だ。

橋の終わりまで来たとき、うしろからコツコツと石畳を踏み鳴らす音が聞こえた。振り返ってみる。誰もいない。そのとき、向かいの家から一人の男が出てきた。こちらへやってくる。黒人の若い男だ。人種の入り混じった港町などで見かけるタイプだ。六フィート三、四インチくらいの身長、がっしりとした体、黒くつややかに光る顔、袖が短い明るい色のジャケット、つばを上に向けたグレーのフェルト帽。セットした頭と肩の揺れが多くを物語っていた。僕は立ち止まり、彼が近づいて来るのを待った。彼はこちらを見た。白い目がギラリと光る。彼は何か言おうと口を開きかけたが、そのまま通り過ぎ、やがて角を曲がって姿を消した。

ツォーレン通り十二番地の二階の窓は暗闇に包まれ、一階の窓もブラインドが引かれていた。もしかしたらヨデンブリーがどこかで待ち構えているのかもしれない。僕は中に入り、二階へ上がった。二階の踊り場は真っ暗で、手探りで彼女の部屋のドアを探した。取っ手に指が触れ、ドアをノックした。返事はない。きしむ床板の上をそっと移動する。できるだけ音を立てないように。上の階で誰かが無線電話を使っていた。通りの向こうでは犬が誰かに踏みつけられたように甲高い鳴き声を上げている。取っ手を握りしめ、そっと回すとドアが開いた。

すぐに中へは入らず、壁をまさぐり、照明のスイッチを捜した。見つかったものの既にスイッチは入っていた。何度かカチカチ動かしてみたが、電気は点かない。部屋に半分足を踏み入れ、昨日のことを思い返した。確かテーブル・ランプが点いていた。そこにもう一つのスイッチがあるはずだ。ブラインドが下りていなかったため、目が慣れてくると姿見の角の部分とランプシェードのまるい影が見えた。

僕は神経質な方ではないが、部屋の中に入るにはかなりの勇気を要した。やめるんだ――心の声がそう叫ぶ。結局、手紙の女性の居場所も摑んだことだし、それで充分じゃないか。ここでいったいなにが欲しいんだ？

たった一つでいい。なにか有力な決め手となるものを。

無事につまずかずにランプまで辿り着き、柄の下に付いているボタンを探り当てた。明かりが点いた。

十分ほど暗闇の中にいたためか、点いた途端とても眩しく、すべてがあまりにも鮮明に目に映った。急いで窓のそばに寄り、ブラインドを下ろす。

この部屋でいったいなにを見つけようとしているのか、自分でもよくわからなかった。素早く部屋中に目を走らせる。破れた長椅子、ベッドを覆う濃いピンクの布、茶色い壁紙の茶色い花、カレンダー、電線したストッキング、前に染みの付いた緑色の水玉のドレス、口紅、ヘアピン、煙草の吸殻。

彼女はここにいなかった。

それでも、なにかやらなくてはと感じ、引き出しを一つ二つ開け、ベッドカバーをめくり、殴り書きのある封筒を手に取った。何と書いてあるかは読めなかった。ドアは開いたままだった。そろそろここを出なくては。ドアのところまで行き、スイッチを切り替えたが明かりは消えない。テーブル・ランプまで戻り、プラグを外し、手探りでまたドアまで引き返す。

踊り場に出てから、ブラインドを下ろしたままだと気がついた。しかし、戻る気にはなれなかった。ドアを閉め、再び手探りで階段を下りる。一階のドアを叩いて住人に話を訊いてみようかとも思ったが、それはできそうもないとわかった。戸口の外で二人の男が僕を待ち構えていたのだ。

他に出口はなかった。そして彼らは下りてくる僕の足音を聞いている。マーティン・コクソンが一緒だったなら――。しかし今夜は都合よく橋の上で待っていてくれる友はいない。

そこにいたのはヨデンブリーではなかった。プロの殺し屋だ。さっきの黒人の男が知らせたのだろうか。鉄パイプと剃刀でも隠しているに違いない。ひと気のない運河で自分が最期を遂げるとは想像もつかなかった。

「ミスター・ターナー?」一人が言った。

「ええ、なにか」

「一緒に来ていただけますか」

そうか、これが巧妙な手口というやつか。自らの体験をもってグレヴィルがどのように死に至ったかを知るわけだ。

僕は一歩前に出た。ここを突破できるだろうか? いや、外に助けを求めるのは難しい。

男が言った。「トーレン警部の指示です。一緒にここを出て、ホテルに戻っていただきます」

指の関節がヒリヒリした。ゆっくりと手を緩める。音を立てないよう吐息をもらした。

「トーレン警部の?」

「そうです、もちろん」

「ずっと僕のあとを?」

「昨日からです」

膝から力が抜けた。「ヘルミナ・マースを探しに来たんです」

「彼女は今、保護拘置されています。さあ、急いで」

切迫した口調だった。彼ら自身も身の危険を感じているのだ。

僕は彼らに従った。「なぜ彼女を保護したんですか?」

「その方が安全だからです。火曜日にあなたたちが訪問したせいですよ、わかりませんか?」

僕は訊いた。「それで、ヨデンブリーは?」

返事はない。橋の上で三人の男が話をしていた。雨が激しく降ってきたが、まったく気にしていない様子だ。すれ違うとき、その中にさっきの黒人の姿が見えた。黒人がもう一人とだぼだぼの水夫のセーターを来た白人が一人。彼らは話をやめ、僕らが通り過ぎるのを目で追った。

一緒にいた男がポツリと言った。「ついて来て正解でしたね、ミスター・ターナー」


アーノルドが言った。「ローマに行って、いったいどうなると言うんだね。理解できんよ」

「僕にも、まだわからない」

「今まで調べたことについては話したくないってことか?」

「特になにもないよ――今までのところは」

「おまえの会社はなにか言ってこないのかね?」

「もしも知ったら、言うだろうね。でも、会社はまだ知らないんだ」

アーノルドが考え込んでいるのがわかった。僕がこれだけ言うために、わざわざミッドランドまで来たのは驚きだったに違いない。考えはすぐにまとまったようだ。

「会社はかなり怒ってるんじゃないかね?」

「彼らの立場だったら僕も同じように思うだろうね。カリフォルニアじゃ今重大な局面を迎えてるんだ。僕が抜けるからって、すぐ事業計画を変更するわけにはいかないだろう」

「で、どうするんだ?」

「僕の代わりに他の人を派遣してもらうよ。彼らがなんて言うかわからないけど。もしかしたらうまく取り計らってくれるかもしれない。それとも、血筋による精神異常の兆候と思われるかもね」

アーノルドは鼻をかんだ。そして、慎重に言葉を選んで言った。「おまえが安定を望む人間じゃないのはわかっているよ、フィリップ——普通の人が望むようにはな。画家を目指していた頃もおまえはわずかな金しか受け取ろうとしなかった。でも、ぜひ覚えておいてほしい。B・T・Jの仕事がうまく行かなくなったら——特に今回のことで——ここにおまえの居場所があるってことを。一時的でも永久でもかまわんさ」

「覚えておくよ。でも、すんなり受け入れることはできないんだ」

アーノルドは立ち上がり、電話帳の折れたページを指で平らにならした。「このことについては随分と考えてきたんだよ、フィリップ。グレヴィルが死んでからは、なおのこと。そういったことがあると、やはりな……おまえがこの会社に関わってくれたらと心から望んでいる。そして思ったんだよ。これまでの私の接し方は間違っていたのかもしれないと。もし、じっくりと腰を落ち着け、話し合う気があるのなら、机に座っているだけの仕事じゃなく、もっとおまえに適した他の可能性を探ることだってできるんだ。もちろん、旅行に行こうがどうしようが、おまえ次第だよ」

「そうだね、そうかもしれない」

「私が必要としているのは同じ名前を持つ人間なんだ。今のところ、一族の将来は安泰とは言えない。

私のところには子供がいないし、グレヴィルには娘が一人だけ。おまえはパメラと別れた後、身を固めようとする様子がまったく見られないし。次を任せられる人が誰もいない状況なんだ。もちろん、わかっているよ」――彼はそこで言葉を止めた――「おまえとグレヴィルは、私が会社のことをあまりに重視し過ぎると思っていたんだろう」

僕は言った。「その会社の収入があったからこそ、僕らはなんとかやっていくことができたんだ――グレヴィルが物理学の道をあきらめたときも、戦争のあと、僕がぶらぶらしていたときも。僕達はひどく恩知らずだったよ。自分たちに与えられたものを嫌悪し、たった一人で頭を下げ続け、会社を軌道に乗せてきた兄さんに対し、保護者ぶっていると感じるなんて。グレヴィルはちゃんと自立していた。だから、それなりの主張をしても当然さ。でも、僕は違う。自分でもちゃんとわかっているんだ。一人じゃなにもできないくせにいつも反抗的だった。でも、年を取るとともにそういった部分も徐々に変わっていくかもしれない」

アーノルドはデスクに腰を落ち着けた。彼は自分の感情を表に出すタイプではない。しかし、今のところ満足しているようだった。大人になってからずっと僕はこの問題に抗ってきたのだが、なぜか今日はその提案を保留にしておくのも悪くないと思った。選択肢を残したまま、今、自分がやりたいと思うことを始めた方がいいだろう。そしておそらく、グレヴィルの死によって――それとも、その死が与えた喪失感によって――僕達二人の関係が今までにないほど近づいたのかもしれない。

いずれにしてもすべてはまだ先のことだ。未来はなにひとつ決まっていない。グレヴィルのことが僕の頭から離れるまで――いつか離れることがあればの話だが――安定した未来など僕には訪れそうにもなかった。

「ところで、フィリップ。もう一つ話があるんだ。知っていると思うが、グレヴィルが持ち帰った品があるんだよ。発掘調査のときに出てきた物らしいが——持ち運びできるほどの小さなものだ——ほとんどはアムステルダムの博物館に行くことになっていた。しかし、グレヴィルの判断でいくつかはイギリスに持ち帰ることにしたようだ。帰りの飛行機でアムステルダムに運ばれた。梱包用の木箱に入れられ、四つは博物館へ、そのうち一つは自分のところへ。グレヴィルが亡くなったあと、オランダの警察が所持品を保管していたんだ——一時的にだがね——彼らが言うには捜査のためらしいが。今になってようやく返却された。日用品はこの家に送ってもらった——うまくグレースの目には触れずに済んだよ——しかし、例の木箱は大英博物館のリトル教授が預かっている。そして今日、そのリトル教授から手紙をもらったんだが、箱の三分の二は空だったと言っているんだ」

「オランダ人が残りをくすねたってことかい？」

「そのようだな。まだ、わからんが、もしかしたらオランダの考古学者が、グレヴィルが死んで計画が中止になったもんだから、興味あるものを好きに利用していいと思ったのかもしれない。それにしても、所持品を今まで保管してるとは、なんとも奇妙なことだ」

「その届いた物について、リトル教授はなんと言ってるんだい？」

「木箱の中身かい？　特になにも。しかし、彼はグレヴィルのノートをここに送ってくれた。速記で書かれたものだよ。私はもうしばらく速記は使ってないから読むのも厄介でね。で、思ったんだが、おまえがこれからやろうとしてることを考えると、たぶんそれは——」

「ああ、もちろん」僕は言った。「どこにあるんだい？」

僕らの父は様々な活動を行う中で、独自の速記を考案した。それを大々的に広めることはなかったが、自分の息子たちに伝授した。二人の兄は父から直接教わり、僕は兄から教わった。グレヴィルは寄宿学校にいた僕にいつも速記の手紙を書いてよこした。自分のノートも速記で記していたらしい。予備知識なしでは誰も解読できない、自分だけの言語があるのは便利なものだとよく言っていた。

アーノルドはルーズリーフのノートを何冊か引き出しから取り出した。「読めばわかると思うが、すべて細かく記載されているわけではなさそうだ。ただグレヴィルの死ぬ前の状況がなにかわかるかもしれない。少なくともオランダ人がなにを自分たちの手元に置こうとしたのか、知る手掛かりとはなるだろう」

「そうだね」僕は言った。「それを持っていくよ。ローマに」

旅立つ前にマーティン・コクソンに会う機会はなかった。たぶん、会うべきだったのかもしれない。新たな情報を得ることができたのもすべて彼のおかげなのだから。でも、勝手ながら僕はどうしても自分自身で次のステップを踏みたかった。

さらに休みを取りたいと会社に切り出すと、ウィンチコムはかなり渋った。当然と言えば当然だ。すぐに代わりを見つけてカリフォルニアに派遣するのがどんなに大変なことか、ひたすら彼は強調した。少なくとも僕は首にはならなかったし、自主的に辞めるように追い込まれることもなかった。しかし、会社における自分の将来があまり明るいものではないと悟り、去る決心をした。その仕事が好きだったし、残念だった。すべてに対し、すっかり意気消沈したまま、ローマへ飛び立った。

ある点ではウィンチコムは僕に協力的だった。最後の給料を電信で送ると約束してくれたのだ。

今の段階ではどのくらい滞在するか、また、いくらぐらいかかるかを予測するのは困難だった。

夜間の飛行機に乗り、途中少し眠り、早朝の強い日差しと喧騒の中、コロンヌ広場で朝食をとった。十一時にはホテル・アゴスティーニの階段を上っていた。なぜか自分の捜索がここで終了するとは思えなかったが、実際その通りになった。ミセス・ウィンターは二晩だけアゴスティーニに滞在し、それからナポリへと旅立っていた。僕の苦労はまだ始まったばかりだった。駅に向かうと、ちょうどナポリ行きの列車が出るところだった。チケットも買わずに急いで乗り込み、二時少し過ぎにはナポリ湾が見えてきた。

ナポリは探索するには大き過ぎる町だった。方法は二つしかない。ホテル近辺をあちこちまわってみるか、警察へ足を運ぶか、そのどちらかだ。

僕はまず、警察へ行くことにした。

彼らには、「ミセス・ヘレン・ウィンターは古くからの親しい友人で、この町にいると聞いたが、どこに滞在しているのかわからない」と話した。「個人的な理由があって、どうしても彼女を捜したい」と。話を聞いた警官は、僕に同情を寄せてくれた。そしてできるだけ力になると約束してくれた。外国人登録に関する情報は通常警察だけのもので外部に漏らすことはできない、しかし——そういった事情なら、できるだけのことはしよう……僕は彼の目を見て、申し訳なさそうに微笑んだ。そしてさらに、これは家族の一大事に他ならない、今はまだ家族じゃないにしても、いずれそうなることを望んでいる、と強調した。彼は充分納得したように再び頷き、もう少し時間がかかりそうだと言った。僕は、滞在先のホテルを告げ、連絡を待つことにした。

次の朝、まだ連絡はなく、再び警察へ足を運んだ。昨日の担当者はいなかったが、代わりに強靭そうな男が僕を迎え、少し待つように言った。一時間ほど待った。すると、昨日の男が一枚の紙を持って入って来た。彼を見て僕はほっとした。

「シニョール、あなたが欲しがっていた情報です。ミセス・ヘレン・ウィンターは四月四日にホテル・ヴェスヴィオに滞在しています」

「一晩だけですか？」

「はい、彼女は翌日カプリへ発ちました。そこのホテル・ヴェッキーノに滞在していると届けが出ています」

ミセス・ウィンターは休むことなく所在を変えていた。「そして、その後は？」

「彼女がそこを離れたという情報は届いていません。もちろん、まだ届いていないだけかもしれませんが」

僕は充分に礼を言った。最初に出てきた警官が親切にも僕を玄関まで見送ってくれた。すぐにタクシーを拾い船着き場に向かう。二時三十分発の船があり、僕はそれに乗り込んだ。

第七章

カプリのメイン広場を歩いていると、時計台の鐘が二十七回虚ろに鳴り響いた。針は五時十分を示していたが。一九四六年に一度ここへ来たことがある。その頃、島は戦後の復興へと向かっていた。八月の混み合う時期だった。そして今日、広場は座っている人もまばらで色取り取りのパラソルが風に飛ばされぬようしっかりとたたまれていた。ホテル・ヴェッキーノは大聖堂から続く細い小路の先にあった。道は両手を広げてどうにか通れるくらいの幅しかなく、頭上には両側の三階建ての建物を支え合うようにいくつものアーチがかかっていた。先へ進むと、人々の日常の光景が目に飛び込んできた。腰を屈め材木を運ぶ地元の人間、ビーチハットにブルージーンズを履いた外国人滞在客、ロバを連れた老人、若い男女のグループ。やがて、石畳の小道はそこで終わり、ホテルへの坂を上りはじめた。

警察から話を聞き、僕は期待して、そして望んでいた。これが旅の最終地点となることを。しかし、ミセス・ウィンターについて尋ねると、ホテルの受付係は首を振った。ミセス・ウィンターは一晩しか滞在していなかった。彼女がどこへ行ったのかはわからない。次の滞在先について何の手掛かりも残してはいなかった。絶望的な気分だった。もうどうにも埒が明かない。僕は支配人との面会を求めた。支配人は外出中だと言われ、今度は副支配人に会いたいと頼んだ。すると、ブラウスにカメオを付けた色の黒い若い女性が出てきた。僕は宿を取りたいと彼女に言った。（実際、その夜はもう島を離れる手段がなく、宿を探さなくてはならなかった）彼女に部屋へ案内され、僕は再びミセス・ウィンターの情報を得ようと果敢に挑んだ。彼女がまだ島にいるのは知っている、行方を追うのにぜひ協力をお願いしたいと頼んだ。いくつかのやり取りのあと、ようやくその女性は陥落し、僕はほっと息をついた。ミセス・ウィンターはまだ近くにいた。友人のところに滞在しているとのことだった。だが、新しい住所を不意の来客に教えないようにと、ことさら強調していたらしい。人目を避けているようだった。記者たちに追われることを恐れているのか。僕は記者ではなく、どんな秘密にも慎重に対応すると彼女に約束した。はったりがそんなにうまくいくとは信じられなかったが。彼女は部屋の雨戸を開けた。夕闇が迫り、コバルト色に変わりゆく海が見えた。僕の方をちらりと見て彼女は言った。滞在先はヴィラ・アトラニのマダム・ウェーバーの所だと。

　ときに人は、ひたすら辿ってきた道が突然そこで終わりと告げると、気持ちもそこで萎えてしまうことがある。今の僕はそういった心境だった。グレヴィルの死と密接な関係にある二人のうち、一人の女性を追い求めてここまでやってきた。今はっきりと彼女の所在を摑むことができた。しかし、次にどうすべきかと途方に暮れていた。第一にまず本人に間違いないかを確認するべきだが、そのあとは……

　夕食の間、ずっとあれこれ考えを巡らし、そのあと僕は散歩へ出かけた。

　日が暮れたカプリの町。広場やメイン・ストリートから少し外れて歩いてみると、どこか秘密めいた光景が目の前に飛び込んでくる。古いイギリス映画のようにわびしくともった街灯。高く真っ白な家々の壁やプライベート・ガーデンの間を小道や路地が縫うように通り抜けてゆく。幾度も起伏を繰り返し、幾度も迂回しながら。視界は遮られ、自分がどこから来たのか、どこへ辿り着くのかもわからない。すれ違う島民はこちらをちらりと見て「こんばんは」と小さく呟き、足早に通り過ぎる。乏しい街灯の下では、子供を連れた年若い女房たちが座り込んで噂話に花を咲かせている。彼女たちは話をやめ、通り過ぎる旅人を見守った。辺りには静けさが漂っていた。そこにあるのは華やかな観光客や外国人とは無縁のまったく別の世界だった。

教えてもらった方角へと足を運ぶ。二回道を間違えた後、一対の石柱と中央に家紋をはめ込んだ錬鉄の門が見えてきた。石柱の一つに『ヴィラ』、もう一方に『アトラニ』と記されている。建物は見えなかった――少なくとも、この暗闇の中では。見えるのは二本の大きなシダ、イトランの茂み、湾曲した小道だけだった。

歩いてきた狭い小道は下りの階段へと続き、やがて暗闇に消える。唯一の明かりが背後の古びた家の最上階の窓からこぼれていた。ヴィラ・アトラニの庭は真っ暗だった。ゆっくりと門を開いた。ミラノのスカラ座で耳にするようなソプラノの甲高い音が辺りに響いた。中へ入った。

すぐに家の明かりが見えてきた。大きな屋敷だったが、建物自体は低く屋根も平らだった。建物の正面に小さなコリント式の支柱に支えられた細長いベランダがある。明かりは屋敷の両端に灯っていた。歩き出すと足の下の砂利が音を立てる。道端の芝生に上がって先へ進んだ。

応接間のブラインドは上がったままで、ちょうど部屋の中の低い部分が見えた。背の高いがっしりとした女性が歩き回っている。彼女は一度、散った花瓶の花びらを集めに窓際へやって来た。それから男の姿が見えた。四十歳くらいの色の黒いハンサムな男だ。リーファー・ジャケットにポロのセーターを着ている。隣には背の高い痩せた女性がいて、恐ろしく長いシガレット・ホルダーをくわえている。二人は一緒になにかを見つめている。それがなにか、こちらからは見えない。最初の女性が体を屈め、犬が吠えだした。

そのとき、別の物音が聞こえた。背後の門がきしむ鋭い音。そして、小道をやって来る足音。茂みの中に身を隠すには遅すぎた。草むらに足を踏み入れたりすれば、まわりの枝葉が騒々しい音を立てるはずだ。僕はヤシの木に身を寄せた。

人が三人やって来た。すぐ側を通り過ぎる。緋色のブラウスに黒っぽいスラックスを履いたほっそりしたブロンドの娘、鷲鼻で片足を引き摺った色の黒い若い男、白いセーターにジーンズのふくよかな女の子。三人で何か話をしている。男が英語で言った。

「僕を誘惑しようと企んでいるんだね。随分と気が早いようだ、君たち二人とも」

ブロンドの娘が言った。「信じられない、あなたがそんな風に思っていたなんて。ねえ? ジェーン」

「そうね、私の前ではそんなこと考えなかったはずよ」

階段を上がっていくとき、男はさらに何か言い、ブロンドの娘が笑った。

屋敷のドアが開き、彼らは中へ入っていった。

たぶん、その三人の登場を一種の警告ととらえるべきだったのだろう。だが、僕はそうしなかった。窓に近づくことができれば、もっと中がよく見えると考えていたのだ。

ホタルが小道を飛び交う中、屋敷へと近づいて行く。歩きはじめたとき、突然ドアが開いた。僕は後ろの植込みの中に隠れた。先ほど見えた大柄の女性の輪郭が光の中に浮かび上がった。彼女は杖を突いて歩き出し、次いで二頭の大きな犬が横から飛び出してきた。一頭が低い声で吠え、小道を真っ直ぐ走ってくる。マスチフだ。

「マーシー！」女性が大声で呼んだ。「マーシー、遠くへ行っちゃだめよ！」

犬は真っ直ぐこちらへ向かって来る。僕はわずかに後退りしたが、もうどうしようもなかった。犬は小道を走って来ると、一ヤードほど距離を置いて足を止めた。口を開け、吠えるような咳き込むような音を発している。

僕は低い声で呟いた。「いい子だ、さあ、いい子だ」

マスチフは動きを止めたまま僕が走り出すのを待ち構えるかのように、じっとこちらを見つめている。ちょうどそのとき、おかしなことが起こった。藪の中でガサガサ音がして、どこから来たのか、犬がもう一匹姿をあらわした。

僕は手を伸ばした。

二番目のマスチフは萎れたユリの中を通り抜け、同じように僕を見て立ち止まった。低く太い声で唸っている。大きな頭をしたマスチフは顎の横からよだれを垂らしていた。「マーシー！　ギンベル！」女性の声がした。「庭から出ちゃだめよ！」彼女は階段を下りはじめた。

最初の犬が数歩こちらへ歩み寄り、僕の手のにおいを嗅ぎはじめた。喜んでいるようには見えなかったが、少なくとも躊躇はしているようだ。僕は動かなかった。二番目の犬が再び唸り出した。

「ギンベル」僕は小さな声で呼んだ。

「誰かいるの？」女性の声が聞こえた。「そこに誰かいるの？」

永遠とも思える長い時間のあと、マーシーはそっぽを向き、近くの葉っぱの匂いを嗅ぎだした。犬はしっぽを振っているようだった。もう一匹がやってきて僕のズボンの足をクンクンと嗅ぎはじめた。こっちの犬も尻尾を振ってくれたら嬉しいのだが。

女性は階段の下まで降りてきたが、それ以上は動かなかった。彼女は立ち止まり、煙草に火を点けた。僕は決死の覚悟でマーシーの頭をそっと撫ぜた。犬が頭を振ると、首に巻いた小さなベルが音を立てた。ギンベルの息が荒くなった。僕のにおいを嗅いで喘息を起こしたかのように。マーシーがこちらへ伸び上がり、着ていたベストの一番上のボタンまで、その頭が届こうとしていた。

女性が再び犬を呼んだ。ゆっくり渋々といった様子で、マーシーは僕から体を離し、小道をぶらぶら戻っていった。あとから来たギンベルは、あとから戻るつもりのようだ。

ブロンドの娘がドアのところに姿を見せた。「大丈夫？　マダム・ウェーバー」

「ええ、大丈夫ですよ、レオニー。ギンベルとマーシーが言うことを聞かなくて。わたくしのそばから離れちゃいけないって、庭の茂みの方に行っちゃだめだってわかっているはずなのに。困った子たちね。ほんとに、ヘビでもいたらどうしましょう」

娘がなんと答えたかは聞こえなかった。そのとき、マーシーがウェーバー夫人の前にあらわれ、大喜びでじゃれだした。彼女は犬を叱りつけたが、その声はとても優しく、褒めているようにしか聞こえなかった。

ギンベルはジェラシーを感じたらしく、不意に僕から離れ、小道を戻っていった。やがて二人の女性と二匹の犬が家の中へ入り、ドアが閉まった。僕はそばにあったバナナの木の葉で手についたマーシーのよだれを拭った。引き返そうとしたそのとき、二階の寝室の一つに明かりが灯り、身を乗り出して雨戸を閉めているレオニー・ウィンターの姿が見えた。

歩いて宿へ戻り、女性支配人と少し話をした。彼女は最初のときとは態度を変え、今度は快く話に乗ってきた。それによると、マダム・ウェーバーは良く知られた島の名士で、地元の画家の支援をしているらしい。

それから一時間ほどをグレヴィルの考古学ノートの解読に費やした。五ページ目にバッキンガムに関する記述があった。『この土地に権威なるものはほとんど存在せず――農園主は自分の地所に住むこともできず、護衛をつけて毎週ただ視察にやって来る。地元の人間も山賊を恐れ、危険を冒してまで夜遅く出歩く者はいない。おびただしい数のゴムの木が薪に使うために伐採されている。我々が襲撃されたとしてもなんの不思議もないだろう。バッキンガムの行動はこの期に及んでも少しも変わらない。こういった情勢は世界でもっとも自然な姿なのだと彼は言い切る。そして彼は主張する。我々が今認知している文明は氷河時代となんら変わらず、既に死に絶えた過去の遺物に他ならない。それは流転と解氷によってのみ生じる真の発展を妨げている。僕は言った。そんなのまったくの戯言だと。僕らは日が暮れてからの長い間、友好的な議論を交わした。アルティニの川床に関する彼の調査結果を検証するため明日ジャンドゥイを発つ予定だ。彼は考古学の知識に非常に長けてはいるが――僕が話し続ければ、一晩中でも耳を傾けるだろう――実務的な経験はほとんどない。間違いなく木曜日までにはもっと多くの知識を得るだろう!』

『アルティニ』と書かれた見出しのあとに、二、三項目が続いた。『この土地は、かつてトリニール遺跡の南にあったとされるソロの古代台地と異なる、とは言い切れない。いくつかの類似点により、さらにその確信は強まっている。たとえこれまでの出土品が、まぎれもなく更新世のものであったとしても――おそらく、シェル文化期のものだ。昨日発掘された二本の歯は損傷が激しく、その由来の特定は難しいと思われる。確かに歯髄腔の発達が見られるが、何よりもその横径に注目すべきだ。オランウータン帰属説を唱えるパンガルは間違っていると思えるが』
『あと数週間、ここに滞在することになるだろう。バッキンガムの主張は確かに正しかったのだ。多才な男だが、同時に彼の哲学は自己中心的で破壊的でもある。もちろん、その年齢の典型とも言えるが、かなり行き過ぎたところがある。これほど価値ある男が自分の世界の中に踏みとどまっているとは、なんとも歯がゆいものだ』

僕は、その名前が他にも出てこないか、急いで読み飛ばしていった。しかし、あとの数ページには見つからず、またもとのページから読み続けた。

翌朝は、眩いばかりの澄み切った空が一面に広がっていた。運が良ければ、たまに見られると言うイタリアの魔法。眠っている間に世界が生まれ変わったかのようだった。その純粋なまでの輝きは、のちに風や雲に汚染されてしまうのだが、いまひとときはそれらの存在さえ忘れてしまうほどだった。

ヴィラ・アトラニを見つけて、それからどうするつもりかはまだ決まっていなかった。しかし、それはひとまず置いておき、ある考えが頭に浮かんだ。このような朝には誰もが思い付くことだ。朝食のあと、騒がしい広場まで歩いてゆき、海水パンツと縄底の靴を買い、バスに乗った。

浜辺に着くと、すぐに泳ぎ始めた。水は冷たく爽快で泳ぎやすかった。カヌーを借り、沖には向かわず、小さな浜辺のまわりを漕いだ。西の外れの人気もまばらな浜辺に日光浴をしている四人組が見えた。たぶん、彼らだ。僕は岩の合間にカヌーを漕ぎ入れ、海底を探っているようなふりをしながら彼らの動きを見守った。色の黒い男とレオニー・ウィンターの姿が目に入った。

カヌーの向きを変えて引き返そうとしたとき、見事なモーター・ヨットが湾に入り、岸に近づいていった。レオニー・ウィンターが手を振った。そして、僕は思い出した。ヨットに乗っているのが、昨晩ヴィラ・アトラニで見かけたリーファー・ジャケットの男だと。

カヌーに乗り込むと、ちょうど日光浴の人々とヨットの航路に挟まれる形となった。どうやって来たのかわからないが、彼らもここを通って来たに違いない。

正午になっていた。僕は煙草を吸いながらプールサイドに寝そべった。今朝はあまり人出がなく、自分が新参者として人目を引きやすいのではないかと気になった。十二時四十分頃、二人の娘が目の前を通り過ぎていった。男たちはまだ向こうに残ったままのようだ。十二時四十五分のバスに乗るために大勢が集まってきた。二人もそこへ加わり、僕も人混みの中へ入っていった。

僕はそこで初めてしっかりと彼女を見た。

セーラー風の青いリンネルのブラウスに白いストライプの入った青いショートパンツ、縄で編んだ緋色のビーチ・サンダル。

イタリアでは誰も列に並ばない。先着順という概念は彼らの気質と相容れないものなのだろう。バスが到着すると節操のない争奪戦が始まり、僕は二人の女性に近づくことだけを考えていたので座席を確保する幸運には恵まれなかった。その代わり二人のすぐ後ろに立つことができ、背の高いイタリア人女性に肘鉄を食わされながら、つり革に摑まった。

女の子の一人がずっと話し続けている。アメリカ訛りの英語でニコロとかいう男との恋愛遊戯について。レオニー・ウィンターはただときおり頷くばかりで、どこか上の空だった。彼女の短めの髪はどことなく無造作な感じがしたが、実際は一流の美容師の手によってちゃんとカットされたものだった。バスの中で彼女の足が黄金色に輝いた。日に当たると薄いうぶ毛がかすかに見え、磨き上げた金の光沢を放っていた。誰が見てもとても形のいい足だった。

バスが揺れはじめた。ドアが閉まり、最後に苦戦している人々も中へ押し込まれ、運転手は勢いよく出発した。大きく傾き揺れながらバスは最初のヘアピンカーブを曲がった。僕は縄底の靴を手に持ったままだったが、濡れていたため、持ち変えると最初の滴（しずく）がレオニー・ウィンターの足に落ちた。

「……それでね、ニコロとアイスクリームを食べてたの。茶色のアイスクリームが白い服の上に落ちたら大変だって言って……それで、あたし……」レオニー・ウィンターは右足を動かした。僕が腕をずらすと、今度は海水の滴が彼女の左足に落ちはじめた。

「それでね、ニコロに言ったのよ。『そんなはずはないわ、絶対に、だって、あたし……』」

二度目のヘアピンカーブ。それからバスは加速し、真っ直ぐな坂を登っていった。誰かの手が僕の腕に触れた。僕は見下ろした。ぽっちゃりとした女の子がにこやかな親しみをこめた目で僕を見つめていた。

「ちょっと、ごめんなさい、友達の足の上にあなたの靴の水滴が落ちてるみたいなの」

僕はレオニー・ウィンターを見た。水がかからないようになんとか足を動かそうとしていた。彼女はこちらを見上げる様子もなく、なにも見てはいなかった。

「ごめん」僕は違う方の手に靴を持ち替えた。「本当にごめん……」

アメリカ人の女の子はとても愛想よく微笑んだが、彼女の方はまったく表情を変えなかった。僕は彼女の足を見て、胸ポケットからハンカチを取り出した。

「まったく迂闊だったね」僕は言った。身を屈め、彼女の足をハンカチで軽く叩いた。両足を何度か軽く叩き、そのあとで彼女は足をよけた。まだこちらを見ようとはしない。

僕はハンカチをしまい、そのぽっちゃりした女の子に微笑み返した。

彼女は言った。「この辺のバスときたら、ほんとにひどいものね。どう動き出すかわかったもんじゃないわ」

「中に乗ってる人間もね」

彼女は笑った。「どうかしら。でも、そういうものだと思わなくちゃ」

「ここの気質にうまく馴染めればね」

彼女は言った。「誰でもそのうち、ここの気質に馴染むはずよ」

僕は言った。「君はもう、ここに来て長いみたいだね」

バスが急に揺れて止まった。誰もが前につんのめる形になった。角を曲がったところで荷車を引いたロバが二頭、並んで足を止めていた。二人の御者が地方選挙の話に花を咲かせている。「あら、やだ」そばにいたイタリア人女性が声を上げた。「ごめんさない、シニョール。あなたの足かしら？」

タイヤを軋らせながらバスは進み、道幅すれすれのところで荷車と擦れ違った。しばらく起伏が続いた。バス停から数百ヤード離れたところでバスは停まった。確かそこはヴィラ・アトラニの裏側だった。彼女たち二人と他の何人かが、混み合う車内を前へ進んで行った。

レオニー・ウィンターが、初めて僕の方を見た。そしてバスを降りた。ジェーンは微笑み、親しげに会釈をして去っていった。

その日の午後、思いがけない幸運に見舞われた。広場を歩き、シエスタが終わってちょうど開いたばかりの銀行の前を通り過ぎた。ドアの外の石柱に黄褐色の小さなライオンのような子犬が二匹つながれていた。

あたりを人々が行き交い、銀行の中も混雑しているようだった。僕はぶらぶらと歩いてゆき、屈んで一匹の子犬を撫でた。今日は指を失ったり、足をもっていかれたりする心配はなさそうだ。この二匹の愛らしい動物は先を争って僕と友達になろうとしている。二匹はがに股でよろよろと僕の靴の上に上がり、小さな尻尾を振った。座って体を掻き、鼻をヒクヒクさせてはまたじゃれついてくる。イタリア語で話しかけられる前に、その足と先端にゴムの付いた杖を見て僕は気づいていた。彼女に間違いないと。

慌てて僕は立ち上がった。「すいません。この子たちが寂しそうだったので」

おそらく彼女は五十代後半くらいだろう。恰幅がいいとまでは行かないが、かなり大柄の女性だ。厚みのある体だが、手首や足首はほっそりと美しいままだった。化粧の下の肌は黄色っぽくどこか病人のように見えた。

「あなた、イギリス人ね」彼女はぼんやりと微笑んだ。「後頭部を見れば、すぐにわかりますのよ、面白いでしょう。この子たち、連れてくるんじゃなかったわね。銀行に来るといつも時間がかかってしまうんですもの。あなたたち、親切な方に遊んでもらってよかったわね」

「楽しませてもらったのは僕の方です」

「犬に芸をさせるのってどうも好きになれませんわ。そうじゃなくて？　輪をくぐったり、綱渡りをしたり。まったくふさわしくないことですわ」彼女は僕をざっと眺めた。「サーカスなんて絶対行くことはないでしょうね。あなた、マスチフに興味はおあり？」彼女はメイスチフと発音した。

「かつて飼ってたことがあります」

「あら、そうですの、今じゃ飼ってる人は少ないみたいですね。たぶん餌が大変なのかしら、場所も取るし、グランドピアノみたいに。飼ってらしたのは、オス、メス、どちら？」

「オスです」

「うちは別荘に二匹いますのよ。運動させるのはとても大変で。この島はどこに行っても人が混み合っていますからね」僕達はしばらく話を続けた。人々が銀行に出入りし、子犬がじゃれ合い転げ回るあいだ彼女は重そうな体で杖に寄りかかっていた。やがて彼女は杖の先で二匹の子犬を引き離し、背を向けて歩み去ろうとした。「たぶん、またお目にかかれるでしょうね、ミスター、ええと──」

「……フィリップ・ノートンです。ええ、きっとまた」

「この島では、遅かれ早かれ誰もがまた顔を合わせますわ。ポール・ジョーンズのダンスみたいに。巡り合わせとでも言うのかしら。決して自分で選ぶわけじゃないのに。あなた、ここに来てもう長いのかしら？」

「ちょうど一週間です。ちょっと絵を描きたいと思いまして」

「まあ……」充血した目に光が宿り、彼女は再び僕を見た。「あなた、画家ですの？」

「暇なときに、ちょっと筆を持つ程度です」

「誰もがここにやって来てはまたすぐに去ってゆくの。もどかしいものね。島が人を惹きつけるのかしら。ランドン・ウィリアムズをご存知？」

「お会いしたことがあります」

「近いうち、ここに来るかもしれないわ。風景画を描きに。セザンヌのような水彩画を。彼の絵はとても高く評価されてますのよ」彼女は少し歩き、そしてまた立ち止まった。「あなた、今晩お時間はあるかしら？　何人かがお酒を飲みにわたくしの別荘にいらっしゃるの。たいした集まりではないわ、誰が来るのかも忘れてしまったし。でも、あなたにぜひ、マスチフをお見せしたいわ」

僕もぜひ、マスチフに会いたいと言った。

「だめよ、バーグドルフ、そんなに強く噛んじゃ。お遊びはお遊びですからね。それでは、六時から六時半くらいにお待ちしていますよ、ミスター・ノートン」

僕は言った。「すいません。あなたのお名前も、どこにお住まいかも存じ上げなくて」

「わたくしはマダム・ウェーバー。ヴィラ・アトラニという町外れの別荘に住んでいますの。聞いたら誰でもすぐわかりますわ。イギリスのジンも用意しておきますからね、ええ、必ず」

第八章

六時二十五分。僕はヴィラ・アトラニに足を踏み入れた。これで二度目だ。日差しの中、うっそうと茂った庭がよく見渡せた。建物自体は手入れが行き届いているようだった。おそらく戦前にモダン・イタリア風に改装されたのだろう。家具と室内装飾は職人の手によるものだ。中へ通されると、大きな白い客間にかなりの客がひしめき合っていた。色の黒いリーファー・ジャケットの男が僕の目に飛び込んできた。とても親しそうにレオニー・ウィンターと話をしている。

まず、僕は犬たちとの対面を果たさなくてはならない。

マーシーとギンベルが快く僕を受け入れる様子を見て、マダム・ウェーバーはいたく感心したようだった。「いつもは、この子たちが友好関係を示すまでとても時間がかかりますのよ。驚いたわ。ベルモット酒はいかが？　ロゼの方がお好きかしら？　わたくし、年に一度はジンを断ちますの、よく誰かが甘いものを絶つように。きっと、あなたも犬を飼ってらしたからね。マスチフはとても信頼できる番犬だと思いませんこと？　もし誰かがこの家や庭に入ってきたらマーシーもギンベルもその人の喉を嚙み切ってしまうでしょうね」

僕はマーシーの鼻面を軽く叩いた。「でも、どこで一線を画するか、彼らはちゃんとわかっていますね」

「あら、レオニー。フィリップ・ノートンを紹介するわ。こちらはミセス・ウィンターよ。それにしても、とても夏らしくなりましたわね。ノートンさんは素晴らしい画家で数日こちらに滞在していらっしゃるのよ。犬を飼ってるんですって。マーシーはすぐになついたようね。それから、こちら、サンバーグ船長。かなり古くからの友人ですの」

僕はサンバーグに言った。「確か今朝、マリーナ・ピッコラでモーター・ヨットに乗っていらっしゃいましたね」

サンバーグは思った以上に背が高く、広い肩に若者のような締まった尻をしていた。不良っぽいハンサムな顔でなかなかやり手といった感じだ。潑剌として抜け目ない瞳、びっしりと生えた睫、口は大きく、笑うと牧羊神のようだ。

彼はマダム・ウェーバーに言った。「わかったかい、シャーロット。どうやら僕らは悪名高いようだ、僕とサッポーはね。もう目をつけられてる」

マダム・ウェーバーが言った。「チャールズの新しい恋人なのよ、ミスター・ノートン。とんでもないはねっかえりで。二週間前、わたくしが洗礼名を付けましたの、アスティ・スプマンティと。でも、名前にふさわしいような生活は送っていないようね。彼女が追い求めるのは男性だけ」

「そうさ、彼女は一月から僕を待っていたのさ」

「ぜひ紹介していただきたいです」

彼の視線が僕の方へ移った。無関心を装いながらも巧妙に値踏みしているようだ。その表情は友好的とは言い難い。「もちろんだよ」

「明日の午後、チャールズの船でちょっと遠出する予定ですの、わたくしたち」マダム・ウェーバーが言った。「あなたも一緒に船酔いしませんこと?」

「ええ、ぜひ。もしもサンバーグ船長が……」

「もちろんだよ」サンバーグが再び言った。

会話の間、レオニー・ウィンターは一言も口をきかず、僕も彼女の方を見なかった。僕はサンバーグにさりげなく話しかけた。「あなたはどこか遠くに行ってらしたんですか?」

「遠く?」

「さっき、あなたのヨットは一月からずっとあなたを待っていたと」

「ああ——そうだ。去年発注したんだが、しばらくこの土地から離れていたんでね」

会話を続けようとしたが、マダム・ウェーバーが僕の腕を引っ張った。「ミスター・ノートンをご存知かしら? こちら、カイル氏。今夜はちょっと元気がないようね、マスター・カイル。スコッチは大丈夫だったかしら? ベルトがボトルを用意してますから、持ってこさせるわ」

頭の禿げ上がった年配のスコットランド人は、気難しくむっつりとした顔で僕に挨拶をした。少しだけ彼と話し、それから次に今朝浜辺にいた三人と顔を合わせた。アメリカ娘のジェーン・ポリンジャー。足を引き摺ったニコロ・ダ・コッサは近くで見ると思っていたほど若くはなかった。アメリカ人弁護士のハミルトン・ホワイトは痩せて背が高く、もうすぐ五十になるという。白い肌が日焼けで赤くなっていた。僕はダ・コッサが好きにはなれなかった。彼の曲がった足は歪んだ内面のあらわれのようだった。

パーティーのあいだ、レオニー・ウィンターと顔を合わせることも話すこともなかった。一度だけフィレンツェ製の鏡を通して、僕の方を見ている彼女と目が合った。しばらくして今度は僕がガラスに映った彼女を見つめた。熱心にサンバーグ船長と話し込んでいる。僕は彼を見て、その容姿をどう描写すべきか考えてみた。黒い髪、耳のところがわずかに白く（染めているようだ）、短い鬚（あごひげ）（軽く剃っている）、中背で茶色の目は細く、かなりの鷲鼻だ。

「わたくしの絵画、どうごらんになって？」マダム・ウェーバーが背後にやってきた。「ニコロが描いたんですのよ。素晴らしい手法だわ。花火よ。わたくしの最初の夫がそれはもう花火に夢中でして。もちろん本物の花火よ。祝祭日にはいつも花火を上げさせていたわ。ニコロはとても才能があるの、そう思いませんこと？　あなたはパステル画をお描きになるのかしら、ミスター・ノートン？」

ガラスフレームに入った絵を僕は初めて見た。ちょっと色彩が派手な感じがしたが、マダム・ウェーバーが言うようにとても印象的な絵だった。「実にいい作品ですね。僕は大抵油絵です」

「風景画かしら？」

「いえ、他にもいろいろ。肖像画も」

「レオニーを描いてみたらどうかしら、フィリップ。フィリップと呼んでもよろしくて？」

僕はそう呼んでほしいと言った。

「レオニーを描くべきだわ、フィリップ。金髪美人は面白味がないとも言われますけど、彼女にはクールな面と情熱的な面、両方が備わってるのよ」

「クールな面は僕も気づきました」

「漆黒の睫に真白い肌。ニコロも彼女を描きたがっていますの」

僕は既に四杯目のグラスを空にしていた。「もし、僕がこれまで出会った誰かを描くとしたら、それはあなたでしょうね」

シャーロット・ウェーバーが僕を見た。とても上品な視線で、いや、そう見せようとしていたが、瞳の奥が一瞬なまめかしく光った。それは老いた目をした若い女性の眼差しだった。

「親切な方ね、とてもすてきなお話ですけど……わたくしは病人なの——もう何年も前から。戦争が始まる少し前に数か月の命だと宣告されたんですよ。まるでメロドラマ。ここには死に場所を求めてやって来て、それ以来住み着いてますの。拍子抜けしながら十六年間も生き長らえている女など、あなただって描きたくはないはずですわ」

「なぜ、わかるんですか？　僕が描きたくないなど」

ため息をつき、彼女は煙草を探った。僕は火を点けた。

「フェルメールもヴァン・ゴッホも、女性を描くときは七か月もかけたそうね。ビクトリア朝時代にはきっと下品なことと思われたのでしょうね。わたくしの父はそれを永続的な誇示だと言ってましたわ。アーティストはみな、偽りのない女性の姿に特別な関心がおありなのかしら？」

「多くの画家は偽ることのない人間の資質に関心を持つものです。そう思いませんか？　独創的な体のライン、人生を、そして生き抜く方法を熟知したその傷跡」灰皿を彼女に手渡した。

「フィリップ、あなたはいい方ね。レオニーも初めてというわけではないでしょうから、そのうち、話してみますわ。まあ、ニコロ、あなたの絵を褒めていたところよ」

「それはどうも、ご親切に」ニコロが言った。ナツメヤシのような大きな目は暗く翳っていて、克服できずにいる少年時代の心の傷を思わせた。しかし、梁のように突き出た鼻、尖った小さな歯は、結局傷ついたのは周りにいた人たちなのだとほのめかしていた。「これはチェルトーザ修道院から見たファラグリオニ・ロックスだよ。紫の朝顔にインスピレーションを得て描いたんだ。咄嗟のひらめきというのはとても大切だ。わかるだろう?」

会話のあいだチャールズ・サンバーグがこちらを見ているのに気がついた。レオニー・ウィンターが何か言ったのだろうか? 二人とも僕に対してはまだなんの疑いも抱いてはいないはずだが。しかし、帰り際に見たとき、サンバーグの眼差しには敵意と疑惑の光がかすかに宿っていた。

ホテルへの帰り道、シャーロット・ウェーバーとの冗談まじりの取り決めが現実になる可能性はあるだろうかと考えていた。

絵筆をおいてからもう三年にもなる。最後に描いたのはパメラの絵で、それはまったくの失敗作だった。暗礁を漂う僕達の関係が、たぶんその絵に反映していたのだろう。またそれはより多くの問題を的確に示していた。ちょうどそのとき、僕の中にあったすべてのものが壊れてゆくような気がしていた。コッサが饒舌に語っていたインスピレーションも――それを得るのはいつも一番骨の折れることだったが――もはや得ようとする強い衝動すらなくしていた。あまり現実味はなかったが、紙を買い、再び鉛筆を持つと想像しただけで少し怖かった。地中に埋めた自分自身の一部を掘り起こすような気分だった。

宿に戻り、再びグレヴィルのノートを開いた。一、二か所、バッキンガムについて触れているだけで特に重要と思える内容は書かれていなかった。五ページほど読み進んだところであきらめ、煙草に火を点け、煙を見つめながら座りこんだ。

グレヴィルの速記を読み進むうちに僕は思い出していた。まだ寄宿学校にいた頃にグレヴィルから受け取った手紙の数々を――それはすべて速記で書かれていた。ジョークや楽しいおしゃべりの中に時代を見据えた良識が所々に散りばめられていた。まるでケーキの中の干し葡萄のように。日常的な物事に対してしっかりとした判断基準を得られるように、グレヴィルは僕に様々な機会を与えてくれた。やがて僕が自己表現の場をカンバスの上に見出したときもそれが僕の一番の財産となった。一つに、トラハーンやブレーク、ジェフリーズ、ホイットマン、リルケといった詩人に触れるきっかけを与えてくれたのは彼だった。彼は中途半端なことや女々しいことが大嫌いだった。グレヴィルは自分の意見を持たない人間を決して認めようとはしなかった。一度、ベン・ジョンソンを引用し、こんなことを言っていた。「僕は時間や場所、人の意見には決して依存しないだろう」事実彼は生涯その教訓に従った。

ちょうど二十五歳の誕生日を迎えたあと、グレヴィルは一通の手紙を僕によこした。そこには次の週に結婚するつもりだと書かれていた。彼はまっさきに僕に知らせてくれたのだ――たった十五歳のこの僕に。嬉しかったのと同時に僕は驚いていた。前の週に家に帰ったときは誰もそのことについて知らなかったし、その女性に会ったことすらなかったのだ（もちろんだが）。

表に出すことはあまりなかったが、グレヴィルはいつも家族と衝突していた――特にアーノルドとは、僕のことで。僕が画家になりたいと言い出したことも原因の一つだろう。のちにもっと激しく揉めることが予想されたが、結果的にはヒットラーがそれを押しとどめる形となった。僕が十七歳になる頃、ヒットラーがパリを占拠し、英国からの画学生受け入れを阻んだからだ。

僕が今夜こんな風に思い出したのは、グレヴィルの件に加えて、再び絵筆を握ることに考えが及んだからだった。幼い僕をかわいがり、励まし、側にいてともに喜びを分かち合ってくれたグレヴィル。その弟が二十代も半ばになり、自分自身の野心と折り合いをつけ、仕事にのめり込んでいったとき、グレヴィルはどう思ったのだろう。おそらく、それまでとは違う思いで弟を見ていたはずだ。

なにかに没頭している最中、グレヴィルは決して他のことに心が揺らいだりはしなかった。たった一度言い争いをしたことがあるが、それは、僕がすべてを投げ出し、普通の仕事に就くと言い出したときだった。最初彼は僕の決断になんの正当性も認めようとはしなかった。彼はそれをパメラとの破局のせいだとした。半年もしないうちに僕の考えが変わるだろうと言った。そして、そうはならなかったとき、彼はこう言った。「どうしてもおまえがそうしたいのなら、その気持ちを尊重するよ」そして僕はこう答えた。「これはどうしても譲れないことなんだ。収入はわずかだろうし、苦労も多いかもしれない。でもグレヴィル、僕は自分の力で稼ぎ、自分で生計を立てたいんだ。僕の今までの人生の中でなによりも大切なことなんだ、画家になることよりも、もっと。今まで僕は他人より随分と恵まれてきたと思う。今、僕にとって必要なのは自尊心を持つことなんだよ」

そのあと、なんとか彼は僕の意見を受け入れてくれたが、決して快くは思っていなかったはずだ。でも僕は、自分の決断に対して一度も後悔したことはなかった。

第九章

心の中では、どんなにくよくよと考えていても、ここには一種独特の『空気』があった。着いてすぐに僕はその効果を肌で感じていた。グレヴィルの死は、以前と変わりなく僕の心に重くのしかかっていたが、その現場はここから遥か九百マイルも離れていた。美しいアムステルダムの街、その一方で垣間見た悪の背景、半分仮面を被ったテロリズム。

次の日の午後、入り江に足を運ぶと、〈サッポー〉の二本のマストが空高くオリーブ・グリーンの海にそびえ立っていた。ときおり気まぐれな微風が水面を撫で付け、コークスクリューのようにくるくるとマストのまわりを吹き抜けてゆく。搬送用の付属船（ディンギー）が下ろされ、僕はそれに乗り込んだ。水に映った影が砕け、光のモザイクへと姿を変える。

驚いたことに僕が最初の乗客だった。船内に降りてすぐ次の計画が動き出したことに僕は気がついた。サンバーグの表情は昨日とあまり変わっていなかった。いや、昨日よりもひどかったかもしれない。僕が疑いを感じるのと同様に、彼も僕を――なんらかの根拠で――疑っているのだ。

船内を見てまわったあと――素晴らしいヨットだった、その精巧さ、優雅さはまさにイタリア人の手によるものだ――僕達は小さなキャビンに入り、彼が飲み物を出してくれた。僕らは形式ばった会話を続けた。彼の書物に目が留まった。イタリア語、英語、フランス語、どの言語の本も同じ割合で並んでいる。カール・マルクスと一緒にセント・トマス・アクィナス、ハクルート、マキャベリまでが並んでいるとなれば、やはり彼はただ者ではない。

彼からグラスを受け取ったとき、きれいに整えられた爪が目に入った。「あなたはイタリア人ですか?」

「聞いてなんになるんだね?」彼は言った。

「ただのつまらない好奇心です」

「君は好奇心はつまらないものだと思っているのかね? 大いに疑問を感じるね」

「いえ、そう思ったことはありません。ただ、あなたが少しの訛りもなく英語を話されるもので」

彼はちらりと僕を見た。「おそらく私はどの国にも属してない。自分だけの国があり、自分で法律を作り、そこを支配しているんだ。私の王国はデッキの四十フィート下にあり、国境は地平線だ」

僕は飲み物を啜った。「パスポートも自分で発行されるのですか?」

彼の目の奥で何かが光った。その照準は再び僕に向けられていた。「君は話の外観をよく摑んでいないようだね、ミスター・ノートン」

「そんなことはありません、その逆です。あなたの発想は素晴らしい。僕は現実的な障害について考えていただけなんです」

「乗り越えることによって障害はなくなる。君もヨットを買って確かめてみたらどうだね」

「お金があったら、そうします」

「ああ、そうだな、金か。しかし、それはもう一つの障害に他ならない、違うかね? もし是が非でも必要と感じるなら——」

「道は見つかると？　金は後からついてくると？」

「普通はね。どうにかうまくやっていけるものさ。どんなに受け入れ難いことでも特別な策を講じれば」

「どんな風に受け入れ難いと？」

カクテルスティックで、彼はグラスに浮かぶレモンの皮を突き刺した。底に沈めては、また浮かべ、何度もそれを繰り返す。「すべての労働は私にとって受け入れ難いものなんだよ、ミスター・ノートン。文明人なら誰でもそう感じるはずだ。さもなくば、それは労働ではなく、遊びだ。それが労働の定義だよ」

「ほとんどの文明人はあなたに同意するでしょう。しかし大抵はみな、それから逃れる方法を知らないんです」

「なぜ知る必要があるのだね？　もしも知ったら対照を欠くことになり、みじめになるだけさ。バランスと調和の問題だね」

頭がいいのか、ただの説教好きなのか、よくわからなかった。舷窓を背景にした彼の横顔は実物よりも大きく角張って見えた。その大きな口は、昨日とは違い、笑みをたたえてはいなかった。「それで、君はどうなんだい？」突然彼は言った。

「僕ですか？」

「絵描きは割に合う職業だと思うかい？　決してそうとは思えんが」

僕は言った。「その通りです」

「まあ、趣味としては、そうだな――ときに有益だ」

僕が実行に移す前に彼は策略に気がついたようだ。僕は言った。「すべてのものは、適所においては有益なはずです」

「君に適した場所とは？　ミスター・ノートン。カプリじゃないだろう」

「少なくとも、ここにいると決めている間は」

「そのあとは？」

「それはたぶん、ここにいる間になにが起こるかによりますね」

「そうだろうと思っていた」

グラスが空になり、彼はそれを満たしに行った。「ひと言、忠告してもいいかね？」

「僕に止める権利はない」

彼は戻って来た。「長居はしない方がいい。ここの気候は人を無気力にする。良心的な画家にとってはせいぜい一週間が限度だろう」

「あなたはそれ以上いても平気だったようですね」

「私は画家じゃないよ、ミスター・ノートン。それに良心的でもない」

「ええ、それは信じています」

「今週中に君が他の多くのことも信じられるよう願っているよ。中でも……」

「中でも？」

「つまり、マダム・ウェーバーは、ばかげた友好関係にすぐ夢中になるのさ」

「それに関しては、確かめるようなことなどなにもないと思いますが」

「確かめてみるんだな。だが、それを悪用してはいけない」

僕らはしばらくじっと見つめ合った。もう少しですべてをぶちまけそうになった。そのとき、デッキで足音が聞こえた。もはや手遅れだった。彼は瞼を伏せた。「他のみんなが来たようだ。上にあがろうか」

レオニー・ウィンターがライターを点火した。しかし、煙草に火が点く前に微風が炎を吹き消した。もう一度試したが、また同じだった。いい機会だ。そう思い、僕は彼女に近づいた。

「僕のはたぶん、大丈夫だと思うよ」

ライターの蓋を開き、彼女の前に差し出した。彼女は頷き、頭を炎の方へ近づけた。再び風が炎をさらっていった。僕はライターを閉じ、もう一度開いた。今度はまったく点かなかった。何度か試したが、火花が散っただけだった。

彼女が言った。「気にしないで」

「ごめん。君のを貸してくれないか。今度は風が当たらないようにするから」

金の小さなライターを受け取り、コートを風除けにして火を灯した。輝くブロンドの頭が前に出て煙草に火を点けた。「ありがとう」

最初の煙が風に飛ばされ消えてゆくと、彼女はこちらを見た。たぶん、彼女が僕を見たのはこれで二度目だろう。砂緑色(サンディ・グリーン)の瞳について以前聞いたことがあるが、今、レオニー・ウィンターの目を見て、初めてそれがどんなものかわかった。シャーロット・ウェーバーが言っていたように瞳は黒々とした豊かな睫に縁取られていた。前にどこかの海で見た色だ。岩だらけで砂の色がくすんでいるイタリアの海ではない。

僕は言った。「煙草を吸うには風が強すぎる。僕のライターじゃ使い物にならないな」

「そのようね」

僕はデッキの端から煙草を海へ投げ捨てた。手持ち無沙汰にもう一本取り出す。自分のライターで試してみる。意地悪く今度はすぐに点いた。

彼女は僕に背を向け、手摺の向こうの景色を見つめている。背後ではナポリ湾がピーコック・ブルーの靄に包まれ、まどろんでいた。港の方を見ると、ソレント半島の断崖がヴェロッキオの背景画のように立ちはだかっていた。

「どこに向かっているんだろう？」

「今日の午後？　アマルフィだと思うわ。マダム・ウェーバーの別荘があるから」

「サレルノ湾か。四三年以来だな」

「一九四三年？　戦争中に？」

「上陸部隊を援護する駆逐艦に乗っていたんだ」

「そうなの……」

「いずれにしても、景色なんか眺められなかったよ。ほとんどエンジン・ルームにいたからね」

彼女はきめの細かな肌をしていたが、口の両端に小さな皺があった。その皺は笑うとくっきりあらわれるようだった。グレヴィルの死によって、彼女はどれだけの微笑みを失ったのだろうか。

そのとき初めて、それまで確信していたことに対し、僕は疑問を抱いた。どんな女性であろうと、グレヴィルがそのために自殺するなんてあり得ない。今まではそう思っていたのだが……。

僕は言った。「教えてくれないか。美人であるということはどんな気分なんだい？」

再び彼女がちらりとこちらを見た。「どういう意味かしら？」

「そうだね、たぶん無礼な質問だと思ったろうね。でも――君はとても――近寄り難い印象を与えるんだ。それは本質的なものなのか、それとも自己防衛のためにそう装っているだけなのだろうか？」

彼女は自分の煙草をじっと見つめていた。

「他の女性がどう答えたのか、教えてくれない？　私もそれに同調させていただくわ」

「今まで誰にも訊いたことがないんだ」

「じゃあ、ぜひ訊いてみるべきね」

「いや、冗談は抜きにして、興味ある問題なんだ。人から賞賛されることに君は慣れているに違いない……どう見ても、そんな印象を与える」

彼女は口調を強めた。「私が？　いつそんな？」

「あのバスの中で」

「バス？　まあ、あれは別よ」

「別って？」

「だって、あれは」

「無作法な態度を取った原因は僕にあると？」

「見解の相違ね」

「そのようだね」僕は言った。

カモメがすぐ側まで舞い降りてきた。翼を広げて旋回し、突然向きを変えると、吹き飛ばされるように風下へ消えて行った。

「僕が知りたいのは、外見の美しい人間は自分の魅力を自覚しているのだろうかってことさ。いつどこにいても生涯備わっているその魅力を。そもそも人生のスタート時点から他人より一歩先んじている。人との関係を築くのにさして努力を必要とせず、好印象を与えることができる。既にそういったものを持っているからね。生まれ持った特権。少しぐらい無駄に費やしても、その勲章が消えることはない。究極の特権だ」

再び彼女は僕を見た。額の上のわずかな前髪が風になびくと、彼女はそれを振り払った。「おもしろい見解ね」

「そういった意味だけじゃないんだ」

「あなたはコミュニスト?」

「違うよ」彼女が真剣なのか、意地悪くからかっているだけなのか、僕にはわからなかった。「どうしてだい?」

「まるで、特権を嫌悪しているみたい」

「そんなことはないよ。ただそれを悪用するのが嫌いなだけさ」

彼女は冷ややかに、率直に切り出した。「私がそれを持っていて、悪用していると言いたいの?」

「そういう意味じゃないよ。どれくらいそれを本能的に行使しているのか、それを持つのはどんな気分なのか、知りたかっただけだよ」

彼女は言った。「どちらの質問も、もっと多くの意味を含んでいるように感じるわ」

「そうだね」快く僕は認めた。「たぶん、そうだろう」

前に向き直ったとき、煙草が手摺にぶつかり、風に飛ばされた灰が僕の顔を直撃した。灰が目に入り、僕は口を開くこともできなかった。ハンカチを取り出し、目の縁をそっと拭う。何が起きたか彼女も気づいたようだ。しばし奮闘していると、彼女が言った。「取ってあげるわ」

ハンカチを彼女に渡した。指先が僕の顔に触れる。横に立った彼女はとても華奢で背が高かった。

「良くなったかしら？」

「ありがとう」僕達は体を離した。「取れたみたいだ」

彼女はさりげなく言った。「灰のこと？　それとも偏見が？」

「どちらも無いに越したことはない」

うしろのハンドルの側で、浅黒いバイキングのようなサンバーグが、マダム・ウェーバーと話をしていた。彼女はベルボトムの濃紺のスラックスに、風の強いときには不向きな大きな青い帽子をかぶり、船に乗りこんで来た。二匹の子犬、バーグドルフとティファニーも一緒だった。一匹は既に船に酔ったらしいが、もう一匹はこの航海を楽しんでいる様子で、よちよちとこちらへやって来た。彼女の足元に座り込み、くるぶしに鼻を摺り寄せた。彼女は子犬を抱き上げ、膝の上に置いた。

やがて僕らは、もう少し気楽なとりとめのない会話を始めた。話しているうちに、ヨットはポジターノとアマルフィを防護する巨大な岸壁に近づいて行った。アマルフィ湾に入ると、教会の鐘が鳴り響いた。最初は悠然と、それから急き立てるようにやかましく。信者への呼びかけというよりは、火災警報器といったところだ。傾きはじめた太陽が、港の背後にそびえる断崖の方へ徐々に移動し、丘の斜面に広がる小さな白い町は既に影に覆われていた。港では旧式の車がサンバーグとマダム・ウェーバーを待ち受けていた。二人が乗り込むと海岸線をまわり、姿を消した。何か口実をつくってついて行くべきだったろうか？　サンバーグはキャビンでの会話以来、用心深く僕を避けていたが、こちらを意識しているのは見え見えだった。

イーゼルを持ってきたニコロ・ダ・コッサは、岸に上がるとすぐ、埠頭にそのイーゼルを立て、描きかけの町の風景画に取りかかった。地元の人に邪魔されることもなく、ジェーン・ポリンジャーが隣のスツールに腰掛け、梨をかじりながら彼の絵に見入っている。結局、残ったのはレオニーと僕とハミルトン・ホワイトだけだった。

その背の高いアメリカ人弁護士とは、まだほとんど話したことはなかったが、ずっと一緒について来そうな様子だった。しかし運良く、たまたま出会った木彫り職人にホワイトが興味を抱いた。その男の顔や輪郭は地中海というより、イースター島の血統を引いているように思われた。ホワイトは店の中に入って行った。レオニー・ウィンターはその辺をぶらぶらとさまよって、僕は彼女のあとに続いた。

アマルフィのメイン・ストリートは大聖堂の横の広場から始まり、上に行くに従って次第に店もまばらになってくる。いくつか大きな店が手前に建ち並んでいたが、今は閉まっていて中は薄暗く、店主たちがドアの前に座り、日差しの下でおしゃべりに花を咲かせていた。ほんの数ヤード脇へ逸れただけで、そこにイタリア不変の問題、不変のコントラストが垣間見えた。陽気で華やかな海岸地帯から、内陸へと足を踏み入れる。重くのしかかる貧困、埃と熱、孤独の中へ。

さして買うほどの物はなさそうだったが、前を歩いていた彼女はあっという間に店の中に吸い込まれていった。表で少し待ってから、僕も中へ足を運んだ。彼女はスカーフを物色していた。年嵩の肉付きのよい女性が、黒い目をした小さな赤ん坊をあやしながら応対をしている。七歳くらいか、それよりまだ小さな子供が三人店の中にいた。英語とイタリア語を混じえながらのやり取りがあり、赤ん坊の母親が子供を産み落とすと同時に亡くなり、祖母が当面店を見ていることがわかった。これは俗に言われるイタリアの貧困とは異なるが（店を持っているのは、ある程度裕福な証だ）、ある災難が降り掛かり、彼らは威厳をもってそれに立ち向かっているということだ。短い時間で単にスカーフを売るだけではなく、彼らはレオニー・ウィンターとおしゃべりをし、彼女が見せたスナップ写真を深刻な面持ちで覗き込み、ごく自然に礼を言いながらキャンディーを受け取った。より親密になっても、自らの品格を下げるようなことは決してない。彼女の金色に輝く頭は、真っ黒な頭の中で異彩を放っていた。僕は輪の中に加わることはなかったが、興味深く状況を見守っていた。僕がそこにいたことで、最初彼女は誤解を抱いたようだが、すぐに態度を改めた。しばらくして僕らは白昼の通りへ出た。彼女は汚れた紙幣を折り畳みながら、口元をちょっとほころばせていた。

　辺りはどんよりとした昼の光に包まれていた。いつのまにか太陽は断崖の陰に隠れ、アマルフィの町も海岸も色彩や華やかさを失っていた。ヨットはまだ日差しを浴びていたが、とても儚げで壁にとまった蝶を思わせた。やがて影がそこにも忍び寄ろうとしていた。

　僕は言った。「君、子供がいるのかい？」

「いいえ」

「あの、さっきの写真は……」

「あれは妹たち――腹違いの妹たちよ」

「見せてもらっていいかい？」

「そうね、今度にするわ」

　戸口に座った住人たちの視線を集めながら、僕らは来た道を引き返していった。広場まで来ると彼女は向きを変え、大聖堂と鐘楼へと通じる長い階段を上りはじめた。僕も一緒について行った。

「君のご主人は、今どこに?」

「どっちの?」

僕はよく理解できず、彼女を見つめた。「今のご主人」

彼女は眉をひそめた。「今の主人なんていないわ。悪いけど」

階段の一番上まで辿り着いた。二人とも少し息を切らしていたが、思ったほどひどくはない。大聖堂の正面は日差しを浴びて燦々と輝いていた。

僕は言った。「あのバスの中のことだけど、もちろん、君は間違っていなかったよ」

彼女は驚いた顔で僕を見たが、すぐに顔を曇らせた。「そうかしら」

その言葉には、もっと他の意味が込められている気がしたが、僕は気づかないふりをした。

「大聖堂の中に入る時間はあるかな?」

彼女はドアを押した。中はひんやりと薄暗く、炎のような明かりが西の窓から差し込んでいた。人影が大理石の柱から切り離され、こちらへ歩み寄って来た。僕らを歓迎し、建物をぜひ案内したいと言っている。僕はそのみすぼらしい男を追い払った。中央の身廊で彼女は立ち止まった。僕を見つめる彼女の瞳に光が映っていた。

「努力はしてるけど、あなたにはついていけそうもないわ、ミスター・ノートン。教えてくれない?あなたの望みはなに?」

「もっと君のことが知りたいだけだよ。そんなに驚くようなことかい?」

「ええ、ある意味では。あなたのやり方が」

「僕のやり方?　なぜだい?」

少したためらって彼女は言った。「なにを知りたいの？」

「……こちらはセント・アンドリューズの骨。漁師の守護聖人」さっきの小さな男が勝手に説明を始めた。ついて来るようだ。「それから、これらの大きな柱は、かのパエストゥムからここに運ばれ……」

「どこよりも興味深いわ、本当に」彼女は言った。「見て、あのモザイク……ラヴェンナのモザイクを見たことがある？　私は三年前にそこへ行ったの。町は埃っぽくて退屈で気の滅入るようなところだったけど。フィレンツェとは違って。フィレンツェはイタリアで一番すてきな町ね。いつか住んでみたいわ、そう思わない？」

「レオニーって呼んでいいかな？」

「その方が自然だと思うわ。みんなもそう呼んでいるし」

「僕のこと、軽率だと思ってるんだろう？」

「あら、違うの？」

「そうだけど」僕は言った。

「でも、ごく普通の手順だよ。君はそう思っていないようだけど。ああいった説教壇、なんて言ったっけ――。アンボだったかな？　確か――」

「アンボだ」男が意気込んで話し出した。「かなり古いものだ。祭壇の両側にあるのが見えるかね？一二〇三年、最初にこの大聖堂が建てられたとき、これらのアンボが……」

「君は驚くかもしれないけど」僕は言った。「今まで、こんな風に女性にアプローチしたことはないんだ」

彼女はしばらくなにも言わなかった。「きっともう戻った方がいいわ。そんなに遅くならないってチャールズが言ってたから」

丘の向こうで教会の鐘が再び鳴り出した。叱責するような耳障りな音だ。すぐ近くで鐘が鳴り響き、さらに別のところからも聞こえて来た。

「アマルフィは」さっきの男が言った。「その昔、偉大な海洋都市だった。九世紀から十世紀にかけてサラセン人を打ち負かし、ジェノバと同じくらいの繁栄を誇っていた。そして、一〇七三年、悲劇が町を襲った。高波が町をすっぽりと呑みこんだのだ。それから何度も悲劇が起こり、その結果、この大聖堂は……」

僕は言った。「チャールズ・サンバーグは幸運な男だ。あんな素晴らしいヨットを持っているなんて」

「ええ、そうね」

「君は、古くからの友人?」

「いいえ」

僕は彼女の顔を見つめた。「イタリアには、まだしばらくいるつもり?」

「決めてないの。あなたは?」

「そうだな、どれくらい滞在できるか。やらなきゃならない仕事があるんでね」

「ここで?」

「いや、ここじゃない」

彼女は、なにか言いよどんでいるようだった。「シャーロット・ウェーバーを描くことも、その一つ？」

「誰がそんなことを？」

「友達よ」

「まだなにも決まってないよ」

「聞いたのよ。あなたが上品な生き生きとした女性の輪郭を描きたがっていると。私みたいに表情に乏しい面白みのない顔じゃなく。そう、個性も教養もないようなこんな顔じゃなくて」

　教会のドアの前まで来た。

「この回廊は」男はまだ必死について来る。「天国の回廊（キオストロ・デル・パラディーゾ）だ。そしてこれが、十三世紀ゴシック様式のアーチ。どうか、ほんの少しでも、心付けを……」

　僕は男に二百リラ渡した。「君の友人のダ・コッサだけど」僕はレオニーに言った。「陰口に関しちゃ天才的と言っていい。ジェーン・ポリンジャーはいったい彼のどこがいいんだろう」

　僕達は再び外に出て、日差しの中に立っていた。シエスタは終わり、眼下では暗く翳った町が息を吹き返しはじめた。レオニー・ウィンターは町を見渡した。彼女の目は大きく開かれ、生き生きとより一層輝いて見えた。

「人が他人をどう見るか。どんなに考えても答えなど出ないわ」

「まったくその通り」

「その通りよ、それに当たり前のこと……あなた、結婚してるの？」

「いや」

「一度も？」

「ああ、一度も」僕はなぜか説明を加えた。「予定はあったんだ。でも、うまくいかなくて……僕の経歴は君のと比べると地味なもんさ」

彼女は瞬きをした。思い出したくない過去の深い記憶から、ふと目覚めるように。「ええ……そうね。私の経歴。調査書類とでも言った方がいいかしら？　違う？」彼女は再び僕を見据えた。「なにがうまくいかなかったの？」

僕は肩をすくめた。「わからない。彼女の方は賢明にも危険信号に気づいていた……でも、すべてはありふれたことだよ。唯一特別なのは、それが僕の身に降りかかったってことさ」

「確かに唯一特別なことだわ。やれやれね、なんてもったいぶった言葉かしら」

僕達は長い階段の一番上に立っていた。イタリア人の若者が二人、彼女の方を食い入るように見つめながら階段を上ってくる。頭上のずっと高いところで小鳥がさえずっていた。鐘の音はいつのまにか止んでいた。

彼女は言った。「みんなが待っているわ」足早に階段を下りはじめた。僕がどんなに急いでも彼女に追いつくことはできない。彼女が下に辿り着いたとき、二人の間には数十段もの階段が立ちはだかっていた。彼女は足を止め、僕の方を見て微笑んだ。彼女が僕に微笑んだのはこれが初めてだった。でも、それは上辺だけの微笑だった。瞳の奥は深く翳り、とても悲しそうだった。

夕暮れ前にヨットはマリーナ・グランデに戻って来た。僕はあまりすっきりしない気分だった。最初はレオニー・ウィンターと懇意になろうと企み、出発した。そして確かに実行に移すことはできた。が、今となってはなにひとつ確信が持てなかった。果たしてあれでよかったのだろうか。あんな不器用なやり方で。

僕が知らず知らず抱いていた彼女に対する先入観は、今日の午後、完全に打ち砕かれた。次第に自分自身に嫌気がさしてきた。本当にグレヴィルはそれほどまで彼女に心を奪われ、のめりこんでいったのだろうか……最初に僕が思い描いていたその女性はただの影でしかなく、非人間的で抽象的な存在だった。そして今や彼女は影なんかじゃなく確かな存在となっていた。

夕食のあと、コクソン宛てに手紙を書いた。

親愛なるマーティンへ

オランダでの一件、水面下での奮闘、とても感謝しています。グレヴィルの手紙の女性、レオニーの所在をつきとめました——それから、ほぼ間違いなく、バッキンガムも。次の手段を講じる前に、ぜひともあなたの確認を得たいと考えています。確証なしでは、なにひとつことは始まりません。

今週中にも飛行機か陸路でこちらに来ていただくことは可能でしょうか？　そうしていただけると大変助かります。小切手を同封します。渡航費用と外国通貨購入にあててください。

敬具

フィリップ

第十章

帰り際、シャーロット・ウェーバーはさりげなく、僕が前日提案した肖像画のスケッチの話を持ちかけてきた。その結果、僕は翌日別荘に立ち寄り、スケッチを始めると約束したのだ。彼女はサンバーグの前でこの話を始めた。ダ・コッサもどこかその辺にいたはずだ。彼が僕に歩み寄ろうとしないのは明らかだった。僕はどちらかと言うと彼をサンバーグの手先（ジャッカル）のように考えていた。親ライオンよりも、このジャッカルの方が、僕に対し敵意を抱いているようだが。

もしもまだ僕の手が絵筆の感触を覚えているようなら、この仕事をやってもいいと思っていた。いや違う、ぜひともやってみたいと思っていたのだ。まったく奇妙だった――そして僕は混乱していた――この事件に関わってから目的はたった一つでありながら、どれほど多くの物事が動きだしたことだろう。凍りついた心でなにも考えられぬままスタートしたが、グレヴィルの死について調べることで僕自身の生活に大きな影響が及び、心の中まで揺さぶられる結果となった。僕はひどく動揺していた。

朝食のあと、また少しグレヴィルのノートの解読に取りかかった。速記はとても大雑把であちらこちら独自に省略されている。読み解くのにかなりの時間を要した。しかし、すぐに興味深い内容に出くわした。

『パンガルはあまり病状が思わしくないようだ。彼を失うのは大きな痛手だ。アジア人特有の勤勉さで労を惜しまずよく働いてくれた。バッキンガムではやはり彼の代わりにはならないだろう。ただ、坑夫の扱いは非常にうまい。確かにこれも容易な仕事ではない。化石層は水底の下にあり、川が氾濫する危険性を考慮すると……』

『Bのような男には今まで一度たりとも会ったことはない。そして彼も僕について同じことを言う！以前は新しい倫理を展開する彼の姿勢をただの見せかけと考えていた。しかし今はある程度本心ではないかと疑っている。犯罪は人類の誕生や死、出産と同じくらい生物学的に自然なことだと彼は主張する。そして近い将来、文明の進んだ社会においては、それはもはや禁じられた行為ではなく、人間の行動における必須の要素として認知され、新たな名が与えられるだろうと。それゆえ人間の誠実さは、もはや自然な活動を妨げる架空の障害としてしか存在しない。誠実性はその事実が否定されない限り、都合よく利用されるだけだ。実直さとは愚かさの別名に他ならない』

『僕は反論した。彼はまだ知識というロンパースを履いたただの赤ん坊に過ぎないと。彼が進めてきた議論は、ニネベやウルの時代にまで遡るほど非現代的で非革新的な思想だ。セナケリブからヒットラーに至るまで専制君主はみなそれらの主張を唱えてきた。彼は時代の先を行っているのではなく、むしろ時代に逆行しているのだ』

『確かに彼は一筋縄ではいかない男だ。ときどき僕は強く思う、自分の議論にもっと確信が持てたら……ただ正しいと主張するのではなく――それはわかっている――もっと強く、もっと切実に訴えるなにかがあれば。彼の議論に疑問を投じるにはそのような見解は極めて重要だ。背教者や暴君が繁殖する社会になれば、人類にとっての安全性がますます脅かされることになる。より確実に――ゆっくりと——人類の精神はなんらかの危険にさらされている。例えば、核実験を行うことによって科学者が人体に及ぼし得る影響力。それを見てもわかることだ』

『それでも、Ｂは素晴らしい側面を数多く備えている。我々はとてつもなく多くのことを語り合った。自分の新たな学説についても、これまでの誰よりも詳しく語ってきた——それは人間と狭鼻猿類との類似性を否定し、人類の起源を第一間氷期の特異な霊長類に位置付けるものだ。ジャックの鋭く機敏な頭脳はまったく称賛に値する。厳密に言って彼は考古学者ではない。そのときどき行っていることこそが、彼にとってすべてなのだ。強い知的好奇心をもって物事に臨み、そのあいだ、他のすべてのものを一掃する。まるで突風のように。彼ほどの才能があれば、何事も可能なはずだ。それなのになにひとつ成し遂げられずにいる。その才能ゆえに常道を歩むことができないでいるのだ。どこかでレールを踏み外してしまったのだ。誰かがその地点を見つけられたら……彼を正しい道に導くことによって彼が間違っていることを証明できるはずだ！』

「泳ぎにでも行った方が、よろしかったんじゃなくて？」首のまわりのスカーフをいじりながらシャーロット・ウェーバーが言った。「わたくしのために時間を無駄にしたんじゃないかしら。ほら、日の照るうちになんとかって諺（ことわざ）もありますでしょ。去年の四月は七十二時間も雷が続いたんですよ。そのあいだ〈戦争と平和〉を読んだわ。まるで天空の映画館で神様がお作りになったＢＧＭを聞いている気分でした」

「今月はじめまでカリフォルニアにいましたから、太陽の恵みを逃しても別に惜しくはありませんよ」

「カリフォルニア――。あそこの浜辺は本当にすてきね。ポストカードで見たわ、行ったことはないですけど。あなた、そこでなにをしてらしたの？」

最初のデッサンに取りかかるあいだに、僕は彼女に話をした。この仕事に挑むことは彼女の怪しげな友人たちへの嫌がらせというだけではなく、彼女自身と深く関わってゆくことでもあった。大きな黒い充血した瞳、たるんだ粉っぽい顔、自由奔放な大きな口、そこに隠れた彼女の人格までも見つめることになる。こんなに大ごとになるとは――。

僕は言った。「レオニー・ウィンターについて話してくれませんか？　前に約束しましたね。彼女とは長い付き合い？」

「ええ、レオニーのことですね。ええ、そうよ。最初に出会ったのは戦争が終わってからすぐ、カンヌでしたわ。あの季節、すべてがまた新たに始まろうとしていた。一方でスパイ容疑の摘発もまだ続いていた。洗濯物みたいにすべての物が混ざり合った状態。でも、前の年よりはだいぶよくなっていましたのよ。ええ、前の年でしたわ、旧友のラウールに会いに彼の家に寄ってみたら、シャンデリアからぶら下がっている姿を見つけたの。もう、どうしてよいものやら。友人がトラブルに巻き込まれるのを見るのは、いつでもつらいものです。たとえその非が本人にあったとしても」

「そこで、レオニーと？」僕は話を促した。

「彼女は水泳選手で、英国の代表でしたのよ。そのときは確か、十七歳か十八歳くらいだったかしら、子犬から大人へと成長する美しいメスのマスチフのようでした。今のわたくしはティファニーとバーグドルフの成長だけを楽しみに日々生きているようなものね。あなた、レオニー・ハードウィックという名前をお聞きになったことないかしら？　それ以来、一、二度彼女を見かけて、ぜひ遊びにいらっしゃいと何度もお誘いしていましたの。でも、なかなか実現しませんでしたわ。若い方にとって人生はとても複雑なものですから」

僕は彼女の鼻のラインを見つめた。過度に強調する必要はなさそうだ。

「たぶん彼女は、ご主人が何度も変わって忙しかったのでしょうね？」

「ご主人が？」マダム・ウェーバーはこちらへ頭を動かした。輪郭がすべて台無しだ。

「いいえ、何度も結婚しているのは、このわたくしの方よ。他人が聞いたらあまりよく思わないでしょうけど。若いときに誰かが警告してくれていたら――。結婚は習慣性のものですからね。でも、レオニーは一度だけのはずですよ」

「何度か結婚していたようなことを、昨日――」

「あなたが挑発なさったんでしょう。挑発されるとカッとなって言い返してしまうんですよ。あの子の欠点ですね。でも、もちろん、あなたは信じなかったでしょうね？」

「そのたった一人のご主人になにがあったんですか？」

「亡くなったんです。とても良い方でしたのに――資産家でしたし。あなた、テニソンをお読みになったことがあって？　わたくしの母は妊娠中によく読んでいました。わたくしには意味がよくわかりませんでしたけれど。モードよ、モード、とかいうあの詩のことですわ。なんじ、富のために嫁ぐことなかれ、しかし、富のあるところへ嫁ぐべし」

「それは、レオニーのことですか？」

「いいえ、あの二人はとても愛し合っていました。あれは本当に恐ろしい夏でした、イギリスでポリオが蔓延して、レオニーたちもその病気にかかってしまったの。彼女はすぐに回復しましたけれど

——ちょっと吃りが残っただけで——トム・ウィンターも赤ん坊も亡くなってしまって。それを聞いて言いようのない怒りを感じました」

「怒り？」

「世の中にはたくさんの悪党が生き残っているというのに。嘆かわしいわ。運命の女神は自分の務めをもっとよく知るべきですわね」

僕はスケッチを見つめた。静かにそれを後ろへめくり、一からまた描きはじめた。

「もう少し頭を上げていただけますか？　すいません。少しです。ええ、それくらい」

「彼女は結婚したとき、水泳をやめたんですよ。それ以来再び始めることはなかったわ。でも、その方が良かったかもしれませんね。スポーツ競技は十代の若者にとっては楽しみでしょうけれど、その後は女性の美しさを消耗させるだけですから。長い間彼女とは音信が途絶えていましたけれど、電報が来たんです、しばらくこちらに滞在できそうだと。若い人が関心を寄せてくださるのは本当に嬉しいものです」

「サンバーグ船長とは？」

「肩を動かしてもよろしいかしら？　痙攣が起きそうだわ」

「もちろん。少し休みましょう。立って歩いた方がいいですよ」

「大丈夫ですよ、居心地も悪くないですから。この椅子はベネツィア製ですの。かつてベネツィアの総督がこの椅子に座っていたのかと思うと、とてもわくわくしますわ。ティツィアーノかもしれませんね。彼の描いた女性たちはあまりに有名ですもの。チャールズ・サンバーグのことで、なにか？」

「いえ、ただ、古くからの知り合いなのかと」

「ええ、それはもう、ずっと昔から」彼女は溜息をついた。「親愛なるチャールズ。とても優しくて、いつもわたくしを元気づけてくれたわ。そういう人ですよ。人が人を忘れるのには半世紀もかかるものです」

僕はしばらくスケッチを続けた。

「彼はずっとここで暮らしているんですか？」

「誰？　チャールズのこと？　そうとは言えないでしょうね。冬はいつもどこかへ出かけていますもの……あなた、自画像をお描きになったことはあります？　きっと興味深い作品でしょうね」

どうやら彼女は、サンバーグについて話す用意がないようだった。「いいえ」少し間を置き、僕は答えた。「そんなに興味深いとは思えないです」

「あら、なぜ？　あなたのようなお顔をなさってても？　わたくしはとても興味があるわ。誠実さ、洞察力、意思の強さ、すべてがそこにあらわれていますもの――それからあなたの瞳、せわしなく動き、物を見極めるその瞳。冷酷な一面を持ちながら、実はとても情け深い、そうでしょう？　興味深いですわ、そのアンバランスなところ。充分絵にする価値があります」

僕は微笑んだが、なにも答えなかった。「あなたはアメリカ人でしょうか？」しばらくして口を開いた。

「そう見えるかしら？　あり得ないわ。なぜ、そんなことを？」

「話し方と、それから――」

「イタリア人とオランダ人、それからさらに他の血も混ざっているんですよ。祖母の一人がスコットランド人で、もう一人がセルビア人ですからね。純潔種ではないので、残念ながらケンネルクラブには入れませんわね。お気づきになったかしら、大陸のヨーロッパ人は、三十五歳以上だとイギリス英語を、それ以下だとアメリカ英語を話すんですよ。時代のあらわれかしらね」彼女は首に巻いたスカーフを直した。「前の夫がアメリカ人でした。愛しいサム。彼の名前の綴りにはBが二つ入ってましたけれど、亡くなったとき、わたくしがその一つを取ってヨーロッパ風の発音にしましたの――あの人が気にしてなければいいけれど」

「きっと気にされてないと思いますよ」

「不思議ね、あの人よりもわたくしの方がずっと先に天に召されると思っていたのに。わからないものね」

しばらく沈黙が続いたあと、僕は言った。「話してくれませんか、あなたが宣告されたときのこと――もう長くは生きられないと言われたとき。自分自身でその命を終わりにしたいと考えたことはありますか?」

「いいえ……いいえ、そんなこと思いませんでしたよ。わたくし、あまりにも忙しかったものですから。やるべきことをあれやこれやと考えて。身の回りを片付けて。遺言の補足書やら何やら。そのあと二十年もおまけがつくことだってあるのですから残り二十か月をあきらめるものではありませんよ」

「もし、少しでも人生の楽しみが残っているのなら」

「ええ、その通りです。いつもなにかしら楽しみはあるものよ。わたくしは心から楽しんでいます。不機嫌になる必要なんてありませんもの」

もうしばらくスケッチを続けた。そして、かなり満足のいくものができあがった。少なくとも僕にとっては満足のいくできだった。まるで何年もテニスを忘れていた人間が再びコートに出て、まだ自分はできるのだと気づき、嬉しい驚きを感じたような気分だった。

正午を過ぎ、太陽が回廊の方へ少しずつ傾いて来た。マスチフが四匹、中に入って来た。ふらふら歩きまわり、匂いを嗅ぎ、そばにやって来ては大はしゃぎする。マダム・ウェーバーに昼食に誘われたが、僕は辞退した。彼女の親切に必要以上甘えたくはなかった。

彼女は席を立った。昼食の前にフランス人のルイーズ・ヘンリオットと会うことになっていたらしい。長いシガレット・ホルダーを手にしたあの女性だ。犬たちの運動にもなるだろう。杖に寄り掛かり、彼女がタイルの床を叩くと、犬たちが素早く後に続いた。帰る前にシェリーをもう一杯どうぞ、と僕に言い残し、彼女は出て行った。

僕はバルコニーに寄りかかり、外を眺めた。今朝はひときわ風が強かった。ヤシやシダの葉が風にひるがえり、年寄りが新聞をめくるように庭でカサカサと音を立てた。頭上遥か高くに雲が浮かび、飛行機の通り抜けた跡が見える。マダム・ウェーバーの足跡は静けさの中へ吸い込まれていった。家の中は静まり返っている。

屋敷には確か使用人が二人いた。地元では評判の美人で、かつてダンサーだったという年配の婦人、そして、朗らかでほっそりとしたベルトと呼ばれるローマの青年——彼はいつも給仕を担当している。今、彼らはどこにいるのだろうか。僕はスケッチを手に取り、それを見つめた。他の紙を上に重ね、丸めて筒にしてから、ポケットにしまった。さて、どうするか。回廊を抜け、正面の庭から出て行くこともできるし、家の中を通って裏門から出ることも可能だ。

僕は家の中に入って行った。

真っ白な廊下に角石の手摺がついた短い階段があり、二階へと続いている。〈ニューヨーク・タイムズ〉を手に取り、見出しに目を通した。そのとき、かすかに話し声が聞こえた。台所の方からだ。二人の使用人はたぶんそこにいるのだろう。そして、犬たちは今、外にいる。

僕は二階へ上がって行った。

以前、レオニーが顔を出していた窓は、応接間のちょうど真上、廊下の突き当たりの部屋にあった。白い廊下に真鍮のレバー・ハンドルがついた化粧板のドアが並んでいる。最近取り替えたばかりのようだ。一番端のドアを開け、中に入った。

真っ昼間に他人の家をあさるのは、あまり慎重な行動とは言えない。しかし、朝からずっと考えていた。そろそろペースを上げなくてはならないと。そうだ、ここがレオニーのベッドルームだ。かすかな香り、見覚えのあるサンダル、スカーフ、雨戸の下の方にかかった肩紐のない緑色の水着。帆布(キャンバス)の折り畳み式台の上にレヴ・エアー製のスーツケースが置かれていた。近くで見ると、K・L・Mの荷札がまだ取っ手についていた。アムステルダム発ローマ行き。罪の意識を感じながらも留め金を外し、蓋を開ける。

スーツケースは四分の一ほど埋まっていた。下着、ナイロンのストッキング、ベレー帽、ガードル。書類入れをざっと探る。ローマの地図、ホテルの領収書が数枚。その中にアムステルダムのホテル・ドーレンの領収書四泊分が混じっていた。そして、パスポート。ロンドンで四年前に発行されている。ヘレン・ジョイス・ウィンター。旧姓、ハードウィック。職業、主婦。一九二九年、三月一日、ケンブリッジ生まれ。住所、メイドンヘッド、グランヴィル・ガーデン九番地。身長、五フィート七インチ。瞳、ハシバミ色。髪、金髪。特記事項、なし。

今の彼女は、写真の頃よりかなり痩せて雰囲気が変わったようだ。少女らしい丸顔、まだあどけなく純真で、しっかりと未来を見据えたその表情。スタンプに目をとめた。フランスに二度、イタリアには前にも一度訪れている。オランダは今回が初めて。その他、特に変わったことはなにも見られない。

スーツケースを閉じようとしたとき、底の方に洗っていないハンカチが、三、四枚見えた。一枚だけ大きいのがある。取り出してみる。角に見慣れたイニシャルが入っていた。G・Tと。

ちらりと時計に目をやる。十二時二十分。次に化粧台へ。

特に目ぼしいものはない。マニキュア、煙草、はさみ、ヘアブラシ、ランヴァンの小箱からこぼれたパウダー。部屋に満ちているのはこの香りだ。針、絹糸がひと巻き。引き出しの中には金のブレスレット、ザクロ石のネックレス、薄い寝巻き——そして便箋。めくると書きかけの手紙があった。

お母様へ
お手紙をもらって嬉しかった——私も毎日、書こうと思っていたの。ここに来て、もう二週間になります。とても元気になった気がします。リラックスして、気持ちも楽になったみたい。初めて物事を真っ直ぐに見つめられる、そんな気がしている。一つよかったのは——オランダですべてが終わったということ。あのときは、そうは思えなかったけれど、きっとあれで、ああいった結果でよかったのでしょう。今はそう思っています。これで本当に終わり。また再び、これからのことを考えていけると思います。

私の居場所を黙っていてくれてありがとう。マダム・ウェーバーが置いてくれる限り、しばらくここにいようと思います。この数週間、素晴らしいお天気が続き、随分と泳ぎに行きました。こんなに泳いだのはトムとの結婚以来、本当に久しぶり。昨夜は七時間も寝たのよ。まったくなにもしない生活、誰もがのんびり過ごし、食べて、飲んで、煙草を吸って、それからゴシップ。意味のないこと――なんにもならないことばかり。でも、今の私にはちょうどいいみたい。ここじゃ考える時間はたっぷりあるけど――今はなにも考えたくないわ。だから、私のことは心配しないで。私は大丈夫。

花が咲きはじめ、島の坂道が黄色く色付いています。ケーブルカーのまわりはゼラニウムでいっぱいです。まだ観光客はそんなに来ていません。来月、観光客がどっと押し寄せたら――』

手紙はそこで終わっていた。『一つ、よかったのは、オランダですべてが終わったということ。きっとあれで、ああいった結果でよかったのでしょう』グレヴィルの膨れ上がった遺体が運河に浮かぶことが？　妻と娘を残し、未来を棒に振ったことが？

ドアが動いた。咄嗟に振り向く。ニコロ・ダ・コッサがそこに立ち、僕を見つめていた。

第十一章

彼は言った。「レオニーは、高価な宝石などほとんど持ってないと思うがね。マダム・ウェーバーの部屋にでも案内しようか？」

「もっと高価なものがあるでしょうね？」僕は言った。「もちろん、あなたはよくご存知でしょう」

衝撃が体を走り抜けた。麻痺してなにも考えられない。

コッサは意地の悪い笑みを浮かべた。「もちろん、わかっているさ。でも私は泥棒ではないんでね。友人の温かい心遣いにつけこむような真似はしないよ」

僕は辺りを見まわした。「ここの用事はもう済みました。下に行ってシェリーでも飲みながら話しましょう」

「話すことなどなにもないさ、シニョール。あるとすれば、君がこの島からいつ出て行くか、それだけだね」

僕は引き出しを閉めた。「そう言うあなたはこの家でなにをなさっているんですか？」

「私が浜辺にいると思ったのかい？　ときどき偏頭痛がするんでね。それではどうぞ階下へ。私もお供しよう」

ドアに向かい、廊下へ出た。階段を下りる。彼がうしろからついてくる。広々とした応接間を横切り、グラスを手に取った。

「シェリー?」

「悪いね」彼はおもしろがっているようだった。「もちろん、マダム・ウェーバーには話さなきゃならない。彼女が来たらすぐにでも。レオニーに話すかどうかは彼女にまかせた方が良さそうだ」

「では、警察は呼ばないつもりですか?」

足を引き摺りながらこちらへ来ると、彼は二杯目のシェリーに手を出した。

「なぜ、そんなに強気なのかね?」

「あなたにはなんの証拠もないからですよ」

「なるほど」

「マダム・ウェーバーに話すとしても、あなたの証言以外なんの証拠もありません」

「彼女とは長い付き合いだ。それに、私が嘘をついていったいなんの得があると言うのだね?」

「なにか得があると、考えているのでは?」

彼は大きくなくすんだ瞳で僕を見た。「なにが言いたいんだね?」

「僕がシャーロット・ウェーバーと親しくなって、あなたは気が気ではなかったでしょう」

「あの年寄りと? なにを言い出すかと思えば」

「彼女は金持ちだ。そして、画家のあなたをいたく気に入っている」

彼は歯を見せて笑った。「君は随分と自分を買い被っているようだな、シニョール。君の作品は見てないが、間違いなく素人だよ、日曜画家がいいところだ。彼女は自分の判断に自惚れるあまり、まがい物にも気づかないのさ」

グラスを手に、僕は彼の描いたファラグリオニ・ロックスのパステル画の方へ歩み寄った。「なるほど、確かに彼女はまがい物や偽造品に騙されやすいようですね」

外でタイヤがきしむ音がした。バスが門から遠ざかってゆく。そして、足音。ジェーンとレオニー、ハミルトン・ホワイトの声がした。彼らは屋敷に戻って来たが、応接間には入って来なかった。二階へ向かう足音が聞こえる。

ダ・コッサがそばに寄って来た。「なんのことか、説明してもらえるとありがたいがね」

数年前なら、彼が短剣でも取り出しやしないかとビクビクしたところだ。

「あれは、あなたの絵ではありませんね」

「よく見るんだな」彼は言った。「サインがあるだろう。他になにか必要かね？」

「実際に描いているところを見たいものですね」

「悪いが、私にその義務はない」

「どちらにしても不可能でしょう。ちょっと派手で僕の趣味ではありませんが、これを手掛けたのはすべての技工を心得た画家です。それも熟練の」

「もちろん、その通り。私が――」

「昨日、埠頭であなたが描いているところを見かけました。あなたはそのような技工を持ちあわせてはいない。賭けてもいい」

「昨日は珍しく油絵を――めったにやらないものでね。それで――」

「油絵だろうが、パステルだろうが問題ではありません――そんなに違いはないはずです。いい加減認めたらどうですか？」

彼は僕を見つめた。すぐそばに彼の体があった。油の匂いがするほどに。前を開けたシルク・シャツの下に黒くもつれた胸毛が見えた。「本来なら僕が口をはさむ問題ではありません。でも、僕が思うに、あなたはマダム・ウェーバーの気を引きたかった。それでどこかの金に困っている画家からこの絵を買った……たぶん他の絵も。他にまだあるのでは？」

庭の方で咳き込むような荒々しい犬の鳴き声がした。

彼は言った。「で、証拠は？」

「あなたが僕に言ったさっきの言葉です。あれで疑問を感じたんですよ」

「レオニー・ウィンターの部屋でなにをしてたのかね？」

「物を取ったりなどしていませんよ」

彼は再び意地悪い笑みを浮かべた。「それじゃあ君は拝物性愛者（フェティシスト）か。前にもいたよ、そんな奴が……私の場合は女性の下着そのものより、中身の方に興味があるがね」

「なかなかの直感をお持ちのようで」

「確かに君よりはね、シニョール」

毛を逆立てた二匹の犬のように睨み合った。お互い相手がいつ飛びかかって来るかと構えている。

そのとき、コツコツと杖をつく音がした。

「まあ、よかったわ、まだいたのね、フィリップ」マダム・ウェーバーだった。「もう一人、誰かランチに加わってくれないかしらと思っていたところ。タコがありますの。あなた、お食べになる？　わたくしはどうも苦手で。あなたたち内緒のお話でもなさってたのかしら？　ニコロ、頭の具合はどう？」

人と犬で部屋がにわかに騒がしくなった。シャーロット・ウェーバーとマドモアゼル・ヘンリオットが回廊から入って来たとき、レオニーとジェーンも違うドアから入って来た。レオニーは僕を見て驚き、しばらく落ち着かない様子だった。結局、彼女についてはまだなにひとつわからないままだった。『一つよかったのは――オランダですべてが終わったということ。きっとあれで、ああいった結果でよかったのでしょう』肌と骨と肉の偶発的融合――生まれ持った魅力、値しない能力……そうだ、しかし、それだけではない。それ以上のなにかがあるはずだ。

普段女性に接するように彼女にうまく近づくことができず、ひとり嘆くのも結構だが、結局僕はどっちつかずで客観的にはなりきれていないのだ。正常な友好関係を築くにはグレヴィルの存在が障害となる。そして、正常な敵対関係を築くには、彼女が障害となっているのだ。

昼食の前まで彼女は僕を避けていた。しかし、昼食の席では隣り合わせになった。逃げることはできない。食事も終わりに近づいた頃、僕は彼女に言った。「昨日は間違ったスタートをきってしまったようだね。もう一度、最初からやり直させてもらえるかな？」

「昨日？　一昨日からじゃなくて？」彼女はすぐに明るく答えた。

「そうだ、一昨日からだ」

「……いいわ。あなたがそう思うなら」

「今日の午後、散歩にでも行かないか？」

パンをちぎる透き通るような長い指。彼女はこちらを見てはいなかった。「散歩？」

「ああ。今日は風も少しあって、気持ちのいい天気だ。ここを出発して行けるところまで行ってみないか？」

「それなら教えてあげるわ。海の中まで行けるわよ。この島は端から端までたった四マイルしかないんですもの。平らな場所もほとんどないし」

「それじゃ、山の方へ登ってみよう」

砂緑色の瞳が僕をとらえた。びっしりと睫に覆われた冷たく、決して微笑むことのない瞳。「行くべきかしら？」

「さあ」

「それは、あなたが私に対して抱いた最初の疑惑を解くためなの？」

「まったく信用してないんだね」

彼女はうつむいた。「散歩に行ったってなんにもならないわ」

「話し合ってみても？」

「それこそ、信用できないわ」

「それじゃあ、お互いの信用のため協力し合ってみては？」

若い給仕が彼女のグラスに白ぶどう酒を注ぎ足そうとした。彼女はそれを手で制した。

「一緒に来るね？」僕は言った。


僕らはアナカプリまで登ってゆき、そこからラ・ミグリアリへと続く小道を辿った。今日の彼女はゆったりとしたドレスにグリーンのスエードのサンダル、昨日のマダム・ウェーバーのような広縁の帽子をかぶっていた。彼女がかぶるとまったく違った印象だ。四年前の写真を見て以来、今の彼女がどんなに細くなったのかがよくわかる。七時間眠ったという手紙の言葉はまんざら嘘ではなかったようだ。彼女にとっては大きな成果だったのだろう。

でも、いったいなぜだ？

しばらくすると、彼女は自分の夫について話しだした。そして、僕は訊いた。「それで、二番目のご主人は？　どんな人？」

彼女はなにも答えない。僕は続けた。「教えてくれないか？　昨日、あのイタリア人の家族に見せていたのは義理の妹さんの写真？」

彼女は立ち止まり、エニシダの小枝を摘んだ。「シャーロット・ウェーバーに聞いたんじゃなくて？」

「訊かなくても彼女は教えてくれたよ。とにかく君にはご主人が一人いて、お子さんも一人いた。二人とも病気で亡くなった。どうして僕の前であんな演技をしたんだい？　なんのために？」

彼女は優雅に小枝の匂いを嗅いだ。「演技なんかしてないわ。あなたにとっては関心がないことだと思ったからよ」

「そんなことはないよ」僕は言った。「わかった。僕が悪かったよ」

彼女が僕を見た。「ありがとう、初めて誠実な言葉をくれたわね、フィリップ」

「僕はそんなにひねくれた役者かい？」

「わからないわ。あなたがなにを演じているのか、わからないもの」

坂道を登りきり、僕らは今、広々とした大地を横切っていた。海がなければ、自分が今ダートムーアにいるような気がするだろう。

僕は言った。「芝居なんかしてないさ。一つ物事が進むたび、一つアドリブが要求される。それが人生さ」

彼女は静かに言った。「ええ、その通りでしょうね。あなたはあなたのセリフを言う。わけのわからないことでも、くだらないことでも。問題はないわ。まったくなにも」

「でも、そう、うまくは行かないんだ」

「どうして？」

「誰かさんに話を切り出そうとする。すると如才ないのか、運がいいのか、その人は巧みに理論武装して決して自分の姿勢を崩さない」

「それって、なにか特定のことを言ってるのかしら？」

僕は答えず、歩き続けた。やがて思いがけず、行く手を遮る柵が目の前にあらわれた。道はそこで終わり、最果ての地に辿り着いたかのようだった。切り立った崖がすぐ目の前に迫っている。もし落ちれば、千フィート下の海までまっ逆さまだ。

突風が起こり、彼女は帽子をおさえた。「ここで、おしまいね」

そこに立つと、世界が空っぽに感じられた。虚しさを増長させるように二羽のカモメがくるくると旋回し、悲しみの声を上げる。拡大鏡で見た親指の指紋のように、繊細な皺を寄せる波。一艘の釣舟が見えた。二人の男が乗っている。一人が頭のまわりに赤いハンカチーフを巻いていた。

彼女はエニシダの小枝を落とした。枝はいったん野生の花の中に紛れごつごつした崖にしがみついたが、やがてくるくると舞いながら落下し、段々小さくなり、最後は海に消えていった。彼女はその場から離れた。「ふぅ、くらくらするわ」

彼女のあとに続き、僕も一ヤードほど先の湿った芝生の上に腰を下ろした。今朝読んだ彼女の手紙のことを考えていた。スーツケースの底にあった洗ってないままのハンカチ。

　彼女は帽子を取って脇に置き、髪を振り払った。薄い前髪が、それに逆らうように額に落ちる。

「あなた、絵はどのくらい続けているの？」

「そうだな……だいぶ長く」

「ずっと？」

「……いや、数年前まで」

「それからは、どうしたの？」

「それ以上はもう続ける意味がなくなったんだ」

「仕事としては描いてないの？」

「ああ、そこが問題なんだ」

「なにが問題なの？」

　自分が彼女に説明したいのかどうか、心の奥深く問い掛けてみた。答えはノーだ。しかし、信頼が信頼を呼ぶこともある。

「そう、あなたはそうやってしばらく物事をもてあそび、思ったわけね、素晴らしい、僕はなかなか才能があるじゃないか。そしてある日突然、真実に目覚めるの。自分はもう充分やるだけのことはやった、これ以上続けても得るものはなにもない」

　彼女は体をそっと動かし、足を曲げて座り直した。スカートを引っ張り、その足を丁寧に包み込む。腿の上の布がピンと張っていた。「お金を稼げるかどうかで、あなたは物事を判断するの？」

「違う――それは一つの方法に過ぎない。大切なのは自分の才能を自覚することだよ。続けても無駄だということを――自分にとってもプラスにならない」

彼女は首を振った。「どうして、そんなことが言えるの？　自分自身で築き上げたものが、なぜ、まったく無駄だと言い切れるの？――他人の意見はいろいろあるでしょうけど」

「違うと言うのかい？」

「自分の作品を批判する能力を持たない者なら、そう言うだろうよ」

「いいえ、それは違うわ……私はそうは思わない」

僕は言った。「たぶん、僕は多くを望み過ぎたんだ」

「そうね、それなら充分理解できるわ」彼女は言った。

「ちょっと、待ってくれ、昨日のことからすべてを判断しないでほしいな」

彼女は微笑んだ。「昨日のことと言えば……ひとつ教えてほしいの」

「僕にわかることならば」

「あなたが――なんて言うのかしら――あんな風にぶしつけだったのは、私のことを知りたかったから？　それとも、自分の見解を確かめたかったから？」

「どちらでもないさ、ただの成り行きだよ」

彼女は黙り込んだ。僕は話を変えた。「きみ、イギリスではどこに住んでいるの？」

「だいたいはロンドンよ」

「お父さんやお母さんと一緒？」

「いいえ、父は戦争で殺されたわ。母は再婚したの。それで義理の妹が二人いるのよ。あなたは信用してないようだけど。私は仕事があるし、一人でフラットに住んでいるの」

「そして水泳を?」

「嫌な感じね。肖像画を描き終わるまでに、あなたはどれだけ私のことを探りだすつもりかしら」

「きみは水泳選手のような腕をしてないね」

彼女は片手でもう片方の腕の肘から上の部分をさすった。「あなた、一方じゃ随分と考えが古いのね——他はどうか知らないけど。こんな場所から飛び降りてみたいと思ったことはある?」

「いや、あまり」

「昔、飛び込みが大好きだったの。あの感覚、何度やってもたまらないわ。まるで落ちてゆく矢のような——」

僕は言った。「いつか、やってみる価値はあるかもね。人生に飽きたときにでも。ベッドで死ぬよりずっとドラマチックさ……ついでに言えば、どこかの裏通りの汚い運河で死ぬよりも」

静寂があたりを包んだ。口走るつもりはなかったのだが。彼女はゆっくりと腕を下ろした。「そう、それで全部説明がつくわ」

「なんの説明?」

「あなたが彼の関係者だってこと」

たくさんの言葉を交わし、ようやく築き上げたものが、こんなにあっけなく崩れてしまうとは。なんとも言えない気分だった。「弟だよ。気づいていた?」

「もちろん、最初から。そっくりですもの——彼より若くて横幅もあるけれど。肩の線も目も声もそっくり。気のせいだと、ただの錯覚だと思いたかった」彼女は立ち上がった。「いいわ、教えて。なにが知りたいの？　これで解放してもらえるわね」

「どうやって兄は死んだんだ？」

「私はなにも知らない」

「つまり、どうしてそれが起こったのか、知らないと？」

「ええ、なにも知らないってことよ」

微風が彼女の喉もとの襟に吹きつけた。襟がひらひらと翻る。

僕は言った。「座ってくれないか。落ち着いて話し合おう」

「いいえ、結構よ」

「僕には聞く権利がある。違うかい？」

「あなたがこんな風に嗅ぎまわる権利などないと思うわ。グレヴィルの件で知りたいことがあるのなら、必要ないでしょう、こんな、こんなやり方――」彼女は怒りをこめた目で海を見つめた。

「じゃあ、君のこと、どうしたらわかるんだい？　兄からはなに一つ聞いてなかったんだ」

「機会がなかったからでしょう」

「最初に会ったのはいつ？」

彼女は首を振り、答えない。

「レオニー、君は話すべきだ。最初にいつ会ったんだ？」

「オランダで、一か月前に」

僕は立ち上がり、彼女の脇に立った。「つまり、兄が死ぬほんの数日前に会ったばかりだと？」

「もちろん、そうよ！　なにが言いたいの？」

「そんなの、考えられない――」

「そうね、もちろん、あなたには権利が――」

「違う」背を向けようとする彼女の腕を摑んだ。「よく、聞いてくれ。納得いくわけないだろう？手紙のことはどう説明するんだ？」

「手紙？」

「遺体から見つかった手紙だよ――君との関係は終わったと」

彼女は腕を振りほどくと、僕を見つめた。「手紙が見つかったなんて聞いてないわ……いったいなにを……」――彼女の表情が変わる――「私が書いた手紙のこと？」

「君は去る前に手紙を残さなかった？」

彼女は真っ青だった。「そんな……ええ、書いたわ。でも――それであなたは私のあとを追ったの？」

「それもある」

「それじゃあ、あなたは――そんな風に思っていたわけ？」

「僕がどう考えるべきだと？」

彼女は大きく息をついた。「でも、それは――そんなこと、信じられない……」

再び言葉を切った。それ以上話す様子はない。

「僕だって信じられない」僕は言った。「わからないんだ、なぜ君のことで、こんな風に」

「どうやってそれが……警察は知っているの？」

「もちろん」

「その手紙が、彼の死と関係があると？」

「もし、君が警察なら」僕は言った。「どう考える？」

第十二章

彼女は落とした帽子を拾い、ついた草を払った。僕は彼女の口もとを見つめた。僕が口を開きかけると、彼女が言った。

「少しだけ時間をちょうだい。気持ちをちゃんと整理したいの」

僕は立ちすくみ、待った。西の方を見渡すと、島の岬の先端に灯台が見えた。灯台と僕達のいるこの地点は怪物のような断崖に隔てられていた。

彼女は言った。「詳しく教えて、警察がどう考えているのか」

「グレヴィルはレオニーと呼ばれる女性との情事にのめり込み、その女性が別れの手紙を書いたことによって自殺したと」

「それで、あなたはそれを信じているの？」

「いや、決して信じてはいない。少なくとも僕はグレヴィルを知っている、だから、そんなことはあり得ないと思っていた、君に会うまでは」

「会う前と後では、どう違うの？」

「相手が君みたいな女性だったら、あり得ることだと思ったんだよ」

彼女は考え込んだ様子で僕を見た。僕は言った。「手紙を書いたことは否定しないんだね」

「もちろん、しないわ」

「どうして、あの手紙を？」

「仮に話しても、あなたは信じないでしょうね」

「話してみたら？」彼女は思い悩んでいるようだった。「君は話さなければならない。どうしても必要なことなんだ」

「……知り合ってから、たった二日よ。亡くなったときはまだ手紙を読んでもいなかったはず」

「でも、君は自殺だと思っているんだね」

「それを決めるのは警察でしょう？」

「それが可能ならばね。それに、まだ他にいるはずなんだ。その場にいた人物が」

「私はそこにはいなかったわ――その近くにも。もし、いたら――」

「なぜ聞いたときに、すぐ警察に言って事情を説明しなかったんだい？　やましいことがなにもないのなら」

「ナポリに来るまで知らなかったのよ。だから言えるはずないじゃない」

僕は言った。「いいかい、よく聞くんだ。これは、はっきりさせなくちゃならないよ。君が僕の問いに答えないのなら、警察の尋問を受けることになる」

「警察は私がどこにいるか知っているの？」

「いや、まだ知らない」

「でも、言うつもりなのね？」

「ことによる」

「警察に協力などできないわ、フィリップ」

「なにかいい方法が見つかるはずだよ、君が知ってることを話してさえくれれば」

「私は……できないわ。他の人も巻き込むことになる、それに私は――」彼女は言葉をとめた。

「他の人も巻き込むって？」

「そうよ。私――」彼女は逃げ道を探すように辺りを見まわした。「フィリップ、今はこれ以上話せない。もう少し考える時間が必要なの。知らなかったのよ、本当に、思いもしなかった……警察が手紙を見つけたなんて。あなたにしてみれば、そんなもの見つからない方がよかったでしょうね。もちろん、あなたには聞く権利がある。よくわかっているわ。これが警察の尋問だったら猶予など与えられないってことも。でも、フィリップ、あなたは警察じゃない。だから、頼んでいるのよ……お願い、明日まで待って。警察を呼んだとしても明日までここに来ることはできないでしょう、だから手遅れにはならないはず……」

彼女はこちらに目を向けた。僕達は真っ直ぐ見つめ合った。とても長い時間に感じられた。ここで譲ったら、自分が後悔するのはわかっていたのだが。

「わかったよ」僕は言った。

彼女はかすかに微笑んだ。まだ不信感を拭えないようだったが、昨日とは明らかに様子が違った。何か言おうと口を開きかけたとき、犬の吠える声がした。

僕達が通ってきた小道の向こうから男がやって来る。岩がごつごつ突き出た道を二匹の大きな犬が嗅ぎまわり、しっぽを振り、自由自在に走り回っている。チャールズ・サンバーグだった。

彼女は僕より先に彼が来ているると気づいたのだろうか。気づいたに違いない――僕はそう結論を下した。

僕は自分の愚かさを感じていた。突然話をぶちまけ、さらには彼女に考えさせる猶予を与えてしまった。サンバーグが近づいて来る前に、彼女はコンパクトを取り出して顔を直したが、その瞳は動揺を隠しきれず、おそらく彼は気づいたはずだ――僕達が話していたのは景色のことなんかじゃないと。重い空気を引き摺ったまま、僕らは帰途についた。サンバーグと僕は、お互い抱いている敵意を表に出すことはなかったが。

どういったわけか、〈青の洞窟〉について話が及んだ。おそらく彼女は差し障りのない話題を探していたのだろう。彼女に訊かれて、僕はまだ見たことがないと答えた。一般に知られる世界の驚異についてあまり関心がなかったのだ。

彼女が言った。「確かに観光客が多過ぎるけれど、ちょうどいい時間帯に行けば、本当に印象的よ。チャールズ、あなた、前に言ってたわよね？　早朝、夜が明ける頃が一番すてきだって」

サンバーグが言った。「あの色彩は芸術家たちを魅了するだろうね。ここを去る前にぜひ見ておくべきだよ。二度とチャンスはないかもしれないからね」

「たぶん、そのつもりです。ここを去る前に」

「それじゃ、近々すぐ、ということかね？」

「わかりません」

「そのうち、行きましょうよ」レオニーが割り込んだ。

僕は言った。「そうだね、ぜひ一緒に」

サンバーグは石を拾い、それをギンベルの方へ放った。うまい具合に飛んで行ったが、かすかな苛立ちが感じられた。ギンベルは他人のブドウ畑を突っ切って行った。「マダム・ウェーバーの肖像画はどんな調子かね？　まだ見せてもらってはいないが」

「期待していたんですか？」

「いや、正直言ってまったく」

レオニーが言った。「まだ取りかかったばかりですもの」

「たぶん色を付けるまで、もう半日はかかると思います」

「マダム・ウェーバーは、とても忙しいようだからね」サンバーグが言った。

「待つのは、かまいませんよ」

「私はいつも思うんだよ」彼は言った。「忍耐は美徳のうちに入るのだろうか。人は随分それを過大評価するが」

「それをどう使うかによりますね」

サンバーグは汚れていないか確かめるように、手入れの行き届いた自分の右手をじっと見つめた。それから、その手をリーファー・ジャケットのポケットに突っ込んだ。「むしろ、なんのために、それを行使するかによると思うがね。価値あるもの、高い報酬が期待できるものに対しては忍耐強くあるのは美徳と言えよう。しかし、価値のないもの、見せかけ、インチキ、恥知らずな人間に無駄に費やすのは……私はどうも気が進まないね」

僕は言った。「それはあなたがそのように物事を見ているという意味ですか？　それとも、そう見たいという願望ですか？」

彼はゆっくりと僕の方へ振り返った。「また別のときに、この続きを話し合いたいものだね、ミスター・ノートン」

しばし深い沈黙に包まれた。僕の足元のマーシーが、何かを噛み砕く音だけが辺りに響き渡った。

僕達は、ひたすら丘を下りて行った。


ホテルに戻ると、電報が届いていた。待ち望んでいたものだった。『アス 十三ジ ナポリ トウチャク ネムレルシシヲ オコスベカラズ マーティン』

電報にさえ洒落を入れるなんて、まったく彼らしいと思った。次の日、早朝の船に乗り、カポディチーノ空港まで彼を迎えにいった。税関から出てきたのは不摂生が祟ったような血色の悪い顔だったが、ハンサムなのは相変わらずで、気品さえ漂っていた。普通のグレーのスーツを着た彼を見るのは初めてだった。あの戦闘服はさすがに持ってこなかったのだろうか？　僕達はしっかりと握手を交わした。彼は言った。「スチュワーデスが、皺くちゃの年寄りになってしまったらどうしようって考えてたところさ」

「そうはならないはずです」僕は言った。「彼女たちは結婚し、新しいスチュワーデスが生まれるんですよ。特別な血統のね。泥棒の件は片付きましたか？」

「盗まれた物の四分の三は、翌日取り戻した。捨てられた場所からね。泥棒は怖じ気づいたのか、それとも純銀が鍍金(めっき)だと気づいたのか。でも、エル・トロの葉巻はもっていかれたよ、忌々しくも」

スーツケースと彼が道中読んでいたという本を受け取った。自費出版されたセルバンテスの『模範小説集』だった。僕がちらりと目を上げると、彼は優しく言った。「で、君は例の女性もバッキンガムも見つけたんだね？」

「ええ。あなたに謝らなければ――自分勝手に進めてしまって。手掛かりを摑めたのはいろいろ手を尽くしてもらったおかげなのに。でも、最初は大失態だと思ったんですよ――知らない奴に二百ギルダーも渡してしまうなんて」

「そうじゃなかったのは確かかね？」

「確かです、彼女については。バッキンガムについてもかなり確信はあります。でも、あなたに確認してもらいたいのです」僕は彼にすべてを話した。ヴィラ・アトラニと彼らをつきとめた経緯、そして今まで起きたことをすべて。彼は熱心に聞いていた。とてもよい聞き役だった――誰もがよくやるように途中で違うものに目を奪われたりもしない。「あなたが来るまでなにも事は起こすまいと思っていたのですが――うまくいきませんでした」

「なぜあの手紙を書いたのか、彼女はまだ話してくれないのかい？」

「まだです」

「彼女のこと、信用し過ぎてるんじゃないかね？　彼女はまっさきにバッキンガムに話しただろう」

「そのことだったら、そんなに心配はないと思います。ただ、あなたの確認だけ得られれば。彼らはあなたが来ることを知らないはずですから」

「彼女はそんなに魅力的かい？」

「そうですね。でも、僕が判断力を失うほどじゃありませんよ」そう言いながら、その言葉は本当だろうかと考えていた。

彼の顔にあの穏やかで魅力的な笑みが浮かんだ。暗い影は消えていた。「ちょっと待っていてもらってもいいかい？　母に電報を打ってくるよ、無事に着いたと」

電報カウンターから戻って来ると、彼は言った。「オランダで彼らがどうやって彼女の行方を突き止めたのか、まったく不思議だよ。警察は摑めなかったというのに。ローウェンタールは奇妙な奴だ――見込みはないと思って彼に頼んだんだが」

「あの貧弱な事務員のことですか」

「いや、いや、奴はかなりの大物さ」彼は頰をこすった。「朝が早かったから今日はもう一度髭剃りが必要だな……残念だが、ここにはオランダのようなコネはない。どんな作戦でいくつもりなんだい？」

「バッキンガムの舳先にいきなりあなたをぶつけて、反応を見るつもりです」彼特有の言い回しを借りて僕は言った。

「もし、バッキンガムじゃなかったら？」

「がっかりなんてもんじゃないでしょうね」

航空輸送バスに乗り込んだ。彼は黒くしなやかな髪を二本の指でかきあげた。「オランダでのこと、詳しく教えてくれないか」

僕は彼に話した。再びトーレンに会ったこと、ルイ・ヨアヒム伯爵との晩餐、ジャワから帰国予定の捜査官には会えなかったこと、新しい情報があったら手紙をくれるとトーレンが約束してくれたこと。

「わざわざ手紙をよこす警察官なんて聞いたこともないね」飛行機が滑走を始めると、マーティンはじっと空港を見つめた。考えこんでいるようだ。「私の勘だが、最終的には君はそこに戻って、また奴らと渡り合うことになるだろう」

「つまり、真の答えはそこにあると?」

「ああ、そうだな」僕はなにも言わなかった。彼は続けた。「断言できる確かな根拠はないが——まあ、直感だな」

「それじゃあ、レオニー・ウィンターもバッキンガムも黒幕ではないってことですね」

しばらく考えてから、彼は肩をすくめた。「こういったことは、説明しても無意味なだけさ。正直、よくわからない……そのサンバーグとかいう奴には——いや、バッキンガムか、どうやって会うことになっているんだい? もう予定は組んであるのかい?」

「ええ。マダム・ウェーバーのところで、今夜ちょっとしたパーティーがあって——二、三日ごとにそういった集まりがあるんです。サンバーグもきっと来るはずです。僕も友達を連れてゆくと彼女に話しておきました」


僕は計画のことでかなり神経質になっていた——自分で思っていた以上に。あの朝、ナポリでキャンバスや木枠、絵筆、絵の具を買い込む代わりに銃でも用意しておくべきだったろうか? もちろん、すべて水の泡になってしまうことも充分考えられる。行き当たりばったりの勝負だ。この奇襲攻撃が失敗しても、また振り出しに戻るだけだ。でも、計画が失敗に終わるとは考えられなかった。

ホテル・ベッキーノにマーティンの部屋を取っておいた。彼はあっという間に女性支配人の心を摑み、他のスタッフをも魅了した。何か特別なことを言ったり、行ったりしたわけではない。実際彼は落ち込んで、ふさぎこんでいるようでもあった。しかし、そんなことは問題ではない。彼の場合、いつも望む前に自然に恩恵が施されるのだ。

黄昏が深い闇へと変わる頃、僕達はヴィラ・アトラニへ向かった。隣を歩くマーティンは口を閉ざしたままだった。彼も僕と同じような緊張感を味わっているのだろうか。それとも、これ以上話し合う必要などないということか。とにかく、今の段階では他にできることはなにもない。導火線に火を付け、あとは離れて見ているだけだ。

門の前まで来て、僕は彼に問い掛けた。「バッキンガムは、あなたのことを覚えていると思いますか？」

「忘れたとは思えないが」

薄明かりの中で僕は彼を見つめた。「今まで聞かなかったけど、あの男に対して何か個人的な恨みでもあるのですか？」

彼はためらっていた。「なぜ、そんなことを？」

「それは――事件に直接関わりのないはずのあなたが、とても辛抱強く熱心なので」

彼はかすかに笑った。しかし今日は表情が曇ったままだった。「事態が進むに従って、だんだんわかってきたんだ、あの男のことを自分がどう思っているのか。いつか君に話すよ。今はまだ考えてもよくわからないんだ、どれだけの借りがあるのか――君以上のものなのか。たぶん君が答えを見つけたとき、僕の答えも見つかる気がするよ」

僕達は小道を進んでいった。

ドアのところで犬が待ち受けていた。僕に尻尾を振り、瞬時にマーティンの波長を感じ取った。まるで人間のように。マダム・ウェーバーは布袋のような奇妙なピンクのドレスを纏い、目にはたっぷりとマスカラを塗りたくっていた。スティックに刺さったチェリーを振って我々を迎えると、応接間へ導いた。

今夜は新顔もたくさんいた。見知った顔をざっと探す。ニコロ・ダ・コッサとジェーン、ハミルトン・ホワイト、マドモアゼル・ヘンリオット、昨日昼食会で一緒だった背が高くかっぷくのいい船主、シニョール・カスティリオーニもいた。

ガヤガヤと騒がしい中、忘れられていた挨拶が交わされ、意味のない言葉が、これまた意味のない他人の会話にまみれてゆく。「奴の姿は?」マーティンが訊いてきた。「まだ見えないですね」僕は言った。「彼女もまだです」さらに数人が加わった。そしてまた数人。広間はたちまち人で埋め尽くされた。いつもよりかなり大掛かりなパーティーだった。島の目立ちたがり屋の半分が来ているようだ。ショートパンツに赤い鬚(あごひげ)を生やした男、大きな動物のバッジをたくさん帽子に飾った女性。ある中年の太った女性は信じられないほどぴっちりとした黄色のジーンズを履いていた。

「聞いてくださいな、フィリップ」耳元で不意にマダム・ウェーバーの声がした。「マスター・カルったら、スコッチしか召し上がらないのよ。彼のトレードマークですものね。あなたも一杯いかが?」うっとりとした視線がマーティンに注がれた。「来てくださって嬉しいですわ、ボクサー司令官。賑やかで驚いたでしょう。今日は今までにないほどのお客様ですの。とても気分がいいけれど、ちょっとジンを飲みすぎちゃったみたい」

「レオニーは?」僕は彼女に尋ねた。

「二階で休んでいるんですよ。午後からあまり気分がよくないみたいで。でも、あとで顔を出すと言っていました。あら、ミスター・ウィークリー、来てくださって嬉しいわ。マンハッタンをお飲みですの？」マダム・ウェーバーは渦に巻かれるように遠ざかって行った。僕は余分なグラスを持って取り残された。

「カイル？」マーティンが呟いた。「彼女、今、カイルって？」

「そうです。窓際にいる、あの頭の薄くなった年寄りですよ」

「驚いたな、ああ、そうだ、あの顔なら知ってる。とうの昔にくたばったと思ったが」

「一緒に行って確かめてみましょう。離れない方が無難です」

あちこちぶつかり、謝りながら、応接間を横切っていった。マーティンだけではなく、マーシーまでもがクンクン嗅ぎまわりながら僕のあとをついて来た。男は禿げた頭をこすりながら意気盛んにマドモアゼル・ヘンリオットと話をしている。僕はマーティンにウィスキーを渡し、彼もそれにこたえるように目配せした。まるで誰かをペテンにかけようとしているみたいに。そして僕はカイルにマーティン・コクソンを紹介した。

「コクソン？」訝しげな視線がマーティンに向けられた。「マーティン・コクソンだって？　もしかして、あのカラード卿の孫の？　なぜ言わなかったんだね？　もう十五年以上にも――」

「もっとですね」マーティンが言った。「あなたがまだ生きているとは思いもしませんでした」

カイルはぎこちなく会話を続けた。「それじゃきみは事実と違うことを信じていたわけだ。わしはカラードより十歳年下だよ。もし彼が生きていたら、まだ八十にもなっていないはずだがね。君は今、なにをしているんだい？　戦争も終わり、落ち着いたところかね？　確かどこかで読んだよ、英軍殊勲賞の候補にあがっているとか」

「ええ、それなら、ちゃんといただきました。もう半世紀も前になりますかね、あなたの家の屋根に登って煙突の先にコックのズボンを結びつけたのは」

「ああ、二十五年じゃよ。君はかなりのわんぱくで、おまけに恩知らずだった。よく覚えてるよ、カラードがうちに来て言ったものさ、ジョン、あの子を躾ける方法はどこにもないようだ……」

動きまわる頭の向こうから、レオニーが入ってくるのが見えた。青ざめた顔は化粧でも隠しきれていなかった。彼女は素早くあたりを見まわした。サンバーグを探しているのだろうか？ マダム・ウェーバーを見つけると、そちらへ歩いて行き、なにかを訊いているようだった。その返事が来る前に、彼女は僕を見つけた。マダム・ウェーバーは彼女の腕を摑み、なにか言った。彼女は頷き、ぎこちない笑みを浮かべ、用心深く人混みをかき分け歩きはじめた。

「……それに」カイルは続けた。「この島も、ここにいる変な人間どもも、わしはどうも好きになれん。スコットランドの荒々しい景色がなつかしい。だが、穏やかで気の抜けたようなここの気候が年寄りの体には合うようでな……」

レオニーがやって来た。今まで見たこともないほど、奇妙な冷たい目で僕を見た。昨日とはまったく違っていた。

「大丈夫かい？　具合があまりよくないって」僕は言った。

「ちょっと日に当たり過ぎただけ……心配には及ばないわ」振り返ったマーティンを彼女が見つめた。

「こちらは僕の友人のコクソン司令官、こちら、ミセス・ウィンター」僕の声は半分どよめきにかき消された。

マーティンの黒い瞳が彼女を見つめる。「フィリップから伺ってましたよ、ミセス・ウィンター」

彼はそれ以上言わなかった。それで充分だった。もったいぶったように間を置き、話を続ける。「あなたの美しいこの島に今夜はすっかり魅了されました。期待通りでした」

「私の島ではありませんよ、コクソン司令官。みんなのものです。所有権をさかのぼるとアウグストゥスということになりますけれど」

「彼はいったいなにを企てていたものやら。ヴォルテールをもしのぐ歴史上の偉大なる人物。哀れなガイウスは、成功を手に入れる前にこの世を去って行ったがね」

彼は話し続け、彼女にうやうやしく接しながらも次第にその心をしっかりと捉えていった。最後には、いつもの彼女らしさが戻っていた。またしても彼はうまいことをやってのけたわけだ。彼の造作無いやり方に僕は憤りと言っていいくらいの奇妙な心の疼きを感じていた。しばらくすると、彼女はカイルの方を向き、カイルが話しだした。人々の笑い声にカイルの言葉がかき消される。僕はレオニーから目を離さなかった。彼女が僕の方を向いた。「飲み物を持ってきてくれないかしら、フィリップ？　とても喉が渇いたの」

「いいよ」近くに、飲み物を存分に載せたトレイがあった。グラスを手に急いで戻ると、マーティンとカイルはスコットランド原野の思い出話を繰り広げ、言い争っていた。レオニーは後ろの壁に半分もたれかかり、悲しげに眉を寄せ、部屋の中を見回している。

僕は声をかけた。「サンバーグは今夜、どこに？」

「ヨットで釣りに出かけたわ」

「彼もいたらよかったのに」

「そうかしら？　彼、カクテル・パーティーは嫌いだし」彼女はこぼしそうなほど乱暴に飲み物を取った。

　僕は言った。「ここは社会のどん底だね、間違いなく。ジンをしこたま体に入れては、くだらない会話を吐き出す。声を張り上げ、足を踏み鳴らして。僕の友人のこと、どう思う？」

「とても魅力的だわ。寝室の捜査を手伝ってもらうのに彼を招待したのかしら？」

「そうすべきだった？」

「いいえ。自分でうまくできたじゃない」

「ごめん。どうしようもなかったんだ」

　彼女はグラスをいじくりまわし、滴が垂れるとそれを下に置いた。子供が傷跡に手を当てるように手にこぼれた滴を軽く叩く。「なぜ、あんな必要が？　どんな衝動に駆られたと言うの？　あなたが名前を偽ってあらわれた理由はそれだったのね。そんなことをして、なんになるの？」

「なんにもならないよ。余計君を怒らせてしまったのなら」

「まるであなたは私立探偵気取りね。一日十ドルを得るために自分の命もプライドもなげうって。黒いナイロン・パジャマを着た女性の死体でも見つかると思ったの？――それとも……」

　僕は言った。「わかったよ。せいぜいおもしろがっていればいいさ」

　彼女はそれ以上何も言わなかった。弦のようにぴんと張り詰めている。

　僕は言った。「君はこの件をうまくやり過ごそうとしてるようだけど、あいにく僕らの舞台に死体が登場したのは事実なんだ。ただ、それは黒いナイロンのパジャマなんか着てなかったけどね。大違いだよ。とにかく、僕がやったことを軽蔑するのなら、それでかまわない。ことごとく僕の計画を阻止すればいいさ……」

イタリア人の少年がやってきて、僕らのグラスを満たした。彼女は再びそれを飲み干した。彼女の目をちらりと見て、今彼女が感じているのは肉体的な苦痛ではないとわかった。彼女は素早く瞬きをして、溢れ出そうになった涙を抑えた。

マーティンは振り返り、彼女と話しはじめた。シャーロット・ウェーバーが近づいてきた。目にも唇にも煙と騒音による疲労の色がうかがえた。しかし彼女は難攻不落だった。翼を引き摺った病んだ小鳥のように必死に羽ばたき、できるだけ快活に振舞おうとしている。彼女はレオニーを連れてゆき、僕もマーティンの側から離れた。まだ多くの人たちが入口に押し寄せていた。そろそろ出てもよかったが、サンバーグが来るかもしれないというかすかな期待のためにとどまった。

アルコールはそれ以上摂らず、そこに残った得体の知れない食べ物をひたすら嚙み続けた。人々の肘が背中にあたり、女性の尻がぶつかった。スキアパレリとゴロワーズのむせるような香りや土臭いにおいが漂っている。安っぽい帽子を被った色の黒い女性が思わせぶりな目つきで僕を見た。しかし、人混みをかき分けてわざわざ近づく価値もないと見たようだ。細長い鼻をした背の高い禿げた男が足を止め、イタリア文学の現状について尋ねてきた。僕がなに一つ知らないとわからせるのに五分はかかった。

三十分ほど経ち、戦闘はまだ最高潮のままだったが、僕は宿に引き上げることにした。同じように脱出を試みた何人かは途中で陥落したようだ。ひんやりと芳しい空気が漂っていた。欄干のそばにあるレモンの木に花が咲き乱れ、実もたわわにぶら下がっていた。僕はレモンに指を触れ、心地よい匂いを嗅いだ。遥か遠く、ナポリ湾の北の入江で明かりが点滅していた。僕は煙でひりひりした目をこすった。

一人の男が柱廊に出てきて、あたりを見回している。僕を見つけると、こちらにやって来た。ハミルトン・ホワイトだった。「君が出て行くのを見かけたんでね。明日、船で出かけるんだが、君も一緒に来るかい？」

「どこへですか？」

「青の洞窟だよ。まだ行ったことがないんだ。この島に二週間もいて一番有名な景色を見ずにアメリカに帰ったら、いつまでも心残りになるからね」

「でも……僕は聞いていないので。他に誰が行くんですか？」

彼は定まらない視線で僕を見た。「レオニーとジェーン、それからニコロ。サンバーグが小さなボートを貸してくれることになっている。夜明けとともに出発する予定だ。さっきパーティーの席で君も誘おうと話していたんだよ」

そのとき、ミツバチの唸りのような音でドアが開き、レオニーが出てきた。こちらには目もくれず、庭の方へ歩いてゆく。

ホワイトが振り返り、彼女を呼び止めた。彼女は僕達を見て、ゆっくりこちらにやって来た。大きな瞳には、暗い影が宿っていた。青白く張り詰めた顔をしている。

ホワイトが言った。「明日の予定のことをフィリップに話してたんだよ、レオニー。来るかどうかはまだ決まってないけどね」

「今、聞いたばかりなんだ」

レオニーが言った。「あなたが興味を持つほどのものじゃないわ、フィリップ。あなたは残って、例の聞き込みでもしていたら？」

「なんのことだい？」ホワイトは二人の顔を交互に眺めた。「どういうことか――さっぱりわからないが」

僕は言った。「二人だけの、つまらない冗談です」

「それじゃあ、もし行く気になったら――」

「決めました。行きます」

「それはよかった。マリーナ・ピッコラに五時半ちょうどだ。ところで今夜、君の友達も一緒だったようだが。明日、もう一人分の充分なスペースがあるかどうか――」

「ないわよ」レオニーが言った。「五人以上は無理だってチャールズが言ってたわ」

「マーティン・コクソンなら、大丈夫さ」僕はそう答えた。

第十三章

結局その夜はなんの成果もなく、僕はひどく失望していた。帰り道、マーティンにもそう漏らした。

彼はしばらく黙りこんでいた。やがて口を開いたが、ほとんど独り言にしか聞こえなかった。「おかしなもんだ。こんなに神経が張り詰めるとはね。こんなことは慣れっこだと思っていたが」彼は僕を見た。「バッキンガムが不在で、すっかり肩透かしを食った気分だよ。でも、まだ時間はあるさ。レオニー・ウィンターは確かに一級品と言えるな」

「今日はかなり機嫌が悪かったようです」

「ああいったきれいな女性はいつもそうさ」

「あんなこと言うつもりはなかったんだ。ダ・コッサが余計なことを」

マーティンに早朝の計画について話した。彼は少し苛立っているようだった。「マダム・ウェーバーが明日の夜、ディナーに招いてくれたんだ。聞いていたかい？　なんのために彼女はああやって人をもてなしたりするのだろう。五十を超えた女性はどうも苦手だね。まるで漂流する難破船だよ。水にどっぷり漬かって漂っている。いつだって他人に不快感を与える」

「僕が見たところ、彼女はほとんど、いや、まったくなにも知らないようです。サンバーグは単に彼女の家を利用しているだけだと思います、この嵐がおさまるまで」

彼は壁の前で立ち止まった。近くの窓の明かりに白い壁がほんのり照らされていた。野の花を摘み取り、彼は言った。「この島の真の特権階級か」彼は言った。「フェニキア人が足を踏み入れる前に、彼らは既にこの地で繁栄を極めていたそうだ。自然の法則が導く最終生成物は——我々か、それとも彼らか」二輪の花を手帳に挟みながら、その細くエレガントな顔はなにかに心を奪われているようだった。彼は言った。「明日は早起きしてどんな作戦に出るつもりなんだい？　彼女の手紙のことは？今日話すと、約束したんじゃなかったのか？」

「約束はしてくれました」僕は言った。「ただその機会がなかっただけです。僕が心配しているのはサンバーグが慌てて逃げ出したのではないかということです」

「島を出たって？　なぜその必要が？　私が来ることは誰も知らないはずだよ。バッキンガムの正体を知っているということも」

眠りに就く前にグレヴィルの日記の最終章に取りかかった。しかしそこには発掘作業の日々の記録が記されているだけだった。もうやめようとしたとき、彼らがそこを離れる十日前の記録が目にとまった。

『未知の試みに意気込んではいるものの、どうも気分が優れない。理由ははっきりしている。J・Bと初めて言い争いをしたからだ。僕は恩知らずな奴かもしれない。病気のあいだ彼があんなに気遣ってくれたというのに——これ以上ないほどに。地獄のような四日間だった——今までにないほど抵抗力が落ちていたようだ。突然のことだった。立っていられないほどのひどい震え。四十度の高熱。二十グレーンの解熱薬（キニーネ）を摂取した。最初の夜、ジャックはずっと眠らずにお湯を沸かし、背中や足に湯たんぽをあてがってくれた。朝目覚めたときには少し頭がすっきりして、喉の乾きもおさまったが、正午前には再び悪化した。それからの意識はずっと朦朧としたままだった。頭が燃えるように熱く、体と足は氷のようで、起きようとしても寝床に押し戻された。ジャックはキニーネや飲み物を僕の口に入れ、火を焚き続けた。錯乱状態のなか、僕は見事に系統発生論を説いたらしい。それを思い出せたらよいのだが！　果たして彼はちゃんと眠ったのだろうか。僕が病に伏しているあいだ、彼は発掘品の目録を作成し、木箱に詰め、発掘作業の指揮にあたったという。かけがえのない同胞だ』

『今夜、どういったわけか口論になった。奴隷労働者、強制収容所、そしてそれによって起こり得る人類の精神的挫折について話が及んだときだった。彼はこう主張した。人類の意志は科学的退廃に耐えることができない。その状況は昨今あらゆる場面で容易に見られる。前世代に横行した精神的なトリックを用いるだけで、どんな高尚な人間でも太古の泥にまみれた原始動物にまで退化し得る。そのようなトリックは、第一歩は大規模なプロパガンダとともに、最終的には個人的弾圧とともに、現在も未来もますます社会的に適用されるだろう。個人という意識もその存在理由さえもやがては失われる』

『この主張は我慢のならないものだ。これがもし真実なら、人類はただ絶望の道を歩む他にはないだろう。彼の主張はウィリアム・ジェームズの説を助長するだけだ——受難者は圧倒的な恐怖という要素の中に閉じ込められている、出口も終わりもない囲いの中に——他の概念も感覚も一瞬たりとも存在しない宇宙の中に』

『僕はこの言葉を引き合いに出し、Bに聞かせた。そして彼の主張はまったく間違っていると言った。そうに違いない——僕達はそのことをはっきりさせなくてはならない。彼のように才能も教養もある男なら、気づくはずだ……社会環境も慣例も異なる東洋の異邦人なら話は別だが。もしも我々の築き上げた文明が崩壊したら、地球上には何の価値も残らない』

『これに対し、Bはキリスト教の話を始めた。僕は言った。それは物語の一部に過ぎないと。西洋でも、宗教やその教義を拒絶する人間は数多くいる。この問題はもっと幅広く、すべての信仰に通じるものだ――ユダヤ教もキリスト教もギリシャ正教も同様に。人種や信条や種族に関係なく、我々が学び、吸収し、受け継いだすべてのものだ。それを拒絶することは究極の背信行為に他ならない』

『もしこれが、どうでもいい人間の言葉なら、こんな風に熱くなることもないだろう。愚かな人間に対してなら笑い飛ばせるが、尊敬する人物だからこそ僕は腹を立てているのだ』

『僕はテントの外に出た。しばらくすると彼が謝りにやってきた――僕もすぐに謝った。以前よりも深くわかり合えたような気がした。しかしそのあとの湖底の植生に関する議論は失敗に終わった。この数週間は発掘作業よりも会話や議論の方に重点が置かれているように思えるが』

僕はよく眠れなかった。たった今読んだ内容が気になっていた。日記はあと数ページしか残っていない。何度か明かりをつけて残りを読んでしまいたい衝動に駆られた。四時四十五分。僕は起き上がり、髭を剃り、青い船乗りのセーターとグレーのデニムのズボンを履き、宿を出た。

まだ辺りは真っ暗だった。細い小道を抜け、車道に入る。星は一つも出ていない。厚い雲が島全体を覆い、空をかき消していた。ヴィラ・アトラニの人たちに迷惑をかけないようマリーナ・ピッコラで落ち合うことになっていた。丘を下りながら、ふと思った。この約束は酔っ払いの冗談だったのかもしれない。今朝になったら、誰もみな覚えていないのかも。

夜明け前の闇は独特の色を呈し、島全体がひっそりと静まり返っていた。最後のカーブまで来たとき、桟橋の上で懐中電灯が閃き、そこを横切る三人の姿が見えた。やがて、遠くの空に光の染みが小さく広がり、地上の闇はいつのまにか薄らいでいた。

小石を踏みしめ、彼らに近づいて行った。ジェーンが声を上げた。「あら、彼が来たわ。おはよう、フィリップ。あいにくだけど、今、議論の真っ最中なのよ。あなた、お天気を当てるのは得意かしら?」

「ほとんど当たったことはないよ」僕は言った。レオニーは岩壁を背に、じっと立ちすくんでいる。ダ・コッサはひと言の挨拶もなく、緩んだロープを直しながら海を見つめている。「ホワイトは?」

「起きなかったのよ、彼」ジェーンが言った。「気分がよくないって。昨日のパーティーのせいだわ。あなたが帰ったあとも、まだしばらく騒いでいたのよ。そして今度はニコロが天気が悪いから行きたくないって」

ダ・コッサが振り返った。「嵐が近づいているんだ。三度も忠告したがね。嵐の前の兆候ならよくわかってるつもりだ」

「嵐って、どの程度のものでしょう?」レオニーに目を向けながら僕は訊いた。「もし雷雨だけなら、そんなに危険はないと思いますが」

「確かに雷雨だけなら危険はないだろう——が、濡れるのも確かだ。風も強くなるだろう。今は海が穏やかだから大丈夫と思うかもしれないが。なにひとつ当てにはならないよ」

ジェーンは肩をすくめた。「そうね、あなたの言う通りでしょうけど。せっかく早起きしたのにここであきらめるなんて。岸に残って、それでなにも起こらなかったらほんと頭にきちゃう。あなたの責任は重大よ、ニコロ」

「かまわないよ、僕が責任をとる」

「レオニーはどう思う?」会話に引き込もうと、声をかけた。

彼女は振り向きもしなかった。

「レオニーは行くべきだって思ってるわ」ジェーンが代わりに答えた。

「僕も同感だな」

「三対一よ、ニコロ」ジェーンは、ダ・コッサの腕を叩いた。

「ノートンが何をしようと彼の責任だ。子供じゃあるまいし、好きにする権利がある。しかし、こちらにもその権利はあるんだ。生まれてからずっとこの島に住んでいる。君が生まれる前から泳いだり、潜ったりしてきたんだよ、ジェーン。僕は今日、青の洞窟に行くつもりはない。当然君も行くべきではないと思うね」

東の空がかすかに白んできたが、まだ厚い雲に覆われていた。「いいわ、それじゃ延期しましょう」

僕は言った。「そのボートは乗っても大丈夫ですね?」

「もちろん」

「あなたがいなくても、なんとかなるでしょう」

「ジェーンは行ってはいけない」ダ・コッサが言った。「決して安全ではない——」

「あなたはどうする?」ジェーンがレオニーに尋ねた。

ようやく彼女は口を開いた。「私はかまわないわ。やめても、どちらでも」

「なぜその必要が?」僕は言った。「ダ・コッサの言う通りだよ。僕達は自分の責任で行けばいいんだ」

「ジェーンはだめだ」ダ・コッサが繰り返す。

「それは彼女が決めることだ」僕は言った。「とにかく、レオニーは来るだろう?」

レオニーは初めて僕の方を見た。「あなたはその方がいいと思ってるの?」

「ああ、そうだよ」

はっきりとはわからない。でも、見つめ合ったとき、僕は感じた。二人を隔てていた深い確執は今や違うものに姿を変えたのだと。

彼女は言った。「いいわ。フィリップと一緒に行くわ」


肌寒い空気の中、僕らは出発した。船外モーターがのんびりと動きはじめ、僕は船尾に腰を落ち着けた。船首にはレオニーが座った。できるだけ僕から離れた場所に。しかしもちろん、それほど距離はない。

彼女が埠頭で口を閉ざしていたことから、最初は昨日のことをまだ根に持っているのかと思った。しかし、そうではなかったようだ。僕の鼓動は高鳴っていた。しばらく二人は言葉を交わさなかったが、大きな問題ではなかった。

マリーナ・ピッコラから出るとすれば、マリーナ・グランデからよりもかなり距離があるはずだ。ちっぽけなボートから見ると、まわりの岩山はとても険しく感じられ、舵をとる手にも力が入った。辺りが少し明るくなった頃、数日前に登って下を見下ろした何千フィートもの切り立った崖の近くにやって来た。水深はおそらく六十から七十尋(ひろ)はあるだろう。遠くでゴロゴロ雷が鳴っている。

「だいぶ遠いのかな?」

「それほどでもないと思うわ。一度だけ来たことがあるけど」

分岐した電光が走り、崖と雲を照らしだした。僕らは息をひそめる。雷が轟いた。通り過ぎたあと、海はやや静寂を取り戻し、ボートのまわりの波が滑らかな渦を描いた。突き出た岩をうまく避けながら船を進めていった。やがて船は二つ目の岬を迂回した。

「レオニー」

「なに?」

「なぜ一緒に来る気になったんだい?」

「やめておけばよかったかしら?」

「君は、二人きりになるのを避けるだろうって思ってた」

「昨日の夜は、そんなに失礼だった?」

「原因は僕にある」

「いつか話せるときがくればいいのだけれど」

「じゃあ、あのことが原因じゃなかったんだね」

「あのことって?」

「君の部屋をあさったことさ」

「それは違うわ……」

髪が微風に逆立つと、彼女は両手で抑えた。

僕は言った。「よかった。今日は元気みたいだね」

「そう見える? まだすっきりしたわけじゃないのよ」

僕は彼女を見つめた。「君はまるで世界を支える女人像柱(カリアティード)のようだね」

「ちっぽけで、とてもみすぼらしい柱よ」

「君が話してくれたら、何らかの判断がくだせるかもしれない」

「ならいいけど――」

「なに？」

「まだ戸惑っているのよ、フィリップ。最初にもっと話してほしかったわ、あなたのことを」

彼女は手を下ろした。風は一瞬止まったが、すぐに向きが変わり、不意に彼女の髪が大きく広がった。日差しを受けた髪がふわりと膨らみ、逆立ち、顔のまわりでキラキラと輝いた。

「一つだけ教えてくれない？」彼女が言った。

「なんだい？」

「この件に関して――つまり、お兄さんの死に関して――どうしてそこまでこだわっているのかしら？」

「僕にとってはそんなに不自然なことじゃないよ」

「ええ、不自然じゃないわ。それが単なる悲しみに由来するものなら。でも、あなたが抱いているのは単なる悲しみではないでしょう。もっと他になにかあるような、そんな気がするのよ」

「敏感だね」

「どうかしら……ほら、そこに入口があるわ――次の岩の向こうに」

近づいてゆくと、低く狭い穴が見えた。彼女は言った。「いつもは入口の外に料金を集めるためのボートが停泊しているの。でも、私達の方が先に着いたみたいね」

頭に雨の滴が落ちてきた。再び稲妻が走った。雷鳴が激しさを増す。

「水嵩（みずかさ）が増したら、洞窟の中は安全とは言えないだろう」

すっかり夜が明けていた。空は暗褐色で雲に覆われていたが。

「安全なんて望んでないわ」

こんな彼女を見るのは初めてだった。僕はモーターを止め、オールを下ろし、洞窟に向かって漕いだ。「頭を下げて——中に入るよ」

入口はとても狭く、船の中で身をかがめ、天井に固定された鎖を使って体を中へ引き寄せた。ボートは滑るようにそっと洞窟の静止した流れの中へ入っていった。

洞窟に入るには今が最高の時間帯なのかどうかわからないが、サンバーグは確かに正しかった。まわりに人がいない分、より印象的な効果が得られる。静けさの中、船はゆっくりと漂いながら洞窟の奥へと入っていった。中に進むほど水は青く深みを増し、入口の穴は次第に漏斗（じょうご）のように小さくなり、そこにうっすらと光が差し込んでいた。オールを水に入れると、水かきの部分に青白い光が宿った。そっと水を漕ぐ。玉虫色の絹布が静かに裂けていった。

長い時間が経ったように感じられた。「ティベリウスもこの洞窟に入ったのだろうか？」

「ええ、そうよ。洞窟の中から彼の邸宅へつながる道があったそうよ。彼はここに降りて来て、泳いでいる人を眺め、自分もその辺の岩棚から飛び込んで泳いだのですって。その後、千八百年ものあいだ、この洞窟は誰の目にも触れることもなかった」

「岩棚はどうなったんだい？」

「まだそこにあるわ。階段も一部残っているのよ。でも、今はどこにも通じていないみたい」

僕は彼女に話しはじめた。「七歳のとき、父が銃で自殺したんだ。父は家に誰もいないと思っていた。でも、僕は庭にいて銃声を聞き、家にかけ戻り父を見つけた。そのとき、グレヴィルは十七歳で、アーノルドは二十一だった。四年後、母も死んだ。それ以来、グレヴィルが僕のためにあらゆることをしてくれた。素晴らしい兄だったよ。いつも僕はできるだけ兄を見習ってきた。でも、残念ながら僕は兄のように優れた才能には恵まれなかった。誰もが言ったよ、僕が兄に似ていると——外見だけじゃなく、衝動的なところや性癖も。また、父にも似てるとよく言われた……そして、二人とも死んだ。明らかに同じようなやり方で。二人とも先を急ぎ過ぎたのだと人は言うかもしれないが」

再びオールを水に入れた。そこにきらきらと光が宿る。彼女はじっと座っている。彼女はいつでもそうだった。絶対的な沈黙の中で対象を見つめ、耳を傾け、そして考える。

「なぜ、あなたのお父さんは——」

「医者に腫瘍があるって言われたんだ、悪性かもしれないと——すぐに手術をするべきだったが」

「それじゃあ、はっきりとした理由があったのね。誰だって——」

「でも、それは悪性じゃなかった——検死でわかったんだ」

沈黙のあと、彼女が言った。「ええ、でもやっぱり理屈に合わないことではないわ——」

「もちろん、そうは言ってないよ」

僕は漕ぐ手を止めていた。船は入口の方へゆっくりと流されているようだった。

僕は言った。「グレヴィルが自殺したなんて一瞬たりとも信じたことはないよ。もし、そうだとしても、現時点の証拠から見るとまったく理屈に合わないことだ。まったくね。君が今まで話したことが真実だとすると、余計考えられるような動機はなに一つ見当たらない」

「考えられる動機はなに一つ——」

「とにかく、僕の説ではそうさ」

彼女は考えこんでいるようだった。「私はあなたほど率直にはなれないわ」

「なれるさ。君がそう望むなら」

彼女は頭を振った。「あなたには忠誠心があるでしょう。たぶん、私にもあるのよ」

僕は待ってみたが、彼女はしばらくなにも言わなかった。外で妙な物音がした。僕は入口に向かって漕いだ。

日差しが目にまぶしかった。泡立つ水面を見て、最初は魚が群がっているのだと思ったが、よく見ると雨だった――巨大な雨粒が音を立てながら水面に落ちてくる。再び雷が光り、ゴロゴロ鈍い音がした。ボートの向きを変え、薄暗い穴の中へ引き返した。

雨は外界からの干渉を断ち切る厚いカーテンのようだった。

「しばらくここにいた方がよさそうだ」

「そうね……あなた、泳ぐつもり？」

「いや、何も用意して来なかったよ、思いつかなかったから。君は？」

「用意してきたわ。でも――」

「泳ぐといいよ。別に急ぐわけじゃないから」

「もし、私が知っていることを全部話したら――どうかもう――このことからは手を切ってカプリを離れると約束してくれる？」

「僕が知りたがっていることを君が説明してくれるってこと？」

「いいえ、私は本当に知らないの」

「それじゃあ、君が期待するような返事はできない」

「ここを離れないってこと？」

「離れないよ、レオニー。君がどんなに頼んでも無理なことだ」

「ええ――そうね、その通りね」

「よくわからないんだ、自分でも。君がグレヴィルのことを全部話してくれたとしても、この島をすぐに離れられるのか」

「なぜ？」

水の中に指を泳がせる彼女を見つめた。「泳いでおいでよ。僕は一緒に行けないけれど」

「最悪な瞬間を先延ばしにするだけよ」

「十分だけだよ。今度は逃げられないさ」

彼女は少し迷っていた。「たぶん頭がすっきりすると思うわ」彼女は白い水泳帽を取り出して頭に被り、髪をその中へ入れた。シャツとスラックスの下に、既に水着を着ていた。

「船を脇へ寄せておくよ」

彼女が立ち上がるとボートがよろめき、飛び込んだときには激しく揺れた。束の間、水飛沫と淀んだ水のせいでなにも見えなかった――やがて水が透き通ってくると、すぐそばに水の中を舞う彼女の姿が見えた。

当然これは予測できたはずだ。しかし僕は、不意をつかれたように目の前の光景を眺めていた。彼女の体は青白い炎に包まれていた。火と水が出会い、新たな要素を作りだす。まるで奇跡のようだ。水に身を任せるように滑らかにのびのびと泳ぐ。すらりと曲線的な腕や足が動くたび、バランスの取れた美しい体の輪郭が青白い光を帯びてくっきりと浮かび上がった。それは霊妙で、知的で、平凡な性的魅力を遥かに上まわるものだった。彫刻家プラクシテレスの頭脳が生み出した生物のように。

一度水面に顔を出してから、彼女はまた遠ざかっていった。絹のさざなみが筋を描き、洞窟の壁の方へと走ってゆく。彼女の腕が岩場をしっかりと摑んだ。水はキラキラ輝きながら荒々しく裂けていった。

「ここがきっと例の岩棚よ。階段はどこかしら」

水から出ると、彼女の体から宝石の滴が振り落とされた。彼女は突然視界から消えていった。僕はゆっくりと船を岩場へ近づけた。「見えるかい？」

「入口みたいなのがあるわ。でも、どこまで続いているのかは見えないの」

僕は待ったが、彼女の声はそれ以上聞こえなかった。姿も見えない。しばらくして、岩に固定された鉄の鉤（かぎ）を見つけ、舳先のロープをそこに引っ掛けた。彼女のあとに続いて岩棚を登る。水面の反射光から遠ざかるにつれ、辺りは段々暗くなってゆく。さらに進むと、突然振り向いた彼女とぶつかりそうになった。

「ああ、びっくりした！　足音が聞こえなかったんですもの。ティベリウスかと思ったわ」

「いや、彼はもっと年老いて、おまけに太っている」

岩場へ戻り、その端から下を見下ろした。僕は彼女の横に立った。大きく息をつき、彼女は僕を見つめた。

「今、僕が君に言える確かなことはなにもない。言っても不自然だし、ただの偽りの言葉に聞こえてしまう。そして、他に言いたいこともなにもない」

彼女の口元に素早く笑みが浮かんだ。「偽りだなんて思わないわ、フィリップ。たぶん不自然でしょうけれど。でも、あなたが今話す言葉に――いつものような揺るぎ無さを感じることはできない」彼女は続けた。「どちらにしても、あなたにその言葉を言ってほしくないの」

彼女は数歩前へ進み、両手を上げ、颯爽と水の中へ飛び込んだ――再び超人的な自然のままの姿へと戻ってゆく。

しばらく彼女は水と戯れた。体をよじり、回転させ、ストロークを次々と変えてゆく。僕はボートへ戻り、辺りを漕いでまわった。洞窟の入口では波が音を立てて上下に揺れている。

まもなく彼女が脇にやってきて船に上がりはじめた。僕は身を乗り出し、彼女の肘と腕を摑んだ。船が大きく傾く。水から上がった彼女に再び変化が訪れた。今度は今までとは逆の変化が。彼女が船尾に腰を落ち着けると、僕もすぐ横に座り、その姿を見つめた。帽子を取り、頭を振る彼女。薄暗がりの中でクリーム色に輝く体。

落ち着かない様子で彼女が言った。「フィリップ、もう戻りましょう。雨が降っていてもかまわないわ」

「ああ」僕は言った。「雨なんか、かまわないさ」

彼女は僕から目を離さなかった。「もう行かなきゃ……魔法瓶がバッグに入ってるわ」

僕は彼女の肩に手を置いた。暖かい魚を捕まえるような感触。冷たい水滴がまだ肌に残っていた。僕は身をかがめ、彼女にキスをした。彼女は嫌がることも応じることもなかった。僕の手はそっと彼女の腕を滑り下り、顔に、そして首にキスを浴びせた。彼女は何か言おうとしたが、言葉にならなかった。突然、彼女がキスを返してきた。しかし、それと同時に身をかわそうとする。僕の腕の中でするりと体を泳がせる彼女はまだ半分魚のようだった。

「やめて、フィリップ」彼女は言った。目を半分閉じたままで。

すぐ目の前に彼女の顔があった。眉の、頬の、唇の動きを見つめる。こんなに近くで見たのは初めてだった。

「もし、君が疑っているのなら」僕は言った。「これが、僕がこの島を去らないもう一つの理由さ」

「それが真実なら——」

「真実さ」

再び彼女は逃れようともがいた。瞳にうっすらと涙が滲んでいた。

「なんてことだ」僕は言った。「グレヴィルの自殺の原因が君じゃないとしても、僕がそうなってしまいそうだよ」僕は彼女を離した。「教えてくれ、レオニー。どうして君はこんな——。僕は君の気持ちについていくこともできず、ただ推測するしかないんだ。君はなにも言わず、なにも与えず、なにも得ようとしない。ほんの一分でもいい、君の心の内を見抜くことができたら……なぜ、こんなにすべてがねじれているのか、それを解くたった一つの手掛かりでも摑めたら……」

両目に手をあてがい、彼女は座り直した。「ごめんなさい。風が……」

「僕こそ、ごめん」僕は船尾のオールのそばに戻った。

「私の物、こっちに投げてくれない？」

服を手渡すと、彼女はセーターをかぶった。

「濡れた水着のままじゃ風邪をひくよ」僕は言った。「ここに来てから、もう随分経っている」

「私なら、大丈夫よ」

「無茶だよ。僕は背中を向けてるから」

「ええ、わかったわ」

僕は後ろを向いた。少しして、彼女が言った。「もう、いいわよ」

静けさの中、僕は入口に向かって漕いだ。まだ雨が激しく降っていた。

「飲み物は？」

「ありがとう」

コーヒーをカップに注ぎ、彼女に手渡した。僕もコーヒーを啜った。体がそれを欲していた。

「ごめんなさい。あなたの期待にこたえられなくて」

「それは、どっちのことを言ってるんだい？」

「わかってるはずよ」

「そうだね。公正に行くべきだね。美学的見地から言って、君を眺めていられるのはとても喜ばしいことだ」

「どうもありがとう」

長い沈黙が流れた。やがて、彼女がゆっくりと話しはじめた。「私がしたこと、そして、今していることは、随分ピントがずれているとあなたは感じるかもしれない。でも、私にとってはそうじゃないの。たぶん、できるだけたくさん説明すれば、ほんの少しはわかってもらえるかも。トムとリチャードが死んだあのときまで――それとも、そのすぐあとまで――話をさかのぼらなければならないわ。あなたにとっては退屈でしょうけど、すべてはそこから始まったのよ」

「退屈なんかじゃないよ、全然」

「二人が死んで、しばらく私は自分を見失っているような状態だった。進むべきはっきりとした道も、進まなければならない理由も見つからなかった。そんなふらふらと流されているような状態のとき、彼と出会ったの。あれは、サン・ジャン・ドゥ・ルーズだったわ。数日間の予定で彼はそこに来ていた。私よりずっと年上だったけど、一緒にいると楽しくて教養があって、とても親切で、私が必要とするすべてを持っていたわ」彼女はそこで言葉を止め、眉に皺を寄せた。「たぶん最初から、私の心に訴えるなにかがあったのね。敢えて言えば、あの無謀さかしら。彼はまったく型にはまっていなかった。一緒にいても、彼のことを知っているつもりでも、まだ謎の部分がいっぱいあった。行く先行く先で彼はいつも私をわくわくさせてくれた。私の知らない新しい世界がいつもそこにあったの。それまでの人生で私が見過ごしてきたものが。それから彼には――想像力のようなものがあった。人の心の中に入り込み、巧みにその人の興味を引き立てる、偉大な才能――ええ、確かに。でも、それは危険でもあるわ……。そのときの私は理論的に考える力を失っていた。一方彼は、いつも理論的に物事を考えていた」彼女は再びそこで言葉を止め、考えを巡らした。「そして私達は互いに手を取り合ったの」

「なるほど」

「そのときはなんの問題もないと思った――でも、しばらくすると、彼のことがいろいろと気になりだした。そういった感情は抑制が利かないものよ、そうでしょう？　それはそれ、と都合よく解釈して、ページをめくることなどできなかった。それほど常軌を逸するなにかを感じたのよ」

コーヒーの温もりがありがたかった。サンドウィッチの包みを開け、彼女が一つ手に取った。

「彼と過ごすようになって三か月が経った頃、私はもう物事を真っ直ぐ見ることができなくなっていた。自分自身の心さえも。それにお金の問題も生じていたの。二人で私の貯えを次々と浪費していったわ——とどまることなく。彼の態度はどこかおかしかった。はっきり不誠実だとは言い切れなかったけれど、しばしば常識など意に介さないような行動をとるの……。関係を修復しようと努力はしたわ。そして彼は極東へ旅立ち、一年間に二回手紙が来た以外はなんの音沙汰もなかった……ある日、あの電報が来るまで。それはジャカルタからの電報で——以前バタヴィアと呼ばれていた所よ」

「ああ、知ってるよ」

「アムステルダムで会おうと彼が言ってきたの。行かなきゃ……私——どうしても行かなきゃって思った。人は未練があるとき、嫌なことは極力忘れようとするし、すべては良い方向に変わるだろうって期待するものよ。だから、なにも変わっていないと気づいて、とても失望した」

「彼と一緒にいたのがグレヴィルだったんだね？」

「ええ、そして彼の方は違う名前を使って旅していたの」

「バッキンガムと名乗って？」

彼女は僕を見つめた。「そうよ。二人はとても親しげだった、彼とあなたのお兄さんは。グレヴィルは本当に誠実な人だった。会ったばかりですぐにそう感じたわ。彼の優しさは本物だった。とても強く、善意に満ちた人だった。でも、バッキンガムの方は——最初から嘘の名前を使っていたし——私にはわかったの、彼を知っているから、なにか良からぬことを企んでいると。実際にどういうことなのかは想像もつかなかったけれど、その兆候ははっきりとあらわれていた。関わりたくなかった。それが彼との関係を修復する代償だとしたら——彼自身も説明できないような、いかがわしい計画に加担することが——あまりにも高すぎる代償だわ」彼女は口を閉ざした。ボートの端をそっと指でなぞる。「あとは想像がつくでしょう」

「つまり、あの手紙はバッキンガムに宛てたものだと？　でも、どうしてグレヴィルのポケットに？」

「バッキンガムに渡してもらうよう彼に頼んだの。二度とバッキンガムとは会いたくなかったから。彼と会ったら話し合いだけじゃ終わらないと思って……それとも、私がすべてに目を瞑れば、ただの話し合いでおさまったのかもしれない――でも、まだ心に迷いがある中、顔を合わせたら……彼はいつも自分の思い通りに物事を進めようとするし……」

「彼は、君が戻って来ることを望んでいたんだね？」

「ええ。お金が手に入ったとか――手に入る当てがあるとか言って、一緒にヨーロッパに残ってほしいと言ってきたの。地中海のどこかに一緒に住もうって。でも、もちろん、そんな話信用できなかった。いつも彼は少しお金を手に入れると、大金持ちみたいなことを言って……ごめんなさい、あまり上手な説明になっていないわね」

「僕がどうしてもわからないのは、なぜ君があの手紙をグレヴィルに渡す気になったのかってことなんだ」

彼女は裸足の足をサンダルに入れ、バックルを留めた。まだ濡れていて、革紐がきつそうだった。

「サンドウィッチ、食べてないようだね」

彼女は体を真っ直ぐ起こし、パンを少しだけ口に入れた。濡れていた髪が乾きはじめ、毛先がまるまっていた。

「オランダに着いて、ニュー・ドーレン通りにあるホテルに泊まったの。次の日、彼らがやって来たわ。ターナー博士はグロティウスというホテルに泊まっていた。バッキンガムは私と同じホテルに泊まるつもりだったんでしょうけど、いっぱいだったの。初日はずっと一緒にいて、二日目はグロティウスで会う約束をしたわ。ターナー博士が私達を――というより私を――インド博物館へ連れて行ってくれる予定だった。でも、その前に私はそれ以上そこにいることはできないと感じたの」

彼女はそこで口ごもった。「もちろん、黙ってそこを離れ、飛行機に飛び乗ることもできた。でも、ずっと自分を卑怯者だと責め続けることになってしまう。それで、ちゃんと向き合うことにしたの――バッキンガムと。でも、会いに行ったときに彼はいなかった。それでグレヴィルのホテルに行ってみた。彼がそっちに行ってるんじゃないかと思って確かめに。でもいなかった。フロント係が、グレヴィルは電話中だと教えてくれた。私は待つことにした。バッキンガムがやってくるか、グレヴィルが降りてくるかと待っている間、意思が揺らぎはじめたの。もし、そのまま待っていて、グレヴィルが先に降りてきたら、チャンスを逃してしまう。彼の前では言うべきことも言えないでしょうから。それで、あの手紙を書いた。それを持って、バッキンガムのホテルに戻るつもりだった。でも、ちょうどそのとき、グレヴィルが二人の男性と一緒に降りてきたの。グレヴィルがその人たちを見送っているあいだ、残りの数行を書き足して、彼にその手紙を渡した。バッキンガムが来たら、渡してほしいと。彼は承諾してくれた。そして、それが彼を見た最後だった」

サンドウィッチをもう一つ勧めたが、彼女は首を横に振った。上にあった一切れを魔法瓶の上に置き、他のサンドウィッチを包んで手提げ袋にしまった。

「手紙に封をした?」

「ええ」

「封筒は破かれていなかったんだ。たぶん、濡れたときに糊がとれて、口が開いたんだと思う。宛名は書いた？」

「いいえ、必要ないと思ったの――それに急いでいたし」

「グレヴィルが会っていたという二人の男だけど、どういう人だった？」

「よく覚えてないけど、オランダ人だと思ったわ、中年でグレーのコートを着て」

「君が会ったとき、グレヴィルは何かに気を揉んでいるような様子だった？」

彼女はカフスボタンの取れたシャツの袖を折り返していた。「ええ、そうね、そんな様子だったわ」

「なにか、変わったことを言ってなかった？」

「それはなかったと思うわ。彼は――バッキンガムを待ってると言っていたわ」

「それから？」

再び沈黙。「雨があがったようだ」

「私が話せるのはそれだけよ、フィリップ」

「そうね」

僕は少し差し障りのない話を始め、様子を見た。

彼女が言った。「私の言ったこと、信じてくれる？」

「当然だよ――今聞いた限りでは」

「僕には、あるよ」

「当然と言えることなど、なにひとつないわ」

彼女は奇妙な、とても不安そうな顔で僕を見た。

「あなたはここに残るつもりなのね――たとえ事態がますますひどくなっても」

「ああ、たとえそうなっても。言っただろう。理由は二つあるって」

「そんなこと――」

「嘘じゃない」

ボートを漕ぎ、入口へ向かう。危険だが、うまくタイミングを計れば通り抜けられるはずだ。

「これ以上は話せないんだね」

「正直、話し過ぎたくらいよ」

「彼には言ったのかい？　ここまで僕に話すつもりだと」

彼女はちらりと目を上げた。「もう出た方がいいわ、フィリップ」

外からの日差しが目にまぶしかった。僕はしばらく彼女を見つめていたが、まぶしさに耐え切れず、目を離した。

「いいかい？」

「ええ」

オールを船に上げ、急いで天井の鎖を摑んだ。船は揺れながら入口を通り抜け、まぶしい朝日の中へ飛び出した。熱波、そしてクラクラするほどの陽光。太陽が雲の下から、ナポリとは思えないほどの荒々しい灰褐色の海を照らしていた。

束の間なにも見えず、苦心してボートを崖から遠ざけた。それから、一艘の船が目に入った。洞窟の入場料を徴収する船だ。僕達が飛び出してくるのを見て、二人のイタリア人はかなり驚いた様子だった。しかし、彼らが平静を取り戻すのに時間はかからなかった。僕はエンジンをかけ、のろのろとボートをそちらへ近づけていった。

「いくらだい?」

「二百リラ、お願いします、シニョール」

二枚の紙幣を手渡す。「とても素晴らしい色だったよ、今日は」

もう一人の男がレオニーを見つめ、それから納得したように僕に微笑みかけた。「どういたしまして、シニョール。お楽しみいただけたようですね」

第十四章

「マリーナ・グランデに向かった方がよさそうだな。あっちは波が高いかもしれないから」

「ええ、いいわ」

雲が晴れ、水平線の上に浮かぶ空も次第に明るくなってきた。

「レオニー、なぜ、オランダにいたときとは気持ちが変わったんだい？」

「変わった？」

「ああ、オランダで君は、はっきりバッキンガムと決別した。それなのに今、君は彼を僕から守ろうとしている」

「わからないわ、自分でもよく。でも、結局はそうなってしまうのよ」

「彼はこの島にいるんだね？」

彼女は屈んで水着を拾い上げた。僕はその姿をしっかりと目にとめた。もつれて光る髪、黒っぽいシャツが描くなだらかな曲線。

「ねえ、フィリップ、私がこれ以上話してもお兄さんが生き返るわけじゃないでしょう……。それに、あなたにはあなたの人生があるはず」

「その言葉、前にもどこかで聞いたな」

「それが真実なのよ」

「もし、この件をこのまま放っておいたら、今後満足に自分と向き合っていくこともできないと思うんだ」

「そうかもしれないわ、でも――」

「そのバッキンガムは危険な男なのかい？」

「ある意味では……とても」

「君の話から推測すると、君は彼を裏切れない、たとえそうしたいと思っても――なぜならなにが起こるかわからないからだ。君が僕に話せるのは彼の本性だけ――そういうことかい？」

「ええ、そうよ、でもそれがより多くのことを導くかもしれない」

「おそらく僕はある意味、既に君よりも彼のことを知っているのかもしれない。バッキンガムという名前になんら新しい響きはない。以前からその名前は僕の胸の中にしっかりと刻みこまれている。不愉快な傷跡として、口の中に残る嫌な苦味のように……レオニー、今度は君が僕を信じる番だ。君に嘘はついていない」

彼女は僕を見た。「わかってるわ、フィリップ。あなたが嘘つきだなんて思ってないわ」

「君は、なにがあったか知らなかったんだろう？」

「ええ、はっきりとは。でも、彼にうしろめたい過去があるのは、うすうす感じていたわ」

「彼が殺人犯である可能性は充分に考えられる。君はどう思う？」

彼女は、シートの横に置いた水着を折り畳み、口を開かない。

「君はまだ彼をかばうんだね」

「そんな風に言いたいのなら、それでかまわないわ」

「じゃあ、どう言えばいいんだい？」

「やめて、フィリップ、もうやめて！　知ってることは全部話したわ。警察を呼びたければ呼べばいいでしょう。彼らに話すことなど一つもないわ。これ以上は話せない。話せないのよ！」

彼女の唇は震えていた。

「わかった」僕は言った。「もういいよ。ただ一つだけ教えてほしいんだ。答えたくなければ答えなくてもいい。今でもまだ彼のことが気になる？」

しばらく返事はなかった。あきらめようと思ったとき、彼女が口を開いた。「ええ、そうよ、今でもまだ」


ホテルに戻ると、ジャワからの手紙が転送されて届いていた。おそらくパンガルからだろう。そう思ったが、手紙を読まずにポケットに突っ込み、マーティンの部屋に行った。

彼はちょうど朝食を終えるところだった。口に物を入れながら、『セルバンテス』の巻末の余白に何か書き留めている。

僕はひどく沈んだ気分だった。

早朝の件を説明すると、彼は本を閉じ、ペンをしまった。床に音を立てて乱暴に椅子を押しやり、窓辺へ歩いて行った。陰鬱な声で彼は言った。「よくわからないが、ここにいても時間の無駄じゃないだろうか？　あの二人が口を閉ざしているのなら、なにひとつ真実は得られない」

「もう少し様子を見るつもりです」

「警察の脅しなど、あまり役には立たないだろう。手掛かりがあるとすれば、きっとそれはオランダだよ。そう思えてならないんだ。お兄さんが死んだのはヨデンブリーの家の前だ。あの家の前で――」

「その問題はいつか片付けるときが来るでしょう。まずはこっちの問題を先に解決しなければ」

嵐のあとは、この上なく素晴らしい朝になった。珍しく早起きをすると、その日一日を有効に使いたくなるものだ。マーティンを先に浜辺へ行かせ、僕はお金を引き出しに銀行へ立ち寄った。浜辺に着いてもまだ十一時半だった。

いつもの場所で、コッサとジェーンが日光浴をしていた。他には誰もいない。日光浴の二人から少し離れて立っていると、小石を踏む足音を聞きつけたジェーンが手を上げ、僕を呼んだ。僕は手を振り返し、後で行くと合図した。そうするつもりはまったくなかったが。ダ・コッサも目を上げたが、もちろん歓迎する様子はない。

不意にマーティンとレオニーの姿が目に入った。二人は入り江の岩場に腰掛けていた。泳いでいたようだ。肌が濡れて光っている。僕は海水パンツに着替えていたが、彼らには加わらないことにした。マーティンは僕が訊けなかった情報を彼女から探り出そうとしているのかもしれない。僕よりうまくやるに違いない。

しばらく体を横たえ、日差しを浴びた。心の中はくすぶっていた。それは、ここまで来てもなんの成果も上げられずにいるからだと、自分を納得させようとした。自分で自分の出口をふさぐようなことばかり僕はやっているようだ。

おそらく僕は、あまりにも多くのことを背負い過ぎたのかもしれない。この世に善が存在するとしても、それを維持するのは僕の使命ではない。悪が存在しても、それを根絶しようと躍起になる必要などないんだ。世界は続いてゆく、混乱し、調和を乱したまま、社会の倫理にわずかな敬意も払われぬまま。とっととあきらめた方が身のためだ。世の中の調和を求めるなんてばかげている。いつも多くを求め、わずかしか報いることのなかった僕にとってはまったく見当違いなことだ。ジェット機のエンジンを売ったり、アーノルドを手伝ったりして、なんとかやっていけばいいんだ。多くの人間がそうであるように、既成の型に自分を当てはめればいいだけだ。真の芸術家のように自分の世界を作りあげるのではなく。

僕には僕の人生がある、レオニーは二度、僕にそう言った。でも、自分の人生とはいったいなんなのだろう? 自分にとって一番大切なこととは? サンフランシスコもミッドランドも、もう遥か遠くに感じられた。そこで起こっていることは薄っぺらで現実味がなかった。僕の人生に様々なことが立ちはだかり――グレヴィル、バッキンガム、そして今やレオニーが――そう、レオニーだ――他のことはすべて色褪せて見えた。

少しすると日差しが和らぎ、失望も失敗も忘れ、僕は半分うとうとしはじめた。夢を見た。僕はイギリスの浜辺にいた。小さな水溜りを見つめている。水の深さも色も絶え間なく変わってゆく。しばらくしてそれはレオニーの瞳だと気がついた。彼女の声が聞こえる。「もしも、あなたのお兄さんを生き返らせることができたなら――。でも、できない、私にはできないの。彼はまだオランダの運河の中にいるわ」今度は深い水の中に漂うグレヴィルの体が見える。僕はふと我に返り、水溜りから顔を上げる。グレヴィルが砂浜の向こうからこちらへ歩いてくる。足音の代わりに、規則的なリズムで骨の砕けるような音が聞こえてくる。僕は起き上がった。今度は本当に目覚めていた。背の高いイタリア人女性が側を通り過ぎて行くのが見えた。小石をざくざく踏みしめながら。
止まったままの風景。日光浴の二人はまだ同じ場所にいた。レオニーとマーティンもまだ岩場に。僕はジャワから届いた手紙のことを思い出し、ポケットをまさぐった。パンガル博士からだった。オランダから僕が書いた手紙の返事だ。まだ少し眠気の残るなか、読みはじめた。

拝啓
お手紙、ありがたく拝見いたしました。御尊兄を亡くされ、さぞかし多くの方々が悲しみにくれたことでしょう。故人を悼み、あなた様とご家族に心からのお悔やみを申し上げます。御尊兄の手掛けられた研究はその功績、その名のもとに今後も引き継がれていくものと確信いたしております。
さて、ジャック・バッキンガム氏についてのあなたのご質問ですが、彼は私が病に伏しているあいだ発掘調査の手伝いをしてくださった方です。できるだけ詳しい情報を以下に記述させていただきます。アムステルダム警察の調べには既に応じておりますが、この人物につきましては、双方ともあまり好意的な見方をしていないのが現状です。
バッキンガム氏は、私が病気になる四日前から我々の一行に加わりました。ですから、彼と顔を合わせたのは四日間だけということになります。お兄様はスラバヤのオランダ人農園主の家であの方と出会ったようです。二人は一緒に我々のキャンプに戻ってきました。そして、私はそのとき初めて彼と会ったのです。彼は身の回り品をほとんど持たずにやってきました。話によると、熱帯性の暴風雨により沖で船が難破し、一人だけ生き残ったということです。物腰が優雅で、とても感じが良く、考古学上の問題について聡明に、そして熱心に説いておられました。彼はこの分野においては素人で、ターナー博士のような特定の学識は有しておりませんでしたが、その知識は幅広く、メキシコのトルテック族からギリシャのティリンス族、インドネシアからさらには東方諸国にいたるまで様々な事柄に熟知しておられました。

彼が訪れた最初の夜、二人はかなり遅くまで話し合い、その会話は私の寝床にまで聞こえてきました。バッキンガム氏によると、トリニールの三十マイル南にあるアルティニの川床で化石が見つかったという話でした。私は信用しませんでしたが、ターナー博士は調べる価値があるとお考えになったようです。ちょうど我々の調査が行き詰まっていたせいもあったのでしょう。数日ののち、我々は拠点を移すことになりました。そして早朝、出発しようというとき、野盗の襲撃に遭いました。食料品と二台のジープが狙われたのです。遺憾ながら犯人は私と同じ土地の人間でした。ターナー博士が現場にいらしたとき、人夫たちは立ち向かうこともできず、収拾のつかないひどい状況でした。博士が誘拐されてもおかしくはなかったでしょう。しかし、バッキンガム氏はそこで手腕を発揮し、冷酷に二人の首謀者を撃ち殺し、残りを逃がしたのです。

翌日、我々は川床に到着しました。バッキンガム氏が間違っていなかったことを示す充分な確証も得られました。調査が始まってしばらく経ってからでしょう、ターナー博士が異論を唱えはじめました。何度か二人のあいだで衝突があったようです。そして私は病に倒れ、高熱のため病院に運ばれました。

バッキンガム氏についてですが、私にはイギリス人のように見受けられました。確かそんな話をされていたような――しかし、とても流暢に数か国語を話します。ターナー博士との会話の中で、私がこれまで聞いたこともないような土地や人々についても言及されていました。ミスター・ターナー、私は今二十八です。十五歳から十九歳までは国の奥地で日本人と戦っていました。そして、十九歳から二十二歳までをオランダで過ごしました。これは非常に大きな損失です。どんな者にとっても。

そのあとの、博士が彼とともに発掘にあたった数週間については私はなにも知りません。しかし、知り得る限り、彼についてお話ししたいと存じます。

ヨーロッパの方々の年齢を推測するのはとても難しく、鬚（あごひげ）などある場合は余計そう感じるのですが、おそらく四十歳か、それよりもう少し若いくらいかと思われます。背が高く、やや痩せ型、体重は七十七から八十キロくらい。平均的なヨーロッパ人よりも背が高く、一七五センチかもう少しあったかもしれません。髪は黒く真っ直ぐ、肌の色はどちらかと言えばやや青白く、顔は細長くしっかりとした骨格、瞳は日に当たると茶色、普段はオリーブ色で深く窪み、とてもハンサムと言えますが、めったに笑いません。頬に黒く短い髭があり、Vの字に剃られています。前腕は毛深く、左腕の手首の上に二つの痣があります。歯は入れ歯ではないようですが、煙草で黄ばみ、両方の糸切り歯に詰め物をして、左奥には歯がありません。顔の骨格筋に窪みがあるため、横から光が当たると、奇妙な影ができます。笑うとその顔から悲しみが消え、温かみと憐れみの表情が浮かびます。しかし、私には時にそれが悪魔の微笑みのように見えるのです。誰かを欺こうとこびへつらうような、そんな表情なのです。

大抵の人は彼に好感を持つはずです。ターナー博士もすっかり魅了され、ときに私を排除しようとするほどでした——もちろんそれは故意にではありません。彼に関するあなたからのお手紙、オランダから刑事が尋ねて来たこと、それらから察するに、あなたのお兄様が彼のせいで被害に遭ったのではないかと私は疑っております。彼は素晴らしい声で私の知らない歌を歌っていました。ターナー博士は確かドイツ歌曲だとおっしゃっていました。歌うと髪が目にかかり、彼はそれを右手の二本の指でかき分けます。

残念ながら、私が記憶している彼の特徴はここまでです。ご理解いただけると思いますが、病のため、あまりはっきりとした記憶は残っていないのです。

最後に、謹んでご挨拶申し上げるとともに、御尊兄の御逝去に心からのお悔やみを申し上げます。

敬具

ガンニ・パンガル

追伸——彼の双頭歯が抜けていると申しましたが、右上か左上か、定かではありません。

僕は手紙を折り畳み、エアメール用封筒に戻した。カサカサと音を立ててさらに封筒を折り畳み、脱いだズボンの後ろポケットに入れ、ボタンをしっかりと留めた。ズボンを畳み、シャツやセーターとともに脇へ置いた。ジェーンは背中を焼くのを終え、今度は顔を日差しに向けていた。ダ・コッサは体を起こし、小石を水に投げ入れている。小石が小さくパシャパシャと音を立てた。

誰かの頭が浅瀬で上下している。レオニーだった。僕が手紙を読んでいる間、彼女はマーティンを残し、岸に向かっていた。そのずっと後ろからマーティンが泳いでくる。まもなく彼女が水から出て、帽子を取り、歩きはじめた。僕を見て少し戸惑っていたが、髪を振って滴を払いながら近づいてきた。

「来ていたのね、知らなかったわ」彼女は言った。

「十分ほど前に」

「どうかしたの?」

「どうかしたって？」僕は言った。「別に」

「顔色が悪いわ」

「さっきまで眠ってたんだ——夢を見ていた。たぶん、そのせいさ」

彼女は微笑み、僕の少し後ろに腰を下ろした。半分岩場の陰になった場所に。手首に細い金のブレスレットをつけている。「どんな夢？」

「善は悪であり、悪は善であり、誰もその違いはわからない、そんな夢さ」

「嘘でしょう、そんなの」

「嘘だよ、君の言う通り。夢はそんな風に決して矛盾するものではないんだ。夢には明確な意図があり、現実を反映している」

彼女はゆっくり近づいてくる黒い頭をじっと見つめていた。そして体を屈め、縄底の靴の紐をゆるめた。日差しを受け、肩が金色に輝く。足首にタールの汚れが付着していた。

僕は言った。「今夜の晩餐会、君も行くんだろ？」

「え？」彼女は目を上げた。「ええ、行くと思うわ」

マーティンがやってくると、彼女は再び靴を履き——ちょっと身構えているようだった——静かに立ち上がった。断崖を背に彼をじっと見つめている。

海水パンツ姿のマーティンは服を着たときとは印象が違っていた。いつもの細く繊細な顔の骨格や暗く翳った瞳、不健康そうな顔色はすっかり影を潜めていた。力強くしなやかな筋肉のついた肉体は、新たに就役するクルーザーのように優美だった。どこか神経質で過剰に張り詰めた感もあったが、全体像に影響を及ぼしてはいなかった。

彼が言った。「流れに逆らって泳いだら、沈みそうになった。君の泳ぎは僕にはちょっと速すぎるよ、ミセス・ウィンター」彼は岩に腰かけ、水滴をまき散らした。ほんの一瞬だが、用心深くこちらに目を走らせた。「おかしなもんだが、どうも水の中は水の上ほど落ち着かなくてね。いざとなれば、半マイルくらい泳げるかもしれないが、それが僕の限界だね。君は泳がないのかい、フィリップ?」

「ええ、今、泳ごうかと思っていたんです。レオニー、埠頭に船を置いたままだけど、大丈夫だろうか。なにかあったら心配だな」

「大丈夫よ。チャールズが戻ってきてるわ。船を引き取りに誰か使いが来るはず……私、もう行くわ、着替えなきゃ」

彼女はダ・コッサとジェーンの方へ歩いていった。マーティンの目が彼女を追う。

「そうか、チャールズが戻ってきたわけか。そいつがサンバーグなんだろう?」

「そうです。サンバーグです」彼が黒い髪をかき上げるのを見ながら、僕は言った。パンガル博士が、羨望の眼差しで鋭く観察したすべてがそこにあった。前腕の痣までもが。初めの頃、それはかすかな疑いに過ぎず、そのあと二度も可能性を打ち消してきた。しかし、結局は最初の直感が正しかったのだ。

第十五章

マダム・ウェーバーのように十五年も死を身近に感じながら日々を送っていると、誰か仲間を必要とするのは自然なことなのかもしれない。きっとそうやって一対一で死と向き合うのを避けてきたのだ。いつも屋敷を来客で満たし、できる限り多くの部外者を巧みに輪の中へ取り入れてゆく。晩餐会には十二人が集まった。僕達が着いたとき、既にチャールズ・サンバーグは来ていた。マーティンを紹介し、僕は二人の対面を興味深く見守った。前日に予想していたのとはまったく違う形での興味だったが。

サンバーグが僕に言った。「青の洞窟はお楽しみいただけたかね？　ミスター・ノートン」

僕は彼を見た。その顔にいつもの皮肉っぽさや剝き出しの敵意を期待したが、それらはどこにも見つからなかった。

「おかげさまで。とても印象的でしたよ――雨にも濡れずにすんだし。ボートは大丈夫でしたか？」

「ああ。また使いたくなったら、いつでも言ってくれ」

「ありがとうございます」あからさまな変化に戸惑いながら、僕は礼を言った。なんらかの理由で今になって態度を変えたのなら、あまりにも皮肉なことだった。「サンバーグのヨットをぜひ見せてもらうべきですよ」僕はマーティンに言った。「あなたたち二人の人生において海が最初の女性だったのでは？」

サンバーグはとても好意的に口元に笑みを浮かべた。「幸いにも我々の恋人は、ドアに鍵をかけたり、他と約束することもない。だから嫉妬に苦しむ必要もない」

「それはどうかな」マーティンが言った。「僕だったら、金と自由を手に入れ、その女性を我がものとする男の方に嫉妬するね。海は売春婦のようなものさ。一番金を出す奴に最高の自分を捧げるんだ」

食事の前にマーティンと目が合った。彼は親指を下げ、計画失敗の合図を送ってきた。あらかじめ決めておいた合図だった。どうするつもりか、気になっていたのだが。あの手紙を読んでからずっと口の中に奇妙な後味が残っていた。錆びた鉄のような血のような味が。しばしば言いようのない怒りに駆られる。心の中で燃え上がり、真っ黒にくすぶるような感情。今日の午後、もう一通の手紙を受け取った――トーレン警部からだった――今のところ、それについて僕はまだ決めかねてきた。差し当たり決定を保留にすることにした。今の僕にできるのは、ただ待って状況を見守ることだ。

僕らは贅を尽くした食事と飲み物を楽しんだ。終わり頃、けちな泥棒のことに話が及んだ。マダム・ウェーバーによると、島では日常茶飯事の出来事らしい。上品とは言えない笑いを浮かべ、彼女は言った。「正常な犯罪というのはかえって稀なものよ。ティベリウスは異常性という遺産を残し、それは今も廃れることはないけれど。

ダ・コッサが言った。「僕にはまったくわからないね。近頃の異常性とはなにを示しているのか。精神医学をもってしてでも、すべての説明はつかない。人間の行動というのは単純に系統立てて捉えられるものではないからね」

敵をおびき出すには格好の話題だった。話にのってくる者がいるかどうか、疑問だったが。サンバーグとホワイトが話しだした。ホワイトが発言を始めた。彼は今日ずっと静かだった。おそらくまだ二日酔いで苦しんでいるのだろう。「そうだな、僕はそういった見解に偏見を持っているんだ。法廷に立つことによって僕は生計を立てている。そして幾度となく精神医学を持ち出しては、犯罪の言い逃れに使うのを見てきているんだ。答えのない、理由のない行動など存在しないと証明するためにね。まったく悪しき見解だね」

「なぜそれが悪いと?」

「なぜなら、犯罪者が法廷に立ち、医学的証拠に耳を傾ける。すると、こう説明がなされる。この哀れな男が犯した忌まわしい罪は彼の責任ではない、非があるのは三歳までに善悪を教えなかった彼の両親の方だ、とね。まあ、いつもそれが裁判官に通用するわけではないが、いずれにしてもけしからんことだね。なぜなら、犯人は刑務所行きになっても、自分はなにも悪いことはしてないと感じるんだ、社会が理解してくれないだけだと」

マーティンが静かに話しはじめた。「僕はいつも思っていたよ、精神分析とは自己中心的なもの――オール・マイ・アイ――つまり、ばかばかしいってことさ」

冗談をやり過ごし、サンバーグが苦々しく言った。「確かにそれが、精神医学の主な狙いだね、罪の意識を取り除くことが――それが人々にもてはやされる理由の一つでもある。誰かが以前言っていた、もし神が存在しないのなら、神を造り出す必要があると。二十世紀においてはフロイトよりも現実味がある」

「そうね、それにその方が好ましいことじゃなくて？　チャールズ」マダム・ウェーバーが言った。

「確かに、わたくしたちの祖先がもっとも苦しんだのは、この罪の意識でしょうね。それは人々の人生を破壊へと導いたわ。悲惨なものよ。わたくしの母の人生もそうだった。母は常に罪の意識のもとに生きていたの。まったく、ジークムント・フロイトには、どう感謝していいものやら。あらゆる苦悩の種を安値でばらまいてくれて」

ホワイトがサンバーグを見つめていた。「知らなかったな、チャールズ、君が反フロイト派だったとは。アメリカじゃ、いつも私の意見など『荒野に呼ばわる者の声』（マタイ伝より。世に受け入れられない改革者の叫び）さ」

「君みたいな意見の持ち主はどこの国でもいるはずだよ」サンバーグが言った。「精神医学とはなんとも都合のいい哲学だからね。宗教よりもずっと都合がいい」

ジェーン・ポリンジャーが言った。「そんなに都合がいいようには思えないわ」

「ところが、お嬢さん、実際はそうなのさ。我々の行動は潜在意識下の衝動に基づいている、だから我々には責任がない、そんな風に教わらなかったかい？　さらにこう続く。心的葛藤の原因さえ解明できれば、あとは責任を負う必要はない。こちら側にはなんの努力も必要ないってことだ。素晴らしいと思わないかね？　努力がいらないなんて」サンバーグの視線が順にテーブルを巡り、曇った光の中で僕の目をとらえた。「実際、葛藤を抱くのはよくないとまで言っている。なぜなら、必要以上の抑圧が生じるからだ。我々はただ傍観し、分析専門家がもつれた糸を解く。衝動に身をまかせることによってさらなる葛藤を取り除く。子供たちを堕落させ、家庭をめちゃくちゃにし、早すぎる性交を奨励して、我々は次なる世代の基礎を築いているんだ、確固たる世代の――」

「動乱の世代だよ」カイルの言葉に皆が耳を傾けた。「既にもう二、三世代も続いている」

「個人的には動乱の世代のどこが悪いのかわからないね」マーティンが言った。うつむき、桃の皮を剝きながら。「フロイトの所産か、それとも一般常識か知らないが。つまりそれは、再び自然の状態に回帰するということだよ」

「無秩序の時代へ逆戻りすることになる」サンバーグが言った。

「そう呼びたいのなら、それでかまわない」

「そう呼ぶにはわけがある」サンバーグが言った。「だが、そういう時代が近づきつつあるという君の見解は正しいだろう。なぜなら、自分の行動に一切責任を持つ必要はないと感じたり、欲望に屈し、心のままに行動したりするようになると、我々が常に理解していた善悪の意義がなくなり、道徳法則さえなんら意味もないものになってしまうからだ」

「たぶん、わたくしたちは新しい神話をつくるべきなのよ」マダム・ウェーバーが言った。「イヴはエデンの園で林檎を食べ、善悪の概念を得た。でも今や誰かがフロイトの庭でグレープフルーツを食べ、その後遺症で感覚が麻痺してしまった。面白いですわ」

マーティンが言った。「マダム・ウェーバー、あなたは私が今まで出会った誰よりも進んだ考えをお持ちのようですね」

「進んだ考えってのとは違うよ」サンバーグが言った。「いたずら好きなだけさ」

「その通りね、チャールズ……」

マーティンはナイフをおろした。「しかし、冗談はさておき、我々は今、なにが起きているかを悟る時期ではないでしょうかね。過去の文明の残骸にいつまでもしがみついているのではなく、新しい文明が既に目の前にあることに気づくべきです。人々は第二のルネッサンスについてよく話題にしますが――。ええ、そう呼べないこともないでしょう。しっくりくるフレーズが欲しければ。しかし、今、我々のまわりで起こっているのは新たな芸術形式の誕生ではなく、新たな道徳形式の誕生です──好むと好まざるとにかかわらず。古い禁止事項など、もうなんの意味も成さない。まったくね」

僕は彼を見つめた。「古い禁止事項？」静かに問いかける。

「そうだよ、フィリップ。既成の原理に基づいて道徳的立場を取るような人間は、単に自分の祖父や曽祖父がそれを信じていたからに過ぎないんだ。ミシシッピ川が氾濫したときの『騒擾取締令』みたいなものだよ。魔法など存在しない。それは人間が考え出したものなんだ。唯一の魔法は我々の思考の中にある。この二十年ものあいだに、すべての障壁は物質社会の中に埋もれてしまった。今こそ道徳的禁止事項や精神的禁止事項の転換期なんだ。それらは常に我々の道を阻んできた。新たな時代は始まっている、いや、始まるべきなんだ！　そして我々は新たに考えなければならない、化石動物や恐竜のように泥に埋もれて朽ち果てたくなければ」

途中からマーティンの声の調子が微妙に変わっていった。徐々に低く、徐々に熱を帯びて。得意な話題になったときの口調だ。いや、おそらくそれ以上のものだったのかもしれない。

カイルが目を上げた。骨を取られそうになった老犬のように。「それは君のお父さんやお爺さんの問題ではないよ、マーティン──三十世紀ものあいだ、ずっと人類が同意しているものなんだ。絶対的な価値というものは確かに存在する──それに近いものが必ずこの世界に。もしもそれを認めないとすれば、まったく愚かなことだよ。そして、それを認めながら無視するのは、ただのゴロツキだね。二つの考え方など存在しないよ」彼は再び固く口を閉ざした。

マーティンが言った。「太陽が地球のまわりをまわっている。そう何世紀ものあいだ認知されていた──コペルニクスが新たな見解を示すまで。もしも我々が──」

「そうですね」彼が続ける前に僕は話をさえぎった。「これは日曜のちょっとした時間を費やすには格好の話題ですが、すべてが漠然としているし、一般論に過ぎない、そう思いませんか？　よろしければ、ある特別な事例に話を移したいのですが、ほんの気晴らしに」僕はマダム・ウェーバーに微笑んだ。「例えばマーティン・コクソンは、人類は混乱の時代に回帰すべきだと主張しているようですが――主にそれは議論上の話に過ぎない。そうですよね、マーティン？」

コクソンのくすんだ瞳が、ほんの一瞬、僕を捉えた。それからまた手元の桃に向き直る。

「そうじゃないですか、マーティン？」僕は繰り返した。

彼は顔を上げた。「違う。違うよ、私はそれが必然的な傾向だと思っている」

「一般的な傾向ですか？」僕は言った。

「ああ、その通り、確かに一般的だ。世界中で」

「まだ世界中というわけではありませんよ。異論を唱える人は数多くいるはずです。でも、危険がいつも身近に潜んでいるのは確かですね。では、我々はどうすればよいのか？　それに断固反対するためには。一般的な傾向に抗うことはできない、しかし、特定の事例についてはは――ときに」

「どういう意味かしら？」不意にレオニーが口を挟んだ。

彼女が口を開くと、マーティンがそちらへ顔を向けた。彼の顔に光が差した。まさにパンガルが描写したように――。僕は初めて彼の顔を見たような気がした。眉の間のわずかな隆起、中央に厚く寄った下唇。

僕は続けた。「他の人が受け入れているルールに同意できない人間も大勢います。でも、彼らはどう見ても精神病でも異常者でもない。歪んだ子供時代を送ったわけでも、それを説明するような過去の履歴を持つわけでもない——隣人と異なる確かな理由はなにひとつないのです。しかしながら、彼らは慎重に選択した上で犯罪者となるケースが数多く見られます。我々は彼らにどう対応すべきか?」

少し間をおいて、ハミルトン・ホワイトが言った。「もう少し詳細を述べてもらいたいものだね」

僕は答え始めたが、やがて口を閉ざした。自分の目の前に道が開け、それがどこへ通じているのか、不意に気づいたのだ。僕にはまだ、その準備ができていなかった。マーティンと僕のあいだで駆け引きが生じるとすれば、それが始まるのはここではない。僕にその準備がないのなら、自分の意図を口にするのは狂気の沙汰だ。僕は素早く話を取り繕った。「至って平凡に暮らしていた人間が突然殺人者になる。冷静に慎重にときになんの動機もなく人を殺す。なにが彼をそうさせたか。どの時点ではっきりとした殺意を抱いたのか?」

随分とふがいない終わり方をしたが、誰もそれに気づく様子はない。それはおそらく、シャーロット・ウェーバーが会話の続きをリードしてくれたからだ。

「それは、精神科医がもっとも興味を抱きそうなお話ね。殺人を犯す人は大抵理由などないのよ、自分自身を社会に適合させることができないだけ。彼らは子供のときから、物事にうまく対処することができず、劣等感にさいなまれ、社会に背くことによって心の代償を得ようとしたのよ。そう言っていたのはアドラーとかいうオーストリアの精神医学者だったんじゃないかしら——確かではないけれど。大抵は、それがすべてのトラブルの発端となり、その結果、個人の人格も願望も、他のすべても壊れてしまう」

サンバーグがおどけた顔を見せた。「ほらね、まただ、わかっただろう。人が殺人を犯すのは社会に背くことによって代償を求めるからだと。それは彼の責任ではない、非があるのは父親や母親だと。社会改革論者に尋ねたら、彼はこう言うだろう。違う、それは両親のせいじゃない、すべて育った環境のせいだ。そして今度はそれに対し、生物学者が言う。そういった環境のせいではない、単に祖先から間違った遺伝子を多く受け継いだせいだと。罪を犯した人間から責任を取り除くためにはなんとでも言えるさ」

「生物学者が一番正しいのでは？」ハミルトン・ホワイトが言った。「永遠にポーカーを続けるとしたら、遅かれ早かれ誰かがストレートフラッシュを、別の誰かがツーペアを引くだろう。フィリップも言うように無意味な犯罪とやらに解釈を加えるとしたら、そうとしか言いようがない。そのような事件は実際に起きている。自分にも起こり得ることだ」

マーティンは桃をかじった。「君が無意味だという犯罪は、たぶん君にとって無意味なだけだ――なぜなら、それが異常で社会に適合しないと君が思い込んでいるからだよ。しかし、犯罪は生物学的にはまさに正常な行為なんだ。その辺を普通に歩いているのと同じくらいにね。殺人は人間の個性を表現するものでもあるんだ。そして自殺もね――たった一度刺すことが許される蜜蜂のように。なぜ赤ん坊が願望を抱いてこの世に生まれ落ちるか、誰もそれを探ろうとはせず、願望を果たした者に対して非難もしない。医者になりたいだとか――常に死者と向き合う病理学者になりたいとか――動物の命を奪う肉屋になりたいとか――町に爆弾を落とせと命を受ける航空兵になりたいとか、そういった人間を誰も非難はしない。そういった職業は問題ないと言い放つ。過去に定められたインチキなルールが存在するからさ。しかし、一歩それからはみ出すと――必ずしも殺人を犯すということではなく、自分の信念に基づいて生きようとすると――餌食となる。警察だけではなく、お決まりの精神病医学者や、いつも新たな犠牲を求める口先だけの改革者のね。そいつらこそ精神病院に隔離されるべきなんだ。そして私はいつかそうなる日が来ると信じている。人類が充分に成熟すれば」

ダ・コッサが微笑んだ。「非常に興味深い提案だ。しかし、それはすべて一つのことに要約される。人間の行動は環境によって決められる、ほんのわずかでも影響を受けた出来事によって。違うかね？精神的な欠陥、道徳的欠陥、そして肉体的欠陥——どれも同等に扱われるべきだよ。私が湾曲足だからといって君たちは私を責めたり、刑務所にぶちこんだりはしないだろう？　そう信じているがね」

サンバーグが言った。「湾曲足を口実に何か企めば、刑務所に送られることだってある。障害をどう生かすかによって責められることもあれば、褒められることもあるわけだよ」

ダ・コッサが苦々しく言った。「君に裁かれる筋合いはないと思うがね」

サンバーグが彼を見つめた。「誰のことも裁くつもりなどないよ。私は自分の考えに従って生きているだけだ。天使でもなんでもない。だが、罪の存在は信じている。それは個人に害を与える行為だ。そして犯罪は社会に害を与える。新たな名前でもなんでも、好きに呼べばいいさ。人は自分の犯した罪からは決して逃れられない。私はそう信じている」

彼女はマーティンと庭にいた。戻ってきたとき、彼女の顔には赤みがさし、いつもより動作がぎこちなかった。そのあと彼女はそっと部屋から出て行った。数分後、僕も後に続いた。ホールには誰もいなかったが、階段の下に行くと、彼女がちょうど下りてきた。

下から三段目で彼女は立ち止まった。

僕は言った。「謝りたいんだ。この数日間、君を困らせてばかりいた」

彼女はかすかに微笑んだが、視線は僕を通り越し、ドアの方に向けられていた。

「そのことだったら、今朝もう充分に話したと思うけど」

「これは補足だよ」

「ところで、もうやめる決心はついたのかしら――これ以上の捜査を――」言葉が途切れた。

「ああ」僕は言った。「ついたよ」

彼女は顔を上げた。「本当なの、フィリップ？　もしそうなら……」

彼女の瞳には安堵の色が宿っていた。それがどうも引っかかった。「いっさい手を引くってわけじゃないけど、とりあえずは。二、三日、オランダに戻る予定だ。この事件を担当しているオランダの警部から手紙が来たんだ。よかったら、見せるよ」

僕はトーレンからの手紙を見せた。アーノルドから転送されてきたものだった。彼女の目が文字を追う。

拝啓　ターナー殿
貴殿の兄上の死に関して新たな情報を入手いたしました。極秘情報でもあり、書面に託すのは好ましくないと思われるため、ここに詳細を記すことは控えさせていただきます。もしも、再びオランダまでご足労いただけましたら、この件に関して直接お伝えし、それが貴殿の疑念を解く手助けになるものと考えております。
ご都合がつかないようでしたら、お知らせください。できるだけお手紙にてお知らせできるよう改めて手配させていただきます。

敬具

J・J・トーレン

彼女は手紙を僕に戻した。

「どういうことかしら?」

「それを確認しに行くつもりだ」

「ええ、そうね。ただ——」再び彼女は言葉を切った。

「意味のないことだと?」

「いいえ、うまくいくことを祈ってるわ」

「ありがとう。そのあいだ、マーティン・コクソンをここに残してゆくよ。君のこと、頼んでおくから」

彼女は目を伏せたままだった。

「それは楽しみね」

「ああ、彼はとても楽しい男だよ」

「あなた、この警部に私のことを話すつもり?」

「まだどうするか決めていない。でも、たぶん話さないだろう」

「話すべきだわ」

「それは、彼らがどう出るかによるよ」

「フィリップ、私、よくわからないのよ。あなたがなぜ私にこんな風に話すのか。私が敵陣にいるってこと、まだわかってもらえてないのかしら？」

「わからないよ」

彼女は階段の手摺を撫で、口を閉ざしている。僕は言った。「一つだけ。一つだけ約束してほしいんだ、僕がいないあいだのこと」

「なに？」

「つまらないことと思われるかもしれないけど——敢えて言うよ。僕は君の亡くなったご主人を知らない。でも、きっと素晴らしい人だったと思うんだ」

彼女は何も言わない。

「そして、僕が思うに、ご主人に対する思いは特別だった。たぶん二度と他の人に対してそんな風には思えないほど」

「それで？」

「それで……君がそんな風に考えていることは果たしていいことだろうか？」

彼女は階段を二段下り、僕と同じ高さに並んだ。手摺に手を乗せたままだったが、僕は触れなかった。

「不思議ね、あなたがそんなこと言い出すなんて」

「どうして？」

「今日はなぜか、ずっとトムのことを考えていたから」彼女は口ごもった。

「それで？」

「今はうまく説明できないわ」

「僕は聞きたい」

「もう、行かなきゃ——」

「だめだよ」彼女の腕を摑んだ。

まるで抗う小さな動物に触れているような感じがした。彼女は僕を押しのけ、去って行くと思ったが、急に態度を一変させた。「ひと言で片付けるなんてできないわ、フィリップ……彼が死んだとき——トムとリチャードが死んだとき、私は病院にいたの。病状がかなり悪くて入院が必要だったけれど、絶望的ではなかったの。トムとリチャードは元気で病気なのは私だけだったのよ。二人のこと知らされたのは、三週間経ってからだった。信じられなかった。家に帰って私は待ち続けたわ……トムが病気になったことなんて一度もなかった。まるで二人とも、どこかに雲隠れしてしまったようで……」嗚咽をこらえ、彼女は続けた。「もちろん、家も家の中のものも全部処分したわ——そこに住み続けることはできなかった——しばらく経ってから、ようやくリチャードのことを考えるようになった。たった四か月の赤ん坊——思い出さえもほとんど残っていなかった。でも、あなたに一番わかってほしいのはトムのことで、まだなにひとつ納得していないってことなの。なにが起きたのかはわかっているわ——日常の生活に戻ろうと努力もしたわ。でも、心のどこかで……」

「彼がまだ、生きているのではないかと？」

「そうよ、その通りよ」

少し間を置き、僕は言った。「たった今、君のご主人のことを僕が言い出したのは——おそらく、君も察しがつくと思うが——」

「ええ、そうね」

「忘れてほしい。多少の障害があった方がやり甲斐があるってものさ」

彼女の手が一瞬僕の手に触れた。そして通り過ぎてゆく。

「いずれにしても君の力になりたいと思っている、レオニー」

「もう充分、力になってくれたわ」

「僕も少しは進歩したようだ」

「ごめんなさい……」

「今になって撤回はなしだよ」

「そんなつもりじゃ」

　彼女は応接間のドアへと歩いていった。僕も後に続いた。

　彼女は立ち止まり、そして言った。「今まで言いたくて、ずっと言えなかったこと。そして今日から……」彼女の瞳が大きく煌めきを放った。「今日初めて、はっきりわかった気がするの、トムのこと。それ——」彼女はじっと僕を見つめた。そこだけひときわまばゆい光が反射しているようだった。「それから同じようにわかったような気がする。あなたがなにより求めている答えは、あなたが思っているより、よくもあり、悪くもあることだと」

　マーティンと連れだって帰途についた。半月が沈もうとしていた。片方が半分に割られ、贈り物として捧げられたかのように水の上に浮かんでいた。今となっては下手な芝居を続けるのは難しかったが、やらなくてはならなかった。僕は彼に言った。サンバーグがバッキンガムじゃないと知ってひどく落胆している、自分はただの幻影を追いかけていたのだ、もう一度一からやり直しだと。一筋の光はトーレンからの手紙だった。僕は彼にそれを見せた。彼は眉を寄せながら明かりのもとでそれを読んだ。

読み終えると、彼は言った。「やっぱり――言った通りだったな。この厄介なジグソーパズルの残りの欠片はアムステルダムにあるってことさ。それこそ理にかなっている」彼の声には少し力がこもっていた。都合よく僕を見当違いな方向に追い払い、明らかに喜んでいるようだった。「もちろん、行くんだろう?」

「迷っているんです」彼がどう出るか見たかった。

「行かないなんてばかげてる。これ以上彼女を問い詰めることができないのなら、いや、問い詰める気がないのなら、とにかくここにいる意義はもうないだろう」

「彼女がこれ以上知っているとは思えないんです。バッキンガムの正体以外は――それすら本当かどうかわかりません。無理もないことかもしれませんが」

「でも、戻ってくるだろう?」

「そのつもりです」

小道を辿ってゆくと、やがて月と星々に照らされたナポリ湾が目の前にあらわれた。彼の顔は影を帯びたままだった。「君は僕がここに残ることを望んでいるのかい? フィリップ」

「僕はまもなくここを発ちます。きれいな景色ですね」

「ああ……『天上の神が、赤子の言葉を空に書き記す。意味のわからぬ戯言を』さて、そのあとはなんだったかな?」

僕は言った。「化学分析が精神分析よりも多くのことを物語るとは僕は思っていません」

「今夜は随分とくだらん話をしたもんだ。あんなの全部インチキな自我の神格化に過ぎない。今朝、ジャワから手紙が来たようだが、何か情報は得られたかね？　君が戻ってくる前に棚の中にあるのを見かけたんでね」

　ホタルが小道の上でちらちらと光っていた。「パンガルからでした――グレヴィルの助手をしていた男です。病気にかかって、そのあとをバッキンガムが引き継いだようです。よろしければ、お見せしますよ」

　僕はポケットを探り、手紙をいくつか取り出した。「あれ、これじゃなかったみたいだ。どちらにしてもあまり役に立つ情報じゃなかったので。パンガルはバッキンガムにあまり好意を寄せてなかったようですから」

　僕らは歩き続けた。

「でも、グレヴィルは彼がとても好きだったようです」僕は言った。「なぜなのか、いまだに理解できませんが」

「バッキンガムは頭の切れる男だ。二人の折り合いが良かったのは考えられなくもない。彼は様々な知識を持っていた」

「なんについての知識でしょうね？　小細工や詐欺行為、見掛け倒しの行い」

　マーティンは立ち止まり、煙草に火を点けた。青白く邪悪な顔の輪郭が一瞬切り取られ、思考の闇の中に浮かび上がった。

「バッキンガムを過小評価すると過ちのもとになるよ、フィリップ。君のお兄さんが際立った人間ならば、彼もきっとそうだ。二流と言える部分などなにもないはずだ」

僕は言った。「二重人格の部分があったのでは？　精神分裂病とか」

マーティンはきっぱりと頭を振った。「彼のような人間は大抵調和が取れているものさ。少なからず凡人よりは一貫性がある。押しボタン式の反射神経や、ころころ変わりやすい性格が好ましいと思うのなら、一生涯規則に縛られて生きるような男の所へ行けばいい。そういった奴は、まやかしの法律に縛られ、自分の望みをなにひとつ成し遂げられないのさ――やりたいことをやり抜く、生まれもっての背教者とは違ってね」

「あなたは密かに彼を賛美しているんじゃないかと、ときどきそんな印象を受けるんですよ」

明かりが揺らめき、そして消えた。

少し待って、僕は言った。「真面目な話ですが、僕にとっては彼はただのゴロツキで三流のゆすり屋としか思えないんです。もしも、彼に際立った資質があるのなら、四十になる前には一旗揚げて、まっとうな暮らしをしてるはずです。ジャワで惨めに落ちぶれたりなんかしていないはずです」

「敢えて危険を冒すのが彼の性分なのさ」

「それはどうでしょうか。そういった卑しい人間は目の前に危険がせまると逃げ出すはずですよ」

彼は急にいらいらと煙草を吸い出した。「ちくしょう、もうやめよう……君は彼を知らない――決して理解できないだろう。私にはわかるんだ――少しはね。なぜそういった行動をとるのかわかるような気がするんだ。必ずしも彼のことが好きで味方をしているわけではないし――非難しているわけでもない。考え方の問題だよ。ユウェナリスの言葉にもあるだろう。『汝いつか、恥ずべき行いに、敢えてその身をさらすこともあろう』」

僕らは、それ以上なにも言わず、歩き続けた。彼の痛いところに触れたようで僕は充分満足していた。そして、不意に思った。マーティン・コクソンに対する嫌悪は、なにも今日始まったものではなく、たまたま今日明らかになっただけなのだと。その根は深く、おそらく一、二回会ったときから気づかぬままに育っていたのだ。今までは判断を一時的に保留していた。今や判断を差し控える必要もなく、その思いは突然、新たな確信へと膨らんでいった。

歪みが生じた瞬間、憎しみはさらに深まっていった。なぜなら、その根本には好意と信頼があったからだ。たぶんグレヴィルもそうだったように——もっともグレヴィルの場合、彼の正体に気づいたときにはもう手遅れだった。

僕の感情は表にあらわれてはいないだろうか。感情をあらわすのはとても危険だ。マーティン・コクソンはグレヴィルを殺したか、それとも少なくとも殺人現場にはいたはずだ。なんとしてでも、なんらかの方法で、その謎を解き明かさなくてはならない。僕が知ったことに彼が気づいたら——彼はきっと同じことをしようとするはずだ。

今はとにかくゆっくりと慎重に進まなければならない。さもなければマダム・ウェーバーのように不愉快な相手を身近に感じながら日々過ごしてゆくことになるだろう。

第十六章

夜中に目が覚めた。そして、彼が部屋にいると気づいた。僕は普段から眠りが浅い。彼がかすかに音を立てたのかもしれない。

僕はゆっくりと規則正しく呼吸を続けた。すぐに再び彼が動き出した。

海軍にいたとき、ちょっとボクシングを習ったくらいで、ほとんど殴り合いなどしたことはない。腕に覚えがある奴と戦うにはお遊び程度の経験は台風の中でさす傘のようなものだ。

彼は洋服ダンスの方へ近づいていった。目を開けなくとも僕の洋服のポケットを探っているのは推測できた。彼の目的は明らかだった。

じっと待った。次に彼はサイドテーブルの前に行き、ざっとその上を物色する。音を立てず上の引き出しを二つ開け、中を探り、再び閉める。それから椅子の方に屈み込んだ。いつものようにそこには細々としたものが投げ出されている。

知らず知らず、僕は息遣いを変えていたようだ。彼はすぐに気づき、こちらを見つめた。多大な重圧のもと、眠っているように呼吸をするのは容易ではない。やがて彼がベッドの方へ近づいてきた。

彼の手の形も感触も知っている。ただ困ったことに目を開けることはできない。

彼はベッドに身を乗り出しているようだ。吸って――吐いて。止める。ゆっくりと。吸って――吐いて。ボート・レースの要領だ。船がパトニーに近づいてくる。吸って、吐いて。捕まるわけにはいかない。彼がそっとベッドから離れてゆく。目を開けたときには、開いた窓から逃げ出す彼の姿が見えた。

僕は寝る前にパンガルからの手紙を読み返し、それを枕の下に敷いていた。危うく見つかるところだったが。そして、グレヴィルの日記は——それを見れば、僕が密かに彼の知らない情報を入手していたとわかっただろう——ベッドの下だった。

出て行くとき、外の明かりが彼の顔を照らし出した。いつもよりずっと細く、ずっと張り詰めているように感じられた。

「朝食のお邪魔をしてすいません。肖像画の件で謝りにきたんです。戻ってきたときには、ぜひまた取り掛かりたいと思っています」僕は言った。

「急ぐ必要などありませんよ」着物の袖を下ろしながら、マダム・ウェーバーが言う。「今月の終わりにわたくしの姿がすっかり変わってしまうなんてあり得ませんからね。美容師さんも今お留守ですし。あなた、本当に続けてくださるおつもり？」

「もちろんです。明日の晩か、金曜の朝には戻ってきます」

彼女はシルクのベッドカバーから逃れようと、のたうちまわっているバーグドルフを助け出し、犬の耳の中を覗いた。「昔ね、飼っていたマスチフが外耳炎にかかったことがあるんですよ。とても痛々しかったわ。フィリップ、あなたとレオニーのことだけど……見込みはあるのかしら……」

「いいえ……残念ながら、あまり」

「さあ、いい子だから、バーグドルフ。痛くはしませんよ。少しはお母さんを信用して。残念ね。とても残念だわ。彼女は再婚すべきよ。そろそろそうした方がいいと思うの。きっと忠誠心が強すぎるのね」

「どうでしょう。あなたが言うように忠誠心の問題なのかどうか」

「お座り、さあ、いい子だから、じっとして。もう少し柔軟性があったら、もっと幸せになれるはずなのに。そう彼女にも言ったんですよ、わたくし。女性には男性が必要よ――代謝を正常に保つためにも。あなたなら、ふさわしいと思ったのよ、フィリップ」

「いつか、ぜひ彼女にそう話してください」

「あなたには画家としての腕がある。決して自分を甘やかすことなく、感情をうまくコントロールできる。そして不屈の精神。再婚しない女性というのは――とても気難しいものね。特に美しい女性は男性を魅了しますもの。充分な武器を持っているのに使わないなんて、もったいないですわね」

「使っていますよ、彼女は」

「トム・ウィンターが亡くなって、初めて彼女と会ったときのことを今でも覚えています。ただただ彼女がかわいそうで気の毒で――なぐさめようとしたの。すると彼女はこう答えたわ。『大丈夫、私はまだ若いから、くじけたりしないわ』」シャーロット・ウェーバーは身をよじっている子犬をそっとベッドの横におろした。小さな足がパタパタと床を動き回る。「一般論として、この世に真実と言えるものはほとんどないでしょう。でも、彼女に関しては、邪(よこし)まな心などこれっぽっちもなかったわ。邪ま――その言葉で正しいかしら。レオニーは子供一人騙すことさえできないでしょうね。今もさまよい続けているのよ。ほとんど自分の気持ちもわからぬまま。なぜなら、どんなに考えても過去を振り返っても答えを知ることなどできないから」

「それとも、知ろうとしないのでは」

「その通りですわね。家具を選ぶようなものかしら。心の中で受け入れられるものと受け入れられないものをはっきりと思い描いている。受け入れられないものは心の中から追い出すしかない――よく言われるように――いやしくも生きていくためには」

立ち去ろうとしたとき、彼女は僕を見て寛容に微笑んだ。「少なくとも肖像画のことは気にしなくても大丈夫ですよ。わたくしはここにいますから。これからもずっと」


僕が戻るまで、この島に残るようマーティンを説得するのは予想通り難しくはなかった。これは一種の賭けだった。しかし、ここで初めて決め手となるなにかが得られるかもしれない。一か八かやってみるしかなかった。僕は汽船から手を振った。彼は壁に寄りかかり、船が出るのを眺めていた。なにを企んでいるのだろうか。この残酷な茶番劇が進行するあいだ、ずっとなにを思っていたのだろう。船が港を出ると、彼は背を向け、ポケットから本を取り出した。ゆっくりと港を離れ、ケーブルカーの方へ歩いてゆく。あばよ、マーティン。明日、僕は彼になにを持ち帰るのだろうか。

船が出て三十分ほど経った頃、乗客の中にカイルの姿を見つけた。近づいてゆくと、危害を加えられるとでも思ったのか、帽子の下から警戒するように僕を見た。誤解がとけると、彼は安心したように話を始めた。イタリア銀行に口座を持っているが、支店がカプリにないため本土に行くのだと。僕は仕事でアムステルダムに飛ぶ予定だと話した。

彼は言った。「マーティンは一緒じゃないようだね」

「ええ、すぐ戻ってくるつもりなので。昨夜、あなたのことをお話ししてたんですよ。マーティンのおじいさんの古い友人だとか」

「かなり親しくしていたよ」彼はステッキから手を放し、眉毛の抜けた年輪の刻まれた顔の上に深く帽子を被り直した。「カラードと私は二十五年ものあいだ、友人であり、隣人でもあった。マーティンはゲイトウィードでの楽しい子供時代についてなにか君に話したかね？　カラードが死んで以来、ずっと彼には会っていなかったが。今の伯爵、つまり彼の叔父もマーティンとは付き合いがないようだな」

「なぜですか？」

カイルは口をもぐもぐさせ、なにか言いよどんでいる。「そうさな、気持ちの問題だよ。彼にも彼なりの言い分があるはずだ」

背の高いヨットがソレントの港から出帆した。日差しを受けた帆が燦々と輝いている。僕は言った。

「マーティンの父親は確か末っ子だったのでは？」

「その通り。彼の父親は正妻の子じゃなかった。カラードには女優の愛人が何人かいて、フレッド・コクソンはその間にできた子だ。フレッドは若くして亡くなったが、カラードはマーティンを可愛がり、甘やかした――必要以上に」

「僕達はまだ知り合って日が浅いもので、あまりよく知らないんです」

カイルは何か言おうとしたが、うまく餌に食いついてはこなかった。不機嫌そうな顔で口をもぐもぐ動かしている。船は進み続けた。

再び話を切り出した。「彼は、とてもおもしろい人ですね」

「誰がだね？」

「マーティンです」

「ああ、そうだ、そりゃ私も認めるよ」

「カクテル・パーティーの常連たちに言わせれば、彼は『値打ち品』でしょうね」

「そうさな、きっと」彼は噛むのをやめた。「ときには彼らも価値あるもののために、それなりの代償を払わなくてはならん。少しでも見返りを求めるのなら」

「まだ付き合いが短いのでよくわからないんです。あれが本来の彼の姿なのか」

「おや、君の友人じゃないのかね、ミスター・ノートン」

カイルから情報を得るのは至難の業だった。三、四分は待っただろうか。「マーティンはとても母親思いのようですね」

「こりゃ驚いたな。母親には一度も会ったことがないがね」

「カラード卿が彼を育てたのですか？」

「彼の学費を支払ったんだ。休みになるとマーティンがやってきて、彼らは狩りに行ったり、山に登ったりしておった。あの子は雛鷲のように野性的でハンサムだった。他の親類の者たちから妬まれていたよ。カラードがあまりにも可愛がるんでな。まあ、確かにその通りだったが」カイルはジャケットの襟を立て、風に背を向けた。「まるで後継ぎのような顔をしておった。カラードはよくわしの所へ来て彼の浪費癖について嘆いておったよ。わしは言ったもんだ。ふん、おまえさんが甘い顔をするからだ、そうならないはずがなかろう、と」

続きを待った。が、彼は再び黙り込んだ。「それで、カラード卿が亡くなったとき、すべてが一変したということですか？」

「ああ、すべてが変わった」

「マーティンは一族になにも要求しなかったのですか？」

「どうしてできるかね？」

　お菓子と煙草を売りに一人の少年がやって来た。カラードは忌々しげに追い払った。しばらく一人でなにかブツブツ呟いていたが、そのうち彼の言葉が聞こえてきた。「……発作だよ。六十くらいの達者な男が、ある日突然、老木のように無力に倒れ、そのままだった」カイルは怒りをこめて海の向こうのベスビオ山を見つめた。まるでそこに非があるかのように。「マーティン・コクソンにとってはひどくショックだったに違いない。彼は充分に便宜をはかってもらえるものと期待していたが、カラードの遺言状はもう十五年以上も書き換えられていなかったんじゃ。それで、マーティンは数千ポンドだけ手に入れ、自分でやりくりするしかなかった。金に対する彼の考え方はまさに貴族的だった──金というのは欲しいものを買うために存在する、そして最高のものを手に入れるためには、いつも充分な金が必要だ……自分でやりくりするようになってすべてが一変したはずじゃよ」

　僕は言った。「でも、まったく気の毒なことですよね。なぜ、あなたが彼を嫌うのかわかりませんね」

「わしは彼が嫌いだとは言っていない」カイルは噛みついた。「言ってもいないことを決めつける気かね」

「言っていないかもしれませんが、頭の中ではどうなんでしょう」

　カイルは疑わしげに僕を見た。「わしにはまったくわからんよ。おまえさんは彼のことを好いとると思っとったよ」

「もし……そうではないとしたら？」

カイルは唸った。「ふむ、ではそうじゃないということかね？　それなら、どうしてだ？」

「はっきりとした理由などありませんよ。あなたもきっとそうでしょう」

「よくわからんが、確かにわしは彼が嫌いだ。一つにはあの忌々しいほどの魅力だよ、ミスター・ノートン、まさにそれだ。わしの場合、それに抗うのはそんなに難しくはなかったが、人々が容易に屈するのをいつも見てきた――日に当たったつららみたいに。まずは彼の祖父だ。まわりから見れば気難しい老人だったが、少年は意のままに操った。次にいとこのメアリー・ファルコナー、叔母のモード・ファルコナー、それから少なくとも二人の娘……まだまだ他にも」

「彼は結婚は？」

「ああ、三十代のときにな。しかし、離婚したよ。女性の名前は忘れたが、不動産処分の件で新聞にも載っていた。自分を愛してくれる人間に対し、彼がほんの少しでも心遣いを示したのかどうか疑わしいがね。彼は友情も他人の献身的な行為も、すべて当然のものと思っていた。あんたが彼に告げ口する気ならそう言ってもらっても、わしゃかまわんよ」カイル老人は僕の腕を突ついた。「魅力的――そうさな、それは間違いなかろう。でも、もし、一本の木を果実で判断するのなら、彼のは苦いはずじゃ。彼はいつも他人からなにかを得て生きてきた――そう、ずっとだ――あの男と知り合って幸せになった者などほとんどおらんよ――かえって不幸になったくらいじゃ。彼にはいつも暗い影があった、若い頃から悲観主義で――このあいだ、あんたも話を聞いとっただろう――そして、いつも破壊者だった。他人から価値あるものをかすめとってきた」

僕は頷いただけで、なにも言わなかった。カイルはそこで言葉を止め、僕もその先をうながそうとはしなかった。わずかにだが、老人の話からマーティン・コクソンなる人物の始まりを垣間見ることができた。そして、ひょっとしたら物語の最後を埋めるのは、僕自身かもしれない。

トーレンには電報を打っておいた。スキポール空港に着くと迎えの車が待っていた。その夜、八時頃彼と会った。驚いたことにファン・レンクムもそこにいた。

トーレンが言った。「来ていただけてよかった。私もなにかやり残したようで気になっていましてね。あなたの気持ちもこれで少しはすっきりすると思いますが。ファン・レンクムには我々の海外部門の件で今日は来てもらいました。彼から説明してもらいます。彼の英語はなかなかのものですし、話の大部分は彼の任務と関連するものなので。それが一番いいでしょう」

ファン・レンクムが言った。「お話のあいだ、お水を飲まれますか、ミスター・ターナー？　イギリスの方でよくそういう方がいらっしゃるので、しかし、あいにく……」

「ありがとうございます。どちらでも結構です」水なんてどうでもよかった。

「まず前回お会いしたときのことですが、お詫びさせていただきます、ミスター・ターナー。あのときは、立場上……なんと申しますか――まだ、網をしかけている最中でして。急にそれを引くと魚を何匹か逃がすことになる。しかし今、状況は変わり――すべて片付きました」

「それはよかった。感謝します」

彼はグラスを一つトーレンに渡した。「まず、あなたにとって最悪な結果をお伝えしなくてはなりません。ヘルミナ・マースの証言を裏付ける決定的証拠が出てきたのです」

僕は彼を見つめた。「兄のことで？」

に飛び込むところを?」

「そうです」

僕はトーレンに目を向けた。彼はグラスを置いて葉巻の端を噛んでいた。「つまり、兄が——運河に飛び込むところを?」

「そうです、ミスター・ターナー。信じられないというお気持ちはわかります。しかし、残念ながらそれが事実なのです」

少し間を置き、僕は言った。「どんな証拠ですか?」

ファン・レンクムが答えた。「あの夜、橋の上でなにがあったのか——目撃者がいないかと我々はずっと探していました。捜査は進行中だと前にお話ししたと思いますが。目撃者を探し出すのは極めて困難でした。デ・ヴァレッチェに行ったなどと名乗りをあげる者はなかなかいないでしょうから。それで、我々は目撃証言に対し、報酬を用意したのです。ようやく一人の男を見つけました。港務局の関係者です。運河の向かいの家にいて、ヘルミナ・マースが見たのと同じ状況を目撃していました」ファン・レンクムはトーレンの机からタイプ書きの一枚の紙を取り出した。「彼の証言はここに記録されています。よろしければ、どうぞ。英訳が裏にあります。男は少し英語も話せるので直接話を聞きたければ、明日の朝、会えるよう手配いたします。あなたの疑惑がすべて晴れることを我々は望んでいます」

僕は紙を受け取り、オランダ語の文面に目を通した。わざわざ裏返して見る気力もなかった。よく読めないが、殴り書きのサインが下の方にある。タイプの調子が悪かったのか、黒い文字の縁が少し赤くなっている。ファン・レンクムが言った。「そこに書かれてあることを簡単に説明しますと、彼はあなたのお兄さんが橋の上で誰かと話しているのを見たと言っています。二人は別れ、お兄さんは、もう一人の男が見えなくなるまでしばらくそこに立っていた。それから、欄干に足をかけ、運河へ飛び込んだ。目撃者ははっきりと証言しています。そのとき橋の上には他に誰もいなかったと」

オランダ語の知識はなかったが、書かれてある内容は推測できた。『三月三十日の夜……ブラインドを上げると……助けを求める声はなく……』

ファン・レンクムが再び言った。「英訳が裏にあります、ミスター・ターナー」

僕はその紙を彼に返した。立ち上がり、煙草を取り出す。誰かが火を点けてくれた。

「報酬を払ったと言いましたね？」

トーレンは、掌で自分の煙草の煙を払いのけた。「明日、目撃者のアーレンスとぜひ会ってみたらいかがですか、ご自分の判断を促すためにも。彼は見たところ、とても正直な男のようです。この供述をしたことでご家庭にもなんらかの危害が及んでいるかもしれない。たった数ギルダーの誘惑に負けたとは思えませんがね」

ファン・レンクムが言った。「まだ他にもお話があるんです、ミスター・ターナー。もし、お座りいただけたら……」

「それじゃ、グレヴィルは……」

外の通りの方から自転車のベルが聞こえてきた。交通渋滞に苛々しているのか、いっせいにベルが鳴り出した。

ファン・レンクムが言った。「失恋のため命を落としたとは今では考えておりません。実際のところ最初からその可能性は低いと見ていました」

「じゃあ、なぜ兄は？　なぜです？」

「もう少しご辛抱いただきたいのですが。どうかお座りください。なにか飲み物をいかがですか？　続きをお話しさせていただきますので」

　僕は腰を下ろした。気分が悪かった。「それで？」

「戦争が始まる前のことですが、当時、オランダ領東インドへのアヘンの輸入は政府の独占事業により厳しくコントロールされていました。戦時中、ペルシャからの輸入は必然的にストップされましたが、そのかわり日本から大量に流入し、政策上ジャワでの使用を促進する結果となりました。現在のところ、麻薬使用者の数は、ご存知の通り沈静化しています。その結果、戦後、新しいインドネシア政府が、二十五トンものアヘンを所有する形となりました。販売は政府がコントロールし、当初は徹底した管理のもとで制限されていました。しかし、我が国の政府とインドネシア政府の間に諍いが生じ、武器の購入資金が不足すると、彼らは国際市場でそのアヘンを売る決断を下したのです。そのときのスキャンダルはご存知でしたか？」

「いいえ」

「その混乱の中、政府関係者が大量のアヘンを横領したのです。現在でもその行方の大部分はわかっていません。今年の三月、ジャワにいる我々の捜査官から報告がありました。かなりの量がオランダに密輸されようとしていると。現場を押さえるため、周到な監視が置かれました。のちにそれは特定のK・L・Mの航空便によってアムステルダムに運ばれることがわかりました。それで、飛行機がスキポールに着いたとき、乗客、乗組員、荷物、すべて調べることになったのです――ただし、考古学の標本の入ったケースは除くということで。つまり、グレヴィル・ターナー博士の荷物です。あの方の功績は充分我々の耳にも届いておりましたから」

「当然の権利だ」トーレンが言った。

「いずれにしても、五箱のうち、四箱は直接国立博物館へ運ばれ、すぐに調査が行われました。五番目の箱はターナー博士の所有物として残り、これがかなり厄介な問題を引き起こしたのです」ファン・レンクムは渋い顔で袖口を見つめ、模様が彫られた銀のカフスボタンに触れた。「次の策を講じる前に再びバタヴィアに電報を打ち、ある確証を得ました。その情報によると、アヘンは間違いなく飛行機に乗せられたということでした。そこで、トーレン警部と他の警察官がターナー博士のホテルに出向き、状況を説明し、五番目の箱を開ける許可を取ろうとしたのです。ターナー博士はこれを拒否しました」

僕はトーレンを見つめた。「拒否した？」

「そうです。彼は――疑いをかけられたことに対し、かなり立腹されていました。容疑者扱いされるとは侮辱だと。私は説明しました。容疑者扱いではなく、ただ状況をはっきりさせたいだけだと。不正売買を取り締まるのは我々の義務だということも。どうしてもそうせざるを得ないと言っても彼は同意しませんでした。そこで、我々は強い態度に出ました。オランダの法律により、彼の所持品を調べる権限を得ていましたからね。彼はしぶしぶ承諾し、ようやく箱を開けました。中に大量のアヘンが入っていたのです」

僕はグラスを手にとった。水は残ってなかった。もっとも今欲しいのは水ではなかったが。

トーレンが言った。「ときに警察の業務は困難を極めます。即座に判断し、結論を出さなければならないのです。ターナー博士に会ったのはそのときが初めてでしたが、お会いしてすぐに評判通りの方だと思いました。そして、まさかと思いましたよ。しかし、まさかと思う前にやらざるを得ないことがしばしばあるのです。事実と証拠、それがすべてです。そして、目の前に紛れもない証拠がある。我々がアヘンを見つけたとき、ターナー博士は青ざめ、とても憤慨しておられました。彼は言いました、アヘンのことも、どうやってケースに入ったのかも、まったく知らないと。そして、そこに入っているはずのものがなくなっているのに対し、怒りをあらわにしておられました。何か手違いがあったのだと。しかし、どうやってその手違いが生じたかはお話しされなかった。私が説明を求めると、彼は言いました。英国大使館と連絡が取れるまではなにも語らないと。私はそれに同意し、ファン・レンクムに電話を入れ、アヘンの処置を頼みました。でも、そこで私は憂慮すべき間違いを犯してしまった。彼をそのままそこに残してきたのです」

ファン・レンクムはカフスボタンから手を離した。「もし、我々が彼を通常の犯罪者のように扱っていたなら彼はまだ生きていたでしょう――しかし我々はそれはできないと感じました。彼の目覚ましい功績、オランダとの関係……よく考える時間を与えるべきだと思ったのです。もしかして自供されるかもしれない。そして他にもなにか貴重な情報が得られるかもしれないと。それともご自分で行動を起こし、事態がうまく収まるのかもしれないと。ターナー博士の行動を監視するため、一人見張りをつけました。それから、ターナー博士にはジャワからの同行者がいましたので、その人物に話を聞くため二人の男を派遣しました。残念ながらその男はホテルにはいませんでしたが。そのまま姿をくらまし、旅行鞄も残されたままでした。さらに不運は続き、その夜、ターナー博士は監視の目を逃れ、外出されたのです。次の朝にはもう手遅れになっていました」

「つまり、こう言いたいのですか？」僕は言った。「兄は自殺によって、自分の犯した罪に決着をつけたと？」

ファン・レンクムの顔には、苦痛の表情が浮かんでいた。「もしも我々がそのように考えていたら、ターナー博士の奥様にも、あなたにも、事実を隠したり、弁明したりする必要はなかったでしょう。我々は敢えて判断を控えることにしたのです」

ボルスが体にまわってきた。胃が焼け付くように熱く、偽りの力が満ちてゆく。

ファン・レンクムが言った。「確信のない限り、優れた学者に罪を負わせることなどできません。我々の信用にも関わります。結果的には部下がジャカルタから持ち帰った情報とここで得た証拠により、また別の事実が浮かび上がってきました」

「バッキンガムの仕業ですね？」

「そうです。アヘンのジャワでの供給源とここでの窓口も摑みました。先週摘発が行われ、組織のボスも連行しました。かなり手間取りましたがね。あなたも会ったことのあるヨデンブリーという男です。しかし、おそらく――」

「ヨデンブリー」僕は呟いた。「彼を逮捕したと……」

「はい。来月の公判に出廷する予定です。我々は有罪を確信しています。ターナー博士はすべてを知った上でバッキンガムを助けようとしたのかもしれません――いくつかの事実がそれを示しています。ケースを開けるのを拒絶したこと、ヨデンブリーのアジトがあるデ・ヴァレッチェへ向かったこと。しかし、全体的に見ると、やはり彼は最後まで騙されていたのかもしれません」

僕は煙草を揉み消した。トーレンの葉巻は先端が長く白い灰になっていた。

僕は言った。「それでは、なぜ兄が――自殺したのだとお考えですか？」

「それは有罪だったからではなく、おそらく自分の無実を証明できるものがなにもなかったからです。耐え難い状況に直面し、悪評や恥辱や逮捕、そういったものから唯一逃れる方法を選んだのでしょう」

長い沈黙が流れた。椅子をうしろへ引いたまま、僕は立ち上がろうとしなかった。通りでは路面電車がガタガタと騒がしい音を立てていた。

僕は言った。「自ら命を絶つことによって有罪の可能性はさらに強まった。それなのに、あなたちはわざわざその事実に疑いを投げかけ、兄が無実だと信じるのですか?」

「そうです。今ではそれが真実だと確信しています」

「しかし、なぜ兄はそのとき、もっと理論的に考えられなかったのでしょう」

ファン・レンクムが言った。「後になって考えるのは簡単です。口で言うのも簡単でしょう。自分だったらそんな風にしなかっただろうと。しかし、事態に直面しているときは警察がどこまで真実に近づけるかなど気がつかないのは当然です。また、仮に我々がそう言ったとしても、無罪の判決になるとは限らない。証明できない限りは――。そのような場合、どう自分を弁護しようとも泥をかぶるのは免れない。後からどう証明しようとも手遅れです」

トーレンは、葉巻を灰皿の方へ動かしたが、既に遅かった。白い灰のシャワーが、舞台に降る粉雪のようにカーペットに舞い散った。彼はずっと僕を見つめていた。厄介な患者を見る医者のように。

「どんなに理解し難いか、わかっています」彼は言った。「あなたの失望も。しかし、お伝えするのが私の義務です」

「グレヴィルは英国大使館に電話を入れたんですか?」

「いいえ」

「それに、バッキンガムは？　手掛かりは摑めたのですか？」

「いえ」ファン・レンクムが言った。「その問題は未解決のままなのです。できるだけの情報を英国警察に提供しました。彼らの捜査に役立つように」

トーレンが言った。「で、あなたは？　ミスター・ターナー。ご自身の捜査の進展は？」

彼と目が合った。それまでになく鋭い視線だった。「今ある証拠だけで――もし彼が海外にいる場合――バッキンガムを本国に送還する手続きは取れますか？」

「ええ、彼の身元さえ確認できたら。しかし、それは非常に難しいでしょうな」

第十七章

　翌日のナポリ行きの便はなかった。代案として三時十五分発ローマ行きの便があり、僕はそれに乗ることにした。そうすると、午前中アーレンスに会う時間ができる。いずれにしても急いでイタリアに帰る気力は失せていた。

　アムステルダムの夜、僕は遅くまで道路わきのカフェでコーヒーを飲んでいた。祝宴か記念祭が行われていたもようで通りは飾り立てられ、いつもより人出が多かった。素朴で感じの良い人々、真っ当に生きる人々が押し合いへし合い僕の前を通り過ぎてゆく。賑やかで魅力的だが、どこか田舎じみた町。ここが果たしてあの『小さな壁』と呼ばれる地区と同じ町なのだろうか。今ここにいる人々が、その存在を知っているとは考えられなかった。到底グレヴィルが知っていたとも思えない。

　僕はまだ、すべてに納得したわけではなかった。ナイフが突き刺さったまま傷口が凍りついているような気分だった。傷ついた場所がどこなのか、手足なのか臓器なのか、識別すらできない——それは体の外側全部でもあり、そしてまた内側全部とも言えた。

　すべてがどんな意味をもつのか、何度か向き合おうとしたが、まだ早過ぎたようだ。僕は判断力を失っていた。真夜中を過ぎ、カフェが閉まる時間になると、立ち上がって歩きはじめた。二時間以上ものあいだ町をさまよい歩いた。ようやくホテルに戻ったときは足がくたびれ、喉は渇き、煙草の吸い過ぎで口の中が苦かった。ベッドに横たわり、朝を待った。

六時頃目が覚め、バスルームを探した――こんなきれいな町のホテルに充分な数のバスルームがないとは、なんとも奇妙だ――顔を洗い、髭をそったあと、再び明かりを点けてグレヴィルの日記の最後を読み始めた。期待していた通り、バッキンガムについての記述で終わっていた。

『二日間を山で過ごし、戻ってきた。山の空気を吸ったのはいい気晴らしになった。J・Bに誘ってもらってよかった。林の向こうで一晩野宿をした。すっかり聞きなれた虫の合唱が始まると、日没後の静けさがさらに際立った。永遠に続くしんとした静けさ。山から戻って来る途中、J・Bが甲虫を捕まえた。その名をカルコソーマ・アトラスだと教えてくれた。まったくいつもながら奇妙なことをいろいろ知っているものだ。数日かけてボロブドゥール遺跡まで行ってみようとJ・Bに誘われた――もちろん、そうしたかったが、無理な話だった。ここに来てもうかなりの日数を費やしている。もし、来年また戻ってくるようなら、ぜひJ・Bも誘ってみよう』

『彼も一緒に帰国することになった。秋にマッシーのもとでユーフラテス川の発掘調査が行われる。その仕事を紹介すると約束した。彼の能力からすれば、取るに足りない仕事かもしれないが、手始めとしては充分だろう。今までのようにわけのわからぬものに首を突っ込むよりはずっといい。彼と別れたあとはしばらくさびしくなるだろう。彼との交流は僕にとって一つの挑戦であり、刺激であり、かなり強烈な気分転換でもあった。今回のような仕事においては申し分のない伴侶だ。対極的な彼の魅力が余計僕の心を引きつけたのだろう』

そこで終わっていた。それですべてだった。単に発掘の記録として残されたノートだが、その中のマーティン・コクソンについての長い記述はおそらくより多くのことを示唆しているのだろう。一心不乱に仕事に取り組むグレヴィルの姿は友人たちの間でもお決まりのジョークとされていた。

十一時にアーレンスと会った。僕にとってはあまり意味がないことだった。証言に信憑性が加わり、動かし難い事実となっただけだ。ライツェ広場への道すがら、飛行機で読もうと何冊か雑誌を買った。しかし、無駄な出費だったようだ。空にいても僕の頭の中は地上となんら変わりない。僕は自分自身に言い続けた。マーティン・コクソンはグレヴィルを殺していない。誰も殺してはいない。グレヴィルは自殺したのだ。自殺したのだ。僕は自分自身に言い続けなくてはならなかった。そうすれば、やがてはそれが真実だと思えるだろう。僕にとっては今やそれがすべてだった。

飛行機でアルプスを越えるとき、いつもSF映画の『オペレーション・ムーン』を思い出す。山々の頂が連なる中、ひときわ突き出たモンブランの頂上が見えた。山頂に白い輪がかかり、イタリアの喉もとを飾る真珠のネックレスのようだった。（それとも、首吊りのロープか）やがて、オパール・ブルーの地中海、エルバ島の木々に覆われた山々、頂に雪を残したコルシカ島が遥か遠くにうっすら見えてくる。

グレヴィルのノートからバッキンガムの記述だけを抜き取り、手元に持っていた。今一度、それを一気に読み返すことができる。そのやり方でおそらく何かが得られるかと……しかし、読み返してみて唯一重要と思われるのは、二人が精神的挫折について議論していた部分だけだった。『これがもし真実なら、人類はただ絶望の道を歩む他にはないだろう。彼の主張はウィリアム・ジェームズの説を助長するだけだ――受難者は圧倒的な恐怖という要素の中に閉じ込められている、出口も終わりもない囲いの中に――他の概念も感覚も一瞬たりとも存在しない宇宙の中に』

高熱に倒れたあと、すぐに書かれたものだ。その後、後遺症から立ち直るのはどれほど大変だったことか。故郷へ飛び立ったとき、身体的、精神的な健康状態がどれほどのものだったのか、おそらく誰も予想すらできないだろう。

誰一人。おそらくマーティン・コクソンを除いて。

まだ多くが、あまりにも多くのことが漠然としていた。たぶん、これからもこのままだ。グレヴィルが自殺したという事実は永遠に僕の胸に突き刺さったままなのだろう。

ローマでは少し眠ることができた。たぶん、くたくたに疲れていたせいだろう。そしてそのときばかりは、もうそれ以上なにも考えることはないと感じた。考える価値のあるものは――なぜならすべては見せ掛けで低俗、不毛で価値のないもの――どす黒く苦い怒りを増殖させるものだった。

次の日、ナポリ行きの列車に乗り、なんとか午後の船に間に合った。今度は船に見知った顔は一人もいなかった。僕はほっとした。誰とも話したくなかった。島のゴツゴツとした海岸線が近づいて来ると、戻りたくないとさえ感じた。おそらく僕はある意味、今まで直面したことのない自分自身と向き合うことになるだろう。この状態でマーティンに会うのはとても危険かもしれない。

マーティンは出かけていた。一日中留守にしているとのことだった。僕はバルコニーに座ってワインを飲み、雑誌を手に取った。ホテルの外の狭い路地では、安っぽいプリント柄のドレスを着た太った女性がロバにまたがろうとしていた。茶色い顔に金の巻毛の男が笑いをこらえ、その手助けをしている。彼女は真剣そのものだった。ハンチングをかぶり、眼鏡をかけた小さな男も真剣な表情で、ロバの鼻をおさえている。剝き出しとなった肘のまわりの脂肪に皺が寄り、首と顔は赤く皮が剝けている。ひどい有様だった。イギリス人かアメリカ人だろう。今頃、マーティンはどこにいるのだろうか。

どこまで話すべきなのか。なぜ彼は最初の段階で、自分とバッキンガムが結びつくような行動をとったのだろう。イギリス警察の目があるにもかかわらず。おそらく、そういったつもりはなかったのだろう。警察はバッキンガムと同じ頃、彼がパレスチナ沖を密航していることを知り、彼に情報を求めたのかもしれない。そしてマーティンは自分の疑惑をそらすために協力した。

先ほどの女性がようやくロバにまたがり、彼らはよたよたと小道を進み出した。彼女の声が聞こえた。

「気をつけて、カール！　危ない、止めて！」

僕はヴィラ・アトラニへ行ってみることにした。

屋敷に着く前に日は沈み、彼方の空にはまばらに浮かんだ星が瞬いていた。

そこにいたのはシャーロット・ウェーバーとチャールズ・サンバーグだけだった。二人のプライベートな時間を邪魔してしまったような気がした。マダム・ウェーバーが言った。「まあ、約束を守ってくださったのね。よくある話なんですよ、すぐ戻ってくると言いながら次に会うのは十年後、なんて……イギリスはどうでした？」

「アムステルダムです。ええ、まずまずでしたよ。マーティン・コクソンを見ましたか？」

「今朝から見てないな」サンバーグが言った。

マダム・ウェーバーは煙草をもう一本取り出し、シガレット・ホルダーにねじこんだ。火を点けたあと、マッチをジグザグに振りまわし、やがて火はしぶしぶ消えた。彼女は言った。「レオニーは出て行ったわ」

「出て行った？　どこへ？」

「ローマへ。お友達が来ているらしくて、それを聞いた途端、急いで昨日の午後に出て行ったんです。彼女に忠告しましたよ。この暑い中、ヴィットリオ・エマヌエレの像なんか見たって退屈でしょうって。でも、どうしてもと言って。ギンベル、音を立てて嚙むのはおやめなさい。チャールズ、ギンベルを何とかしてくださいな」

サンバーグは犬を足でちょっと突付いた。「君の友人のコクソンは昨日の夕方ここに来たよ。一緒にヨットで夕食をとったんだ。なかなか興味深い人物だね、君の友人は」

「そうですか?」

「今日は釣りに行ったんじゃないかな。埠頭でボートを借りているのを見かけたから。ちょっと失礼、電話をしてくる」彼は立ち上がり、部屋を出て行った。今夜もまた不思議なほど親切だった。考えれば考えるほど不可解だ。

マダム・ウェーバーが言った。「こちらへ座って、お話でもしてらして。わたくしでは物足りないでしょうけど。レオニーはきっと戻ってきますわ」

「なぜ、そう思うんですか?」

「直感です、霊的な。フィリップ、あなたのまわりでどんな不可解なことが起きているのかしら?教えてくださらないのはちょっとじれったいわね」

「彼女は戻ってくると言ったのですか?」

「ちょっとギンベルを足で小突いてくださらない? さっきからなにか探しまわっているみたいなの。ええ、彼女はあなたに伝えてほしいと言ってましたよ。自分は行かなきゃならないけれど、あなたはわかってくれるでしょうって。ギンベルを応接間に入れるんじゃなかったわ」

のね。ごめんなさい」
「そうじゃなかったのかしら？　難しい問題ね。遠隔操作じゃどうにもならないってことありますも
「あなたの責任じゃありません」
「そうならいいですけど。わたくし、ちょうどプルーストを読んでいたのよ。あれは本当に難解です
わ。でも、若い方はぜひ挑戦なさるべきね。フィリップ、あなたの力になれるといいのだけれど」
「そうですね。ありがとうございます」
「ねえ、外の世界の話をしてくださらない？　ぞっとするようなお話はいやよ。お友達のマーティ
ン・コクソンさんはとても魅力的な方ね。あの憂いのある黒い瞳。吸い込まれそうよ」
「彼女はローマのアドレスを置いていきましたか？」
「女性にとっては危険な男性ね、ハーメルンの笛吹き男みたいに。女性は神秘的なものに惹かれるも
のよ、いくつになっても。彼女はなにも残していかなかったわ、フィリップ。あとで手紙を書くと言
って。あら、ジェーンとニコロが戻ってきたのかしら？」
ジェーンとニコロではなく、マドモアゼル・ヘンリオットだった。僕はディナーの誘いを断り、そ
の場をあとにした。新たな問題について考えなければならなかった。レオニーが出て行った今（逃げ
たのだろうか？）、この問題に取り組む新たな頭脳が必要だった——的確に真相を見抜く客観的な頭
脳が。厄介なのは、初めて本気で人を好きになった男の不安定な感情が、ここに来て暴走しはじめて
いることだ。自分を見失ってはいけない。明確な忠義のもとに行動すべきだ——すべてを混同しては
いけない——しかし、この感情は目的の焦点をぼやかし、判断力を狂わせていた。今こそ客観性と冷

静さが必要だと言うのに。

　ホールでサンバーグが電話をしていた。僕が通りかかると電話を切り、声をかけてきた。「もう行くのかい？　一杯どうだい？」

「ありがとうございます。でも、今頃コクソンが待っているかもしれないので」

　彼は例の鋭い視線を僕に向けた。「レオニーが行ってしまって残念だったね」

「そうですね」このことについて彼と話したくなかった。

「君が旅立つ前に彼女は何も話さなかったのかい？」

　僕はドアの前で立ち止まった。「正直、あなたのことがよく理解できないんです。三、四日前までは僕のことを邪魔者のように扱っていたじゃないですか？　確かに僕はあなたにつきまとっていました。そのことについては謝ります。でも、あなたに言い訳するつもりもありません。今になって……僕に対する嫌がらせを中止したようですが。なぜあなたが変わったのか、まったくもって理解に苦しみます」

　彼は電話の入っていた小さなキャビネットの扉を閉め、ドアのところまでやってきた。ドアに手をかけ、夕闇が覆う外の世界を眺める。「はっきり言ってくれてよかったよ。こちらとしても話すつもりだったんだ。火曜日にレオニーが少し君について教えてくれたんだ。なぜ君がここに来たかを。すべてを理解したわけではないが、少なくとも自分の判断が間違っていたことは、はっきりした」

「僕はまだはっきりしません。間違っていたとはどういうことですか？」

　彼は口元に笑みをたたえた。牧羊神のようだが、どこかぞっとする形相だ。「私はシャーロット・ウェーバーの古い友人でね。二十年前、まだ彼女が充分美しかった頃、違った意味での友人だった。

彼女には、しばしば助けてもらったよ。たまには借りを返しているがね」彼は肩をすくめた。「しかし、彼女は騙されやすい人間でね。何度も結婚したのもそのせいだよ。なんという過ちか。それによく偽者に利用されるんだ。インチキ審美家や素人芸術家に。彼女は確かに誰に対してもとても心が広い。しかしそういう問題じゃない。彼女が口のうまい詐欺師に騙されるのを何度も見てきた……たくさんの人間がカプリにやってくる……なぜなら彼女は金持ちで寛大だ……今も一人そういった輩が居座っている――恥ずかしながら私と同じイタリア人で――」

「ダ・コッサのことですか？」

彼は頷いた。「あいつはもう一年ほども彼女を食いものにしている。彼女は大抵私の忠告には耳を傾けるが、友人のこととなると話は別なんだ。私が嫉妬しているだけだと言って喧嘩になる」

「そして、僕のこともそういった一人だと思ったんですね？」

「驚いたかね？　これ以上もないほど陳腐な方法だと思ったんだ。無理やり口実をつくって近づいてきて画家であることをほのめかし、そして見え見えのお世辞……君のホテルを調べたところ、なんと偽名まで使って、ほとんど犯罪まがいの行為だ」

「すいません。でも、絵は本当に描きます」

「ああ、もちろん。それはわかっているよ、今となっては」

僕らは外へ出て、しばし階段にたたずみ、静かな夜の吐息に耳を澄ました。

僕は言った。「初めてあなたに会ったとき、ダ・コッサは特別な友人なのかと思いました」

「それで君は、僕に嫌悪感を持ったのかね？」

「いいえ……違うんです……あなたのように簡単には説明できませんが」

「たとえ正当な理由がないにしても大目に見るよ」

定期船がナポリ湾に入ってきた。望遠鏡で見る銀河系のように煌めきを放ちながら。

僕は言った。「いつかダ・コッサに頼んでみるといいですよ。ファラグリオニ・ロックスのようなパステル画を描いてほしいと」

「なぜだい？」

「なぜなら彼はあれを描いてないからです。あの絵もインチキってことですよ」

サンバーグは一段低い所に立っていたが、振り返り、こちらを見た。「本当かい？　なぜそんなにはっきり言い切れるのかね？」

「実際に絵を描いているところを見たからです。ヨットを操縦できるかどうかは実際にその現場を見てみないとわからないでしょう、それと同じです」

一緒に門まで歩いた。彼はなにか考え込んでいる。

「君は——レオニー・ウィンターに関心があるようだね？」

なぜか今では、あからさまな質問も気にならなかった。「ええ、そうです」

彼は門を開けた。「彼女はローマには行ってないよ」

「それじゃあ、どこに？」

「ポルターノという所にいる。アマルフィの丘の上にある村だよ」

「なぜそこへ？」

「君は知っているものと思っていたよ。私にはどうもはっきりしないんだ」

「彼女があなたに教えたんですか？」

「いや。彼女は昨日の午後の船に乗ったんだ。たまたまそこの船長から聞いたんだよ、彼女がソレントで降りたと。ローマへ行くのにソレントで降りるはずがないだろう？　それから先は簡単さ。あの辺には知り合いがたくさんいるからね」

僕はそのとき思った。サンバーグは敵にまわすと手ごわいが、とても役に立つ友人にもなり得ると。

「マダム・ウェーバーは知っているのですか？」

「ああ、もちろん。レオニーは彼女の別荘の一つに滞在している」

「彼女の別荘に？」

「あそこに彼女の所有地があるんだよ。一緒にアマルフィに行ったときのこと、覚えているだろう。我々はそこの用事で出かけたんだ。小さな家やフラットが何軒かあってね」

僕は何も言わなかった。

少し経ってから、彼は言った。「わかっていると思うが、マダム・ウェーバーはなにも悪意をもってそうしたわけではないんだ。これは私の推測だが、レオニーは数日、島から離れなきゃならない事情があった。そしてシャーロットに助けを求めた。シャーロットに秘密にしてほしいと頼んだのだろう。私にも言わないようにと」

「彼女の滞在先を知っていますか？　どうやって探せばいいでしょう？」

暗闇の中、彼が微笑んだような気がした。「サン・ステファァノ広場、十五番地だ。簡単だよ、ポルターノには広場と大聖堂しかないからね。ポルターノさえ見つければ、他に探す必要は何もない」

コクソンはまだ戻っていなかった。僕は夕食をとり、彼を待った。この数日のあいだに知った様々な事柄がずっと頭の中を駆け巡っていた。なぜ、レオニーは出て行ったのか。僕はどうすべきなのか。一つの図案が浮かび上がってくる。でも、僕はどうしてもそれを打ち消したかった。服を脱ぎ、ベッドに横たわった。煙草を吸い、ソアーヴェを飲みながら隣の部屋から足音が聞こえないかと耳をそばだてる。

気分を変え、グレヴィルのことを思い出そうとした。しかし、なぜか今は彼の面影が僕の中で薄れていた。グレヴィルの顔をなんとか思い出そうとした。写真でもあれば、ぼんやりと輪郭が浮かび上がってくるだろうに。やがて僕の心は、一九四二年へと、海軍に入る少し前、グレヴィルに会いに行ったあの日へと引き戻されていった。兄はちょうど科学者としての職を辞して、英国特殊部隊に入ろうとしていた――それは今までにない選択だった。兄は晴れ晴れとしていた。まるで背中の重荷を下ろしたように――と同時に、少しはがゆい思いもしていたようだ。科学者という仕事の中身も知らぬ友人が、彼の決意を愛国心に駆られた安易な行動と見なしていたからだ。兄はまだ二十八という若さだったため、呑気に裏方におさまるのではなく、崇高な決断を下したのだろうと彼らは噂した。それに対し、兄はこう言っていた。「確かに愛国心はある。国王にも国にも忠誠を尽くしているつもりだ。いずれにせよ、どうして愛国心を持たずにいられよう？　まさに敵を目の前にしながら。でも、どちらかと言えば、これは非愛国心的な行動だよ――まったくもって――なぜなら個人への忠誠心に由来するものだからさ――自分自身、そして自分の信じるものへの。誓って言うよ、これはただのジェスチャーなんかじゃない。そして、勇気ある行いでも自己犠牲でもない。そもそも、そう言ったレッテルを貼ろうとするなんて馬鹿げている。高貴な行いだの、ジェスチャーだの。こう決断を下したからといって僕は善人でも悪人でもない。以前のままの僕だ。己の心を知らず、善悪の区別もつかないようなら、それはまったくの無知ってことさ」

グレヴィルはアムステルダムでのあの最後の瞬間、本当に自分の心をわかっていたのだろうか。そう言えば、ルイ・ヨアヒム伯爵も同じようなことに繰り返し言及していた。僕はよく理解できなかったが、突然、その言葉がよみがえってきた。「彼はいつだって不可能と思われることに取り組んできた。彼のような人間がなぜ、こんな最期に甘んじたのか？　ことの発端はなんだったのか？　普通の男だったら危険を覚悟でなにかを始める勇気も、いっそ終わりにする勇気もないだろう。高い理想があるがゆえに実直であるがゆえに妥協するような精神的曖昧さを許すことができないんだ。できないし、しようとも思わないだろう。突き進むか、死を選ぶか――後戻りなどあり得ない」

結局、ルイ・ヨアヒムは誰よりもグレヴィルを理解していたということなのか？

思いを巡らしていると、隣の部屋で物音がした。彼が――詳細はどうであれ、間違いなくグレヴィルの死と直接関わりのある人物が――隣の部屋に戻って来た。


数分後、戸口に立っている彼を見て、実際は生粋の水兵ではないことをしばし忘れていた。青い水夫のシャツ、機敏な身のこなし、部下を持つ人間特有の落ち着いた雰囲気。そして、まもなく思い出したのは、日に当たったこともないような青白い引き締まった顔や第十二王朝時代のエジプト人を思わせる細長くエレガントな頬骨、ハンサムで野性的な瞳。彼は少し飲んできたようだ。珍しく目にそれがあらわれていた。

「で、どうだった？」彼が訊いた。

「遅くまで出かけていたんですね」僕は言った。「楽しかったですか？」

「かなりね。明日まで帰って来ないと思ってたよ。それで、良い知らせ、悪い知らせ、どっちだい？」

僕は彼の目を覗き込んだ。かなり無理をしているようだ。その大げさな口調から、興味があるふりをしているだけだとすぐにわかった。「あなたにとってどちらなのか、僕にはわかりませんが」

僕の声はいつもより張り詰めていた。彼はバルコニーの方へ歩いてゆき、煙草に火を点けた。

「グレヴィルが運河に飛び込むところを見たと言う、もう一人の目撃情報がありました。信憑性は高いと思います。その目撃者にも会ってきました。それが今回の目玉ですね。それから麻薬の密輸に関する話も聞かされました」僕は詳細を話した。長く話し続ければ、その分長く自分の感情も隠し続けることができるような気がした。

話し終えると、彼が言った。「そうか——結局はそういうことか……」

「そうです。僕の——いや、僕達の直感は間違っていたようです」

彼はマッチを外へ放り、ポケットに手を入れ、しばらく佇んでいた。戸口をふさぐ広い肩幅。僕は黙って彼を見つめた。

「それで、君はどう思っているんだい？」

「ひどく怒りを感じています」

「誰に対して？」

「おもに自分自身に対してですね。僕は絶対的な信念とでも言うべきものにずっとしがみついてきた。それがすべて消えてなくなりました。グレヴィルが殺されたのでなければ、探すほど価値のあるものなどもうなにもありません」

「それじゃ、これからどうするつもりだい？」

「すべて断念しますよ。終わったんです、マーティン。もう済んだことです。幕引きです」

彼は振り向いた。「ある感情をあまりにも長く引き摺っていると、行き詰まり、嫌気がさしてくるものさ」

「このボトル、開けてしまいたいんですけど、いかがですか？」

彼は厳しい顔で首を横に振った。「バッキンガムを探すのも、あきらめるつもりかい？」

「見つかる可能性など、どこにあるんですか？　ほとんど皆無ですよ」

「ヴィラ・アトラニへは行ってみたかい？」

「ええ。レオニーはローマに発ったと聞きました」

「彼女は昨日出発したよ。いなくなるまで知らなかったんだ。止めることはできなかったが、追うことはできたかもしれないな」彼は葉巻の端を見つめていた。口を引き結び、つらそうな表情で。「再び彼女に会えるかどうか」

「彼女はバッキンガムのもとへ帰ったと？」

「……そうだ」

僕はもう少しワインを飲んだ。彼は部屋の中央に煮え切らない様子で立っている。「グレヴィルのことは残念だったな」不意に彼は言った。「本当に残念だよ。君にとってそれがどんなに大切なことか、わかっていたからね」

彼が酔っていたせいもあるだろうが、過剰な演技としか思えなかった。口先だけの同情は僕にとってかえって毒のようなものだ。

「今日はなにをしていたんですか？　新種の魚でも捕まえましたか？」

「釣った魚はほとんど船主にあげてしまったよ。でも、よさそうなのは何匹か下にいるシニョーラのために持って帰ってきたから、朝食に出てくるだろう。心配には及ばない」

「一日中、外出していたんですか？」

「十一時頃からかな。なにもすることがなかったんでね。君の金と時間を無駄にして申し訳ないが。グレヴィルのことだが——」

「明日、僕もボートを借りようかと思っているんです。今日の食事はどうされたんですか？」

彼は一瞬ためらった。「ああ、途中アマルフィに船を泊めたんだ。そこで食事をして、ちょっと散歩をした。なかなかいい所だったよ。行ったことあるかい？」

「ええ、あります」胸に刺すような痛みを感じた。彼を見て、その表情から僕は確信した。彼は今日一日、レオニーと過ごしたんだ。聞かなくてもわかりきったことだった。そして、レオニーは彼のもとへ戻ったのだ。


彼が出て行き、僕は再びベッドに腰を下ろした。彼の煙草の灰が白いピラミッドとなって灰皿に残っていた。匂いもまだ部屋中に漂っている。僕は立ち上がり、灰皿の中身を庭に捨てた。ベッドに戻り、煙草に火を点ける。手が少し震えていた。自分がなにをしようとしているのか、もうわかっていた。

部屋を出て、廊下を抜け、ロビーへ入って行く。隅に電話ボックスがあった。ヴィラ・アトラニを呼び出す。遅くはなかったようだ。サンバーグはまだそこにいた。

「こんな時間にすいません。確かこの前、必要なときにモーターボートを貸してくださるとおっしゃっていましたね？」

「もちろん、いつ使うんだい？」

「できれば、明日――明日の朝。釣りに行こうと思ってるんです。もし、使う予定がないのであれば」

「あのボートは友人に使ってもらうためにあるようなものさ。アーネストがヨットに乗っているはずだから、もし、先に着くようであれば、私の許可を取っていると彼に言えばいい」

「ありがとうございます……一匹くらいは釣れたらいいのですが」

「それはまた、随分と謙虚だな」

「そうでもないんです」

一瞬、間があいた。「なるほど、訳ありってことか」

「詮索されないのはありがたいです」

「好奇心がないわけじゃないがね……慎重なだけさ。そう言えば、今夜、ダ・コッサが来たから絵のことを訊いてみたよ」

「それで？」

「まあ、弱みを握ってやったから、せいぜいじっくり利用させてもらうよ。大いに楽しみだ」

「幸運を祈ります」

「君もね」彼は言った。

部屋に戻り、再び着替える。セーターにデニムのスラックス、履き慣れたテニス・シューズ。じっと座り、彼の部屋の電気が消えるまでひたすら待った。そして、消えてからもさらに三十分様子を見た。

階段を使って下りる必要はなかった。先日、洞窟へ行ったときも、バルコニーをよじ登り、前庭を通って出て行った。今夜も同じ方法を取ればいい。

ピッコロ・マリーナに着いたのは午前二時頃だった。月は出ていなかったが、灯火に照らされ、湾に錨をおろしたヨットが見えた。一応泳ぐ準備をしてきたが、その必要はなかったようだ。小さなボートが誰かに盗んでくださいと言わんばかりに埠頭に横付けされている。マダム・ウェーバーも言っていた。人のものをちょいと失敬するくらいはカプリじゃ犯罪のうちに入らないと。

ヨットの明かりは点いていなかった。すべてをチェックし、目的を果たすのに十分もかからなかった。

再び宿に戻り、ベッドに入った。熟睡はできなかったが、やがて、うとうとと眠りに落ちていった。悪夢一つ見ることもなく。たぶん悪夢は息をひそめ、明日の出番を待っているのだ。

第十八章

僕らは、マーティンのバルコニーで朝食をとった。彼はなんとなく、いつもと違った様子だった。必要以上にピリピリして無口で暗い目をしていた。

食事を終える頃、僕は話を切りだした。「サンバーグが今日、ボートを貸してくれることになっているんです。それで、ファラリオーニの岩礁まで行ってみようかと」

「ただの岩場だと思うがね」

「ええ、でも、青いトカゲがいるって話を聞いたんで」

「どこの代物かわからんが、スコッチでも飲んでた方がよさそうだな」

「どうせ帰るまでたいしてすることもないですよ。レオニーが戻ってくるかもしれないので、長く留守にするつもりはありません。一緒に来ませんか？」

彼はしばらく黙って食事を続けた。虚ろな瞳で青い水平線を見つめている。いい天気だったが、少し霧がかかっていた。「私はそうは思わないよ、フィリップ」

「問題でも？」

「問題？　なにも」

「元気がないみたいですね」

「そんなことないさ」

「時間を無駄にしたと思っているのでは？」

「そんなこと、私が思うはずないだろう」

僕は言った。「あまり、すっきりした気分ではないんです」

「わかるよ、フィリップ。君がどんな気持ちか」

わかる？　いったいなにを？

マーティンをどうにか誘いだし、十一時頃浜辺へ降りていった。遅くなってもいいようにサンドウィッチも買った。サンバーグはいなかったが、先に立ち寄ったようだ。アーネストがボートについて必要なことを教えてくれた。エンジンを始動させ、船はそびえ立つ崖からゆっくりと離れていった。ジェーンが浜辺から大きくゆっくりと手を振っていた。

この時期にしては珍しく暑かった。ヤカンから出る蒸気のように霧が妙な具合に立ち込めていた。まもなく、海上にとどまっていた白い霧が四方へと流れはじめた。と、大きな白いしぶきを描きながら、スピードボートがあらわれた。立ち込める霧のなか、快調な唸りを上げてやってくる。そしてあっという間に彼方へと消えていった。この霧で手漕ぎボートじゃかなり苦戦するだろう——僕はそんなことを考えていた。遠くに何艘かの釣り舟が見えた。さらに向こう側では、二艘の沿岸航路船が湾を出て行くところだった。

マーティンは、青いTシャツとリネンのズボンを履き、船の舳先（へさき）に腰を下ろしている。操縦を代わると言ってきたが、これは僕の仕事だと言い張り断った。彼は特になにも言い返さず、船底にあった釣糸を解きはじめた。目に入りそうになる煙草の灰に何度も顔をしかめながら。

しばらくすると顔をあげ、彼は言った。「岩場に行くには随分遠回りをしているようだが」

「まだ、そこには向かってませんよ。時間は充分ありますからね」

彼は言った。「いいさ、かまわないよ、君が船長だ」

エンジンがパチパチと音を立てた。一旦止め、慣れない手付きであれこれ調子を探ってみた。トラブルはなんとしても避けたい。

「レオニーが突然出て行ったなんて、どうしても腑に落ちないんです」僕は言った。

「そうだろうか？　当然、予測すべきことだと思ったよ」

「彼女はバッキンガムと一緒だと、昨日言ってましたね？」

「ああ、その可能性は強いね」

「でも彼女は彼から逃れるためにオランダを去ったんです」

「彼女がそう言ったのかい？」

「彼女の残した手紙が、それを証明しています」

彼はロープの端を手元に引き寄せ、輪を解いた。

「たぶん女性は、バッキンガムのような男をなかなか忘れることができないのさ」

「そのことについて、何度も考えていました」

「なにについて？」

「なぜ多くの女性が、インチキな悪党に対してそんな愚かな感情を抱くのか」

「なぜなら君が悪と呼ぶものは、大抵善よりも魅力的だからさ」

船は快調な音を立て、入り江に近づいていった。振り返りはしなかったが、視界の端に岩山が見えた。あれが目印になるはずだ。

「グレヴィルのことで改めて思うことがあるんです」

「驚いたな。すべて解決したものと思っていたよ。他になにがあるんだい？」

「ずっとわからなかったんです。もし、グレヴィルが潔白だったのなら、警察がホテルに来たとき、なぜ要求に応じなかったのか。果たしてそのことを予知していたのかどうか、疑問でした。でも、今は思うんです。警察が来たときには心の奥底にかすかな予感を抱いていたはずです——おそらく木箱に関してバッキンガムの様子がおかしかったか、それともジャワで噂を聞いたとか、空港の係がなにか言っていたとか——疑惑の破片がやがて一つになって突如気づいたのでしょう。梱包したケースの中に標本と一緒になにが入っているかを。それで、その瞬間、グレヴィルはすべてを隠そうとした。バッキンガムのために。罪を許そうとはしなかったが、逮捕を免れるように取り計らった。友情のために。我が身のことなどなにも考えずに」

「素晴らしい想像力だ」

「全部が想像というわけではありません。グレヴィルが日記をつけていたのはご存知でしたか？」

彼は自分の腕を掻き、その部分をじっと見つめ、充分時間を取ってから答えた。「いや」

「ちゃんとした日記ではありません——仕事のことが書かれたメモです。でも、グレヴィルの頭の中は、その男のことでいっぱいだったようで……内容をつなぎ合わせるといろいろ見えてきたんです。グレヴィルはバッキンガムのことを非常に優れた人物だと見ていた。ただ道を間違えてしまっただけだと。自分が裏切られたとわかったときでさえ、彼をまだ庇うつもりでいたようです。友情のため。そして深い忠誠心とお互いの信頼関係のために」

「まるで、すべて知り尽くしたような口調だな」

「すべてではありません。警察が出て行ったあと、なにがあったかは知りません。バッキンガムはなんらかの方法で警察が来たことを嗅ぎつけたのではないでしょうか——おそらく彼らが出て行くまでホテルを見張っていたとか。そして公衆電話から電話をかけ、なにがあったかを聞き出した。グレヴィルがひどく憤慨していることを知り、その夜、デ・ヴァレッチェの橋の上に呼び出した。そして、そこで初めてグレヴィルは気がついた。大変なことに巻き込まれたと。バッキンガムに無残にも裏切られ、見事にはめられたと。グレヴィルは真っ向から事態と向き合うことができず、自殺した」

マーティンは釣糸を投げ下ろした。「なぜだい?」冷たく彼は言い放った。

「なにがですか?」

「だから、なぜなのかって訊いているのさ。運河に飛び込む『正当な動機』を君はなにひとつ説明していないだろう」

僕は彼を見つめた。彼は煙草をもう一本取り出し、半分になった吸差しから火を点けた。

僕は言った。「ある種の動機と言えるものはあります。志の高い人間は落ちるときはどこまでも落ちてゆきます。自殺なんてどう考えても狂気の沙汰ですが」

彼は吸差しの煙草を海に放り投げ、それが船尾の方へ流れて行くのを見守った。「その通りだな、君のお兄さんは狂信的信者で、ユーモアのかけらもなく、平衡感覚も鈍いってことだ。カーキのズボンに日よけ眼鏡をかけた聖テレサだ。それとも自分の罪に苦しむ聖ヨハネか。もっと早く気づくべきだったな。そうすればなにも面倒なことはなかった」

「なにを嘆く必要があるんですか? グレヴィルが運河に飛び込んだことによって、あなたは随分と面倒なことから逃れられたじゃないですか」

彼は手にしていた煙草をゆっくりと曲げ、真っ二つに折った。真っ白い紙と粉々になった煙草が海に落ちてゆく。力を込めた彼の腕に筋が浮きあがった。顔には、はっきりとした変化は見られなかったが、ただ骨格がより鋭く、こめかみの窪みがより深くなったように感じられた。

「いつ、わかったんだい？」彼は言った。

「火曜日に届いたパンガルの手紙です」

「その前には――」

「ええ、なんとなく。直感です、ただの」

「いつだい？」

「最初に会ったときです。あなたの自宅のテーブルに葉巻の缶があった。エル・トロの」

「どうしてそれが？」

「あれはハパートのクラーセン社のものです。グレヴィルがいつも吸っていました。グレヴィルからもらったんですね？」

「ああ」

「イギリスでは手に入らないはずです」

彼は陸を見つめ、僕を見つめ、輝く海に目を馳せた。事態を把握しようとしていた。「それじゃ一緒にオランダに行くと言ったときは驚いただろう」

「もしも、あなたがなんらかの形で関わっていたのなら、僕がなにか探り出すのを恐れるだろうと思ったんです。でも、今考えると、あなたはなにも恐れてはいなかった」

彼は冷酷な顔で僕を見た。「ああ、なにひとつな」

「じゃあ、なぜ来たんですか?」

「君には関係ないだろう」

「レオニーを探すためですね?」

彼は肩をすくめた。「彼女は黙って姿を消した――僕が知る限りでは、一言も残さずに。なにが起こったのかわからなかった。イギリスに戻り、彼女の母親に会いに行ったが、居場所を教えてもらえなかった」

「あなたは、たった一日でアムステルダムを去ったじゃないですか。迂闊でしたね」

「男がジャワから戻ってくると聞いて、そろそろ姿を消すべきだと思ったのさ。それから――ヨデンブリーとのいざこざのあと――あいつが密告するんじゃないかと警戒したんだよ」

日差しが照りつける中、僕らはしばし口を閉ざし、座っていた。先ほどのスピードボートはさんざん遊びまわったあと、ナポリの方へ消えていった。警戒心をあらわに二人は見つめ合った。

僕は言った。「デ・ヴァレッチェでの茶番劇にはすっかり騙されましたね。あのときは自分の直感が間違っていたのだと思いましたが」

「茶番って何のことだい?」

「あなたがさっき言ったヨデンブリーとのいざこざですよ」

「あれが茶番かどうか、あいつに聞いてみろ!」

「じゃあ、なんだってあんなことを?」

「話したって信じないだろう」

「試してみたらどうです？」

「またの機会にな」

「またの機会なんて、ありませんよ」

船は進路を変更していた。ゆっくりと弧を描き、再び島の方へ戻っていた。濃い霧が立ち込めていた。彼は振り向いた。今や島は彼の後ろに、そして僕の目の前にあった。不意に身構え、彼は言った。

「なにか企んでいるのなら、今すぐやめるんだ、フィリップ」

「カプリにあなたを呼び寄せたときも僕はすっかり騙されました。もし、あなたがバッキンガムなら、レオニーと対面させ、彼女はきっと取り乱すだろうと思ったんです。しかし、そううまくはいきませんでした。なぜなのかはわかりませんが」

「彼女に電報を打ったんだよ。君から住所を教えてもらって、すぐに――ナポリの空港で」

沈黙が流れた。

「ようやくこうして腹を割って話し合っているのですから、今さら隠すことなどなにもないはずです。グレヴィルと最後に会ったとき、なにがあったんですか？」

彼は僕の顔をじっと見つめた。思い悩んでいるようだった。なにも言わないつもりかと思ったが、長く話し続けた方が得策だと結論を出したようだ。

「橋の上で口論となった。彼はトラブルに巻き込まれたことで私を非難した。そして事態を収拾するよう私に迫った。だが、どうしろと言うんだ？　私は彼に気づかれないようにうまくやってのけるつもりだった。麻薬の運び屋というつまらん仕事をね――そして、もう少し運がよければ、うまく行くはずだったんだ。木箱の中身をなんとかしようと彼の部屋に忍び込む機会をうかがっていた。が、しかし、一瞬たりともその機会は訪れなかった。予定では警察が動きだす前に中身を取り出し、ヨデンブリーに届けることになっていた。しかし、その日の午後、警察が動きだした。それで、レオニーに彼をどこかへ連れ出してほしいと頼んだんだよ。そうやって手はずを整えていたが、どこかで狂ってしまった……そうだよ、狂ってしまったんだ。グレヴィルにも、そう説明した。利用されたからといって、今さら驚くこともないだろうと。私はいつも自分の人格や人生哲学について偽りなく彼に話してきた。もし彼が、自分に都合のいいようにあれこれ解釈して偽りの仮説を立て、それをこの私に当てはめようとしたのなら、その期待に添えなかったからといって私の責任ではない。失望したと言うのなら、それは彼自身の責任だ！」

霧が濃くなってきた。「グレヴィルはそれに対してなんて？」

「君の想像する通りだよ。それは、私が決めるべき問題だと――確かそんなことを言っていた――自分自身で向き合うべき課題だと。私は彼の話を取り合わなかった。そしてそのまま彼を残して立ち去った」

「それで、グレヴィルは確信したんだ」

「確信？　なにを？」

「たぶん、あなたは考えを変えないだろうし、警察にも行かないと」

「ああ、もちろんだよ。彼もはっきりそう悟ったはずさ。道徳うんぬんは彼の問題だ。私には関係ない。彼に言ったよ、自分の好きなようにすればいいと。もし、行きたければ警察に行けと。警察も最終的には彼を信用するだろう。もし、それを望まないのなら、自分の信条や自己犠牲という美徳にいつまでも酔いしれていればいいだろう。そこになんの意味があるかを示す絶好のチャンスさ。私だけじゃなく彼にも課題が与えられたということだ。『偉大な愛』ってやつがそもそもなんになるのか、それを証明するいい機会さ」

僕はマーティンを見つめた。「もし、グレヴィルが求めていた答えを得たのだとすれば、あなただって文句は言えないはずです。どうですか、あなたも答えを探してみては？」

彼は今や、自分が危機に瀕していると悟った。これまでも幾度となく窮地に追い込まれてきたはずだ。うっすらと霧が忍び寄るにつれ、危険が今すぐ近づいてくるのを察知したようだった。

「なにもないですよ」彼が鋭い視線をこちらに向けた。「銃もナイフも持っていません。グレヴィルのためにあなたが首を括る必要なんてない。結局、あなたの責任ではなかったんですから。そうですよね？　では、これも僕の責任じゃありませんね」

彼は座ったまま、僕を見つめている。繊細さがひときわ強調された顔。危機が近づいたことにより、その表情が研ぎ澄まされたかのようだった。

太陽が隠れると、僕は言った。「ネズミなら、とっとと泳いで逃げ失せる。あんたもそうしたらどうですか。この裏切り者が。グレヴィルは、そんな卑怯な真似はしなかった」

手を伸ばしてボートの底穴の栓を抜き、海に投げ捨てた。マーティンが飛び掛ってきた。僕は船の端に倒れこみ、摑みかかろうとする彼の指を蹴飛ばし、海に飛び込んだ。

水面に顔を出すと、辺りは霧に包まれていた。ボートはまだ浮かんでいたが、どんどん下へ沈んでゆく。彼はボートの上で、モーターをもぎ取って船を軽くしようとしていた。しかし、取れるはずもない。昨夜それを確認していた。僕は船の舳先に摑まり、のしかかった。這い上がろうとしたが、重みで船が揺れ、彼が僕の体を押し留める。船は沈みはじめていた。マーティンがバランスを崩し、前へ倒れこむと同時に僕は水中に飛び込んだ。水面に顔を出すと、彼も水の中にいた。辺りは薄い霧に包まれ、その合い間からわずかに島の端が見えた。船はすぐに沈んだ。それもそのはず、昨日の夜、床板の下に石を入れておいたのだ。陸地まではかなり距離があるだろう。

僕は彼の方に向かって泳ぎ出し、潜り、水中で目を開けた。真上に彼の体がある。足を掴み、下へ引っ張る。彼はもう一方の足で必死に蹴りつけてくる。僕は息が続く限り足を掴み、やがて手を放し、浮かび上がった。大きく息を吸い込む。目がひりひりした。数秒後、彼も水面に顔を出した。僕を見たが、かかっては来なかった。その代わり、島に向かって泳ぎはじめた。僕は後を追った。

追いついた頃には、霧は晴れていた。再び水に潜る。今度は彼が向かってきた。苦しそうに手足をばたつかせながら体を翻し、喉元に手を伸ばしてくる。僕はその手から逃れ、彼の真上に移動した。彼の後頭部を蹴り、水面に上がる。

しばらくして、彼も顔を出した。咳き込んでいる。すぐそばに体があり、目が合った。彼はなにも言わず、再び背を向けて陸に向かって泳ぎ出した。少し距離を置き、後を追う。僕がうしろにいると気づき、彼は一、二度振り返った。島はまだ遠かった。

再び潜り、両足首をとらえた。彼は重い足をスローモーションのように動かし、必死に振り払おうとする。僕は執拗にしがみついた。二人の体が沈んでゆく。再び彼が襲いかかってくる。今度は僕の顎の下に手を入れてきた。頭を押さえつけられる。このまま屈するわけにはいけない。グレヴィルはこうやって死んでいったのだ。口も肺も頭も水にふさがれ、自ら命を投げだして。脳まで水に浸かって――。この透き通った水が冷酷に、そして確実に人の息の根を止めるのだ。マーティン・コクソンはまだ離れようとはしない。ともに沈んでゆく。自らの意図に反して。一人に一つの命。旧約聖書の時代から永久に変わらぬ倫理。一人に二つの命は与えられない。道徳に反しようが、常識に逆らおうが、それは決して変わらない。

手を放すと、彼も僕の首から手を解いた。彼の顔がすぐ目の前にあった。死にかけた顔が。まもなく命が尽きて、海に漂う屍となるだろう。

ようやく水から顔を出したが、遅すぎたようだ。水と空気が一緒に肺に入った。激しく咳き込んでは吐き出す。朦朧とした意識のなか、どうにか浮かび続けようとした。ほとんど気絶寸前だった。再び太陽が隠れ、水音が耳を打つ。疲労と衰弱のため、意識が朦朧としてきた。

彼の手が僕を捉えた。打ち負かしたつもりだったが、彼は最後の力を貯えていた。戦おうにもその力は強すぎた。この最後の襲撃で彼は僕になにか言葉を発した。そのとき、何者かに腕を摑まれた。水の中から引き上げられる。太陽が帆の影から顔を出し、気がつくと僕はデッキにいた……

釣り舟、そして、新たに水揚げされた一匹の魚。僕は喘ぎ、横たわった。太陽が容赦なく照りつける。一人の男が屈み込み、イタリア語でなにか話し掛けてきた。しかし、その関心はすぐに別のところへ向けられた。他の二人の男が船尾に体を預け、海にいる誰かに向かってマシンガンのようにまくしたてている。男は加勢に行った。僕は横たわったまま苦々しい思いで、マーティン・コクソンが救出される様子をうかがっていた。

デッキに黒い影が映り、彼がそばに倒れ込んできた。もがき苦しむ同胞。イタリア人漁師のお手柄ってところか。僕が目を覚ましたのを見て、彼らは次々と質問をぶつけてきた。理解するまで随分時間がかかったが、他に誰か船に乗っていたかと訊いているようだった。僕が首を振ると、彼らは満足したようだ。コクソンが介抱されている間に僕はすっかり意識を取り戻していた。

彼は完全に気を失ったままで血色も悪かった。僕は束の間、自分の仕事はこれで終わったと思った。ちょっとした妨害は入ったものの、もう手遅れだと。しかし、男の一人が人工呼吸を施し、五分もしないうちに彼は息を吹き返した。男は小さなキャビンに入ってゆき、カップを二つとキャンティ・ワインの瓶を持って出てきた。マーティンは飲めずにいたが、僕は少し口に入れ、だいぶ気分がよくなってきた。そして、体調も。

ボスらしい小太りのイタリア人が、僕の横にしゃがみ込み、イタリア語で尋ねてきた。僕が首を振ると、考え込み、自分自身と船のまわりを指差し、「サレルノ」と言った。

僕はわかったと頷いた。そして彼は僕を指差し、訊いてきた。「カプリ?」

僕はためらっていた。コクソンは回復しつつある。引き返すわけにはいかない。先に進まなくては。

男がもう一度訊いた。「ソレント?」

「ノー」咄嗟に言った。「アマルフィ」

彼は金の糸切り歯を見せてにやりと笑った——たぶんそれは、僕が理解したのと、アマルフィは帰り道だったからだ。彼は舵取りの男に声をかけた。僕らが不器用な操縦で台無しにしたのは誰の船だったのかと、あれこれ陽気に話し合っているようだ。

次第に体力が回復してきた。焼けつくような日差しにシャツもズボンも乾きつつある。コクソンの体の下には黒い濡れた染みができていた。まるで血のように。足の下のサンダルからは蒸気が出ている。男たちは彼の体を起こし、座らせていたが、僕からはまだ顔が見えなかった。今、どんな顔をしているか、興味深かった。そして、初めて彼の声が聞こえた。どうやらイタリア語を話せるらしい。

妙な気分だった。よく知っているはずの人間がいて、突然その人を殺そうと試みる——もう少しというところで失敗し、今再び顔を合わせなければならない。従うべき先例はなにもなく、今さら遠まわしな言葉で隠し立てする必要もない。刃（やいば）は既に抜かれていた。暴力でも熱意でも、わだかまりを一掃することはできない。憎しみは決して薄れることはない。二人の確執はそういった類いのものではないからだ。たとえ過去を許し合っても、未来に立ち込める暗雲は消えないだろう。二人のあいだにグレヴィルの存在がなかったとしても、レオニーが立ちはだかっている。僕はそう感じていた。そして彼もきっと同じように感じているはずだ。

きっと同じはずだ。しかし、彼の顔を見ると僕の確信は揺らいだ。

第十九章

彼は言った。「君と――話し合いたいんだ」

僕は体をずらし、彼の顔をはっきりと見た。唇がまだ青かった。

彼は続けた。「もし、誰かを本気で殺したいのなら――杓子定規な戦い方はやめた方がいいな」

「心配はご無用。また試してみますから」

彼は腕の裏側で口を拭った。すぐ横に二人のイタリア人が座っていたが、英語はまったくわからないようだった。

彼は言った。「やってみるんだな……そのうち。でも、まだ無理だろう――だから少し私の話を聞いてくれ。私という人間を知るいい機会だ」

「もう充分わかっていると思います」

「いや、充分ではない」彼は息を吸い込み、うしろに寄りかかった。しばらく口を閉ざしたまま。やがて体をずらし、起き上がろうとした。イタリア人の男が手を貸す。マーティンは頷き、長くしなやかな髪を二本の指でかき上げた。「君がボートを沈める前に本当は話しておきたかったんだ。私とグレヴィルとのことで、君の誤解をいくつか正しておきたい。君は私が彼を利用したと言ったね。そうさ、確かにその通りさ。彼を失望させたのも事実。全部、君の言う通りだ。しかし、彼のことをなにも考えてなかったと思うなら、それは違う。なによりも彼のことを思っていたよ、ばかみたいだが。今までにないほど誰よりも。君は信じないかもしれないがね。もう二度と——誰かに対してそんな感情を持つことはないだろう。ただ、僕は同性愛者じゃないよ——まさか、疑ってないだろうが」

彼は目を閉じた。小さな船長は、こちらを見てにやりと笑った。まるで記録的な大物を釣り上げたかのように誇らしげに。おそらく事態をそんな風に思っているはずだ。

僕はマーティンに言った。「なにが言いたいんですか?」

「つまり、こういうことさ。グレヴィルと私は出会った。二か月もの間、あの蒸し暑い温室の中に閉じ込められていた。あの辺りで白人は二人だけだった。最初は必要に迫られてあの場所にいたんだ。アヘンの生息地を探す唯一のチャンスだったからね。しかし、少しすると、私は自分の意思でそこに留まることになった。ピテカントロプス・エレクトスの標本を捜し求め、我々はともに過ごした。最初はそうだった。しかし、最終的には考古学というよりもそれぞれの目的因のため、時間を費やすようになった。これは哲学的な意味だけじゃなく、つまり——私の言いたいこと、わかるかね?」

「そうですね。信じるかどうかは別として」

彼はなにも言わない。聞いているのかどうかさえ、わからなかった。

「彼はそれまで出会った誰よりも有能な男だった。彼の存在もその頭脳も際立っていた。とてつもない才能に溢れていた。私達は語り合った——ああ、語り合ったよ——夜な夜な地球上のありとあらゆる問題について。互いに知性を研ぎ澄まし——議論をかわした。それまでにない高度なレベルで。彼も同じだったと思う。わかるだろう、そういったスリル。より高度な数式に挑戦するような、さらに頂上を目指すようなあの感覚。より大きな獲物を捕まえようとするあの興奮……」

風が吹き抜け、頭上で帆がはためいた。船がきしむ音を立てる。僕らは陸地へと近づいていた。

「それは、たぶん私が――ずっと昔になくしてしまった感情……もちろん喧嘩もしたさ。彼の物事の捉え方は、私とはまったく正反対だった。でも、敬うべきライバルでもあったんだ。それに、そういった敵対心が後にお互いの結びつきを強めることだってあり得る。強くぶつかり合えばぶつかり合うほど、相手の性格がよくわかり、理解することができるんだよ。戦いの中においても親密さは深まってゆく。彼の意見に対し、同意できないとしても、一つの方法としてそれを認めることはできるんだ。彼は利己的ではなく、とても公正な人間だった……」

僕は言った。「グレヴィルのことを尊重していた――なのに彼を欺き、失望させ、自分が陥れた罠から救うこともせず、見放した。そういうことですか?」

彼はポケットの中をかきまわし、濡れた煙草の包みを取り出した。眉を寄せ、じっとそれを見つめる。「私が求めるのは美徳ではない、一貫性だよ。おかしいだろ、こんなことを言うなんて。ちっぽけで気弱なジキルとハイドが。私は一貫性をつらぬいた。その結果彼を失望させた。だから、どうだと言うんだ? 言っただろう、自分の考えや信念において彼を騙したことなど一度もないと……アヘンは将来的に価値があるものだ。そのために金はほとんど沈んでしまったし、危うく喉まで掻っ切られそうになった。それをその辺の川にでも捨てちまえって君は言うのかい?」

「そうです」

「そして、それと一緒に、私の見解も今まで築き上げたものも捨てちまえと? え? 彼のところに行ってこう言えば満足か? 『グレヴィル、見てくれ、私は心を入れ替えたよ!』」

口調は穏やかだったが、不意に彼は怒りを込め、煙草の包みを海に投げ捨てた。指が震えていたが、体調は回復しつつあるようだ。

僕は言った。「つまり、あなたが今言いたいのは、自分の理論の方がグレヴィルよりも勝っていると――」

「理論なんて、くそくらえだ！　たまたま人と違ったからといって、なぜ正直な自分の意見を否定しなきゃならないんだ？」

「あなたは自分の意見を曲げようとしなかった。その結果、他の誰よりも尊重していた――さっき、そう言いましたよね？――その男に自分のケチな犯罪の責任を負わせ、自殺に追い込んだ。あの路地裏の運河で」

「ああ、路地裏に置き去りにしたよ！　でも、それだけだ。さっきも言ったように口論になったんだ。こっちは激昂していた。なぜならすべての計画が台無しになったんだ。彼がほんの少しでも協力してくれたら、うまく切り抜けることができたはずなのに。頭に来ていたよ。なんと彼は私が犠牲になることを望んでいるじゃないか。考えたこともなかったね。なぜ、私が？　彼をそこに残し、とっととイギリスに帰った――運良くモーターボートを手に入れてね。彼が死んだと知ったのは、それから二日後だ。自殺したなんて信じられなかった。ヨデンブリーが絡んでいると思ったんだ――ヨデンブリーか、奴の仲間が。信じられなかった。彼ほど聡明な人間が、そんな愚かな真似をするなんて……」

イタリア人たちは、いつのまにかそばからいなくなっていた。僕達が沈んだ船のことで言い争っていると思ったのだろう。男の一人が立ち上がり、陸地を見つめていた。

再びマーティンの声がした。ほとんど独り言のように。「そんなばかな真似をするなんて信じられなかった。昨日に至ってもまだ……」

「つまり、自分の責任を転嫁するつもりだったんですね」

「なにか答えが見つかるかもしれない、そう思ったんだ。君は本当に今はもう納得しているのかい？　なぜ、私が敢えて君と一緒にオランダに行ったと思う？　なぜ、ばれるかもしれないのにあんな大胆な真似ができたと思う？　レオニーのためだって？　彼女のことは附随的な問題だ。そのうちきっと探しだしたはずだ。なぜ、君があきらめようとしたとき、励ましたと思う？　なぜなら二人とも、同じことを証明しようとしていたからだよ——同じことを信じていた、いや、信じようとしていたんだ。そうじゃないのか？」彼は身を起こし、後ろの木箱に寄りかかって呟いた。「一つの課題だと彼は言ったさ。とんでもない。いったいどうしろってんだ！　彼の自殺はなんの証明にも正当化にもなってない——まったく、なにも。無駄死にだよ。自分の意思表示のためにあんな無駄なことをしたんだ。あんなことを。私には決して理解できない。自分の命を無駄にするなんて」

　そのとき、彼は確かに苦しんでいた。気にしていないのなら、こんなに苦しむはずはない。そのときばかりはお互いの確執が取り除かれたように感じた。僕達は同じ目標を持っていた——そして今、同じ挫折を味わっている。

　しばらくして僕は言った。「兄の中のそういった歪んだ部分、僕にはわかるような気がするんです」

「冗談じゃない。正しいことをしたとでも言うのか？」

「いいえ……ただ、少しでも兄の立場に立って考えようとしているんです。おそらくあなたの言った言葉の中になんらかの真実を見つけたのでしょう。そして自分も同様に試されているんだと。自ら決断を下さねばならないと。よくわかりませんが。あなたが兄に課したのはそういったことではないのですか？　『命を捨てるより、偉大な愛はない……』」

「ばかな。こっちは腹を立てていたんだ。あのとき、言い争っていた。そんな中、他人の言葉などいちいち推し量っていられるか！」

「そうかもしれません、でも、あなたがなにか言ったのは事実です。そしておそらく兄は、不意に思ったはずです。すべては自分次第だ。自分はどうすべきなのか。どんなに失望させられても結局この男は自分の友人じゃないか？　こういった問題に関してずっと話し合ってきたはずだ。自分はどうすればいいのか？」

「それで、私を救うために彼は選択したと？　どうして――」

「僕も理解できずにいました。自分の信念を持ちながら、自らの命をなげうつなんて。でも、今はこう思えるんです。そういった信念が――そしてあなたが――兄を窮地に追いやった。クリスチャンにとって自殺はもっとも悪しき行いと見なされます。でも、どこまでが自殺でどこからが自己犠牲なのか？　ほとんど矛盾しています。あの、オーツとかいう探検家はどうでした？　スコット大佐率いる南極遠征で彼は自分の病のために仲間の足を引っ張るまいと自らテントを出て行ったのです。そのような行為を人はなんと呼ぶのでしょうか？」

長い沈黙が流れた。マーティン・コクソンは言った。「ああ、君はときどき、驚くほどグレヴィルに似ている……まるで彼が話しているような――彼がいつものようにモラルやなにやと、ばかばかしい問題を語っているような、そんな錯覚を起こすよ。すべては私のためにやったんだと君は言いたいのだろう？　もし、そのために彼が犠牲になったのなら、いったい私をなにから救おうとしたんだい？　逮捕され、投獄されることから？　彼の助けなしでも、そんなの解決できたさ。警察から指名手配されることかい？　既に指名手配されていた――あの名前でね。どれも違う。代わりに彼は私に重荷を課したんだ。あるいは、重荷を課そうとした――こんな……我慢のならないやり方で。なぜ私が、終生ずっとこんな重荷を背負わなければならないんだ！」

「その必要はないですよ」僕は言った。「そんなの一笑に付してしまえばいいじゃないですか。あなたに対するグレヴィルの評価が正しかったのかどうか、それですべてわかるということです」

いつのまにか船は海岸に近づいていた。アマルフィのうしろにそびえ立つ崖には、見覚えがあった。船がちょうど崖の陰に入ると、船長がやって来てマーティンになにか言った。マーティンは鋭く僕の方を見た。

「なぜ、僕達がアマルフィから来たと言ったんだ？」

「帰るつもりはないからですよ――まだ今は」

「なぜだ？」

「まだ、なにも終わってはいないからです。幻滅させるようですが」

彼は僕を見た。痩せ細った剣士のような顔で。彼は男たちに助けられ、立ち上がった。僕は自分で立ち上がった。ちょうどシエスタの時間だ。港には誰もいない。岸壁の陰で昼寝をしている二人の男を除いては、どこにも人の姿は見えない。ただ、海岸のすぐ側に、エンジンをふかしたバスが停まっていた。すぐに出発するようだ。

僕は船長と握手を交わし、助けてくれたことに対し、たどたどしい言葉で礼を言った。彼はにやりと笑い、僕の肩を叩いた。コクソンはなにも言わなかった。

船がちょうど港に着く頃、彼が僕を見て言った。「男たちはサレルノから来たんだ。なぜ君はアマルフィを選んだ?」
僕は言った。「レオニーがいるのは、ここじゃないのですか?」

第二十章

僕達は力なく、ふらふらになりながら、埠頭に立っていた。救出された戦友のように。船首を風上に向け、船が南の岬の方へ去ってゆく。船長の名前さえ聞かなかった。船の名前を見ていたとしても、たぶん忘れていただろう。僕達は距離を置いて立っていた。マーティン・コクソン、そして僕。湿っぽい体に午後の日差しが照りつけていた。

彼は言った。「もう、これで充分満足しただろう」

「やり過ぎたようですね。だからこそ、ここでやめるわけにはいかないんです」

彼は僕を見た。「なにをするつもりだ——埠頭でとことん殴り合えばいいのか?」

「いいえ……レオニーを探しに行くつもりです」

「いいか」彼は言った。「彼女をこの件に巻き込むな。レオニーを巻き込むなと言ってるんだ。グレヴィルとはなんの関係もない」

「そうですね。でも、僕とは関係があるんです」

「勝手にそう思い込んでいるだけだろう。無意味だね。彼女は私のもとへ戻ってきた。立ち入らないでほしいね」

僕は髪を手で撫でつけた。ハンカチを取り出し、絞ってみたが、既に乾いていた。背を向けると、彼が言った。「どこへ行くんだ？」

「さっき言いましたよ」

「彼女を見つけて、それでなんになると言うんだ?」

僕は言った。「あなたは好きにすればいい。バスに乗って帰ると言うなら、どうぞ。止めませんよ。でも、一緒に来る気なら、なにか得るものもあるでしょう。僕が生きている限りあなたは永遠に指名手配ということですから」

僕は埠頭に沿って歩き、バスを通り越し、町の中心部へ入っていった。大聖堂の前を通り越し、細い小道へ出た。レオニーが前にスカーフを買った店がある。立っているのが精いっぱいだった。彼が後ろから来ているか、振り向いて確かめることはなかった。

スカーフを買った店は閉まっていた。他の店もすべて。しかし、あのときの子供が二人、戸口で猫と遊んでいた。僕のことを覚えていたようだ。僕はわずかなイタリア語で話しかけた。「ポルターノはどっち（ドーヴ・ポルターノ）？」すると、子供たちは口々に何か言い始めた。「ゆっくり、ゆっくり（レント、レント）」

一人が二言三言、英語で答えた。ようやく僕は理解した。もしもちゃんとした道路を通って行くつもりなら、海岸沿いに一キロほど戻らなければならない。それから隣の村に出て時計塔のある教会の角を曲がり、真っ直ぐ内陸へと入ってゆく。山を登る気があるなら、この道を真っ直ぐ進み、干乾びた小川に沿って水車場跡地まで上がってゆく。すると右上の方に大きな道路が見えてくる。岩場を這い上がってゆくと、その道路に出る。

彼らに礼を言い、先へ進もうとしたとき、道の端に立ってこちらを見つめるマーティンの姿が見えた。

通りはかなり急な登り坂で、すぐに細い小道に変わった。両脇にはオレンジの林と葡萄の木、生い茂った雑草、そして廃虚となったコテージがあり、瓦礫の中で雌鳥が餌をついばんでいた。やがて、谷間を蛇行する干上がった川が見えてきた。川底には小石が転がり、雑草が覆っていた。

一度立ち止まってみたが、彼の姿はまったく見えなかった。太陽が七月の日差しのようにぎらぎらと照りつける。登り続けるうちに汗だくになっていた。人気のない寂しい土地だった。一つ目の水車場跡に着いた頃には、まわりに家は一軒もなくなっていた。斜面が険しくなり、切り立つ崖のようだ。ただ、僕はそのとき、他のことを考えていた。どうしてもやるべきことを。二つ目の水車場が見えてきた頃には、もうくたくただった。再び足を止め、コクソンの姿を探す。まだ来ていないようだ。僕は歩き続けた。

水車場のまわりを歩いてみた。茂みには小鳥の鳴き声すら聞こえない。あちらこちらに動物の耳のような奇妙な葉をつけたサボテンの木が立っている。川はそこで途切れていた。でも、確かこの先に……あった、道路だ。

それは二、三百フィートほど上にあった。斜面はかなり急で緑の茂みは途中から険しい岩肌に変わっていた。どうやら、イタリアの子供たちは猿のように身軽にこの坂をよじ登っているらしい。でもどう見ても、容易ではなさそうだ。

ごつごつした岩や、うっそうとした茂みを迂回しながら、なんとか半分まで辿り着いた。一旦立ち止まり、谷を見下ろす。辺りにマーティンの気配はまったく感じられなかった。彼は僕の挑戦に応じなかったということか。期待していた僕がばかだった。だが、もしかすると……。

振り返って上を見た。彼は道路からこちらを見下ろしていた。

近道をしたのか？　いや、違う、丘のふもとからサレルノ行きのバスに乗り、幹線道路を登ってきたんだ。先にレオニーのもとに辿り着こうとしているのだ。

歩き続けるうちに彼のもう一つの策略が見えてきた。道路に沿った胸壁の上に大きな石がいくつか載っている。どれも二十ポンドはありそうだ。彼の声がした。「おい、聞こえるか？」

僕は答えず、登り続けた。

彼は言った。「戻るんだ、フィリップ。警告する。これ以上来ない方がいい」

なぜかそんなとき、僕は歩きながら考えていた。マーティン・コクソンに対する自分の感情をすべて捨て去ることができたなら――。もっと落ち着いて客観的に事を運べたら、どんなによかっただろう。でも、僕にはできなかった。かつて心の底から好感を抱いていただけに、嫌悪感はより強く、憎しみも深まっていった。もしも海の中で僕がへまをしなかったら、彼はその生涯を終えていたはずだ。あの釣り舟があらわれる前に。もしも今、憎しみを捨て去ることができたなら、こんな風に岩山を登ってはいないはずだ。

さらに近づいてゆくと、彼の顔に汗が浮かんでいるのが見えた。彼は言った。「ここまでだ、フィリップ」

僕達は見つめ合った。胸壁までは、まだ二十フィートほどある。さらに数歩前に進むと、彼が最初の石を落としてきた。僕は藪の中に身を伏せた。岩は頭の上を越え、すさまじい音を立てながら丘の斜面を転がって行った。

伏せたまま、左右を確認した。百ヤードほど下の道路まで、なんとか少しずつ降りて行けるかもしれない。だが、たとえそうしても、彼は必ず追ってくるだろう。さらにもう二歩前へ進んだ。再び石が転がり落ちてきた。

「次ので、君もおしまいだ」彼は言った。

僕もそう感じた。じっとその場にうずくまる。この場所はちょうど彼から隠れているはずだ。だが、もしかしたら足が見えているかもしれない。あまり、ぞっとしないが。

僕は這ったまま少しずつ場所を移動していった。見えているかもしれない。だが半分は隠れているはずだ。横に十ヤードほど進み、頭を上げてみた。彼も移動しているのではと思ったが、壁が少し見えるだけで姿は見当たらなかった。

いつまた石が落ちてくるかわからなかった。横に進み続け、やがて茂みが途切れた。もう隠れる場所はどこにもない。彼の姿はなかった。どこにもいない。胸壁の上の石もなくなっている。僕は考えを巡らした。あせらずに落ち着いて。まだ上の道路まで二十フィートはある。ここでもう少し呼吸を整え、駆けあがっていったら……彼は上で一撃を加えようと待ち構えているかもしれない。しかし、ここで覚悟を決めなくてはならない。

呼吸を整え、力を振り絞り、飛び出した。

無事に壁まで辿り着くと、ふらふらになりながらよじ登り、最悪の事態に備えた。

道路には誰もいなかった。頭上にそびえる険しい崖を見上げた。そして前方のヘアピンカーブを。絶好のチャンスを逃すなど彼らしくもない。しかし、明らかに彼は姿をくらましていた。たった五分間足止めを食らわせただけでいなくなるなんて。どこかに罠があってもおかしくはない。

そのまま進み、次の角を曲がった。道路は険しい上り坂に変わり、はっきりと先が見えなかった。

五分ほど登り続け、ようやく彼の姿をとらえた。速いペースでかなりのリードをとっていた。僕は小走りを始めたが、二分もしないうちに断念した。

僕達は今、ちょうど谷を出て、七、八百フィートほど続く長い坂道を歩いていた。遠くの海がやわらかな煌きを放ち、巨人の力こぶのように盛り上がった山々が辺りを囲んでいた。道路わきの茂みは埃で白っぽく、あちらこちらに崩れ落ちたコテージの残骸が転がっていた。なぜ人々はここから去っていったのだろうか？　産業が他の場所に移ったためか、それとも一世紀前にペストが町を襲ったせいか。

再び彼の姿が見えたとき、彼もこちらに気づいたようだった。小走りで先を急いでいたに違いない。溺れかけた後のさらなる消耗ぶりがうかがえた。僕はグレヴィルのことを思いながら全力を振り絞った。力がみなぎるような気がしたからだ。なぜか、そこに憎しみはなかった。あるのは決意のみ。断固たる決意だ。

そうこう考えるうちに曲がり角に差しかかり、一軒の民家が見えてきた。そしてもう一軒。ここはもうポルターノだった。

千フィート下のアマルフィでは、今頃はもう午後の日差しが傾き、町がすっぽりと影に覆われているはずだ。しかしここ、サン・ステファノ広場には真昼の熱気がぎらぎらと照りつけていた。埃っぽく寂れた場所だ。石畳の上で鳩が餌をつつく以外はすべてが動きを止めていた。広場中央に萎れた木々が数本立っていたが、葉っぱ一枚ゆるぐことはない。四角い広場を囲む二つの辺に小さな家々が建ち並び、もう一辺にお決まりのカフェ、店が数軒、そして残りの一辺には大聖堂。黒と白の大理石でできた単調な構えの教会で、鐘塔が脇に立っていた。背後の丘の斜面にはオリーブの木立が続いている。大聖堂の前に車が一台と自転車が三、四台停まっていた。唯一それが今までの水車場やコテージとは違って、ここに誰かが生活していることを示していた。

僕は時計を見て、首を傾げた。もうシエスタは終わっているはずだ。ふと見上げると、ツバメが空を舞っていた。それは止まった時間と静寂を打ち破った。大聖堂のドームや鐘塔のまわりをぐるぐると矢のように駈け巡り、絶え間なくさえずり続ける。秩序も順序も関係なく、二羽のツバメは何度も交差し、石版の空に意味のないラインをぞんざいに引いてゆく。マーティン・コクソンはどこかへ行ってしまった。彼はおそらく三分ほど前にここに着いたはずだ。その三分を無駄にはしないだろう。サン・ステファノ広場十五番地、サンバーグから聞いた住所だ。広場をまわり、十番地を見つけた――ということは次の角だ。それは想像していたような一軒の別荘ではなく、長屋風に軒を連ねた角の家だった。狭い二階建てでハイビスカスの花瓶が置かれたバルコニーが見える。僕はドアに向かい、鋭くノックした。

返事はない。照りつける太陽、埃、沈黙がそれに呼応した。再びノックをしてドアに手をかけた。開いていた。二階へ続く階段、そして奥にもう一つドアが見える。階段を登る。半分来たところで一階のドアが開き、黒い服の女性が訝しげにこちらを見た。

「シニョーラ・ウィンター?」と僕は問いかけた。

予想通り早口のイタリア語が飛び出した。「大聖堂（ドゥオモ）」という言葉が聞こえ、震える手が何を指差しているのか、すぐに理解した。「男は?」と僕は聞いた。「シニョール・コクソン。男はどこだ?」

「シィ、シ、シ、シ」彼女は頷き、再び苛々と外を指し示した。もしコクソンがここに来たのなら、彼女にとっては五分間に二度も邪魔が入ったわけだ。彼女は突き出した指を上下に振り動かし、早く行けと言っている。

僕は引き返し、広場を横切り、教会に向かった。ツバメの騒がしい囀りがミツバチの唸りのように沈黙をより深めていた。鳩が用心深く僕の足元から脇へよけてゆく。教会のドアを押し、中に入った。

第二十一章

あのときの光景を僕は決して忘れはしないだろう。太陽が照りつける埃っぽく静まり返った広場から建物の中へ足を踏み入れたあの瞬間を。人々のざわめきと蠟燭の灯火に満ちたあの教会を。砂漠で生存者を見つけたような気分だった。アマルフィからの道中、マーティン以外に見かけた人間はたった三人だけだった。ドアのそばに立っている数人の男たちが一度振り返って僕を見たが、すぐにまた前へ向き直り、祭壇に視線を向けた。葬儀が始まろうとしていた。

参列席がすべて埋まっているわけではなかったが、ざっと見たところ――中央の席におそらく五、六十人はいただろう。ついさっきまではこの五マイルほどの土地の中に六十人も人がいるなどとは思いもしなかった。棺（ひつぎ）はシルクの飾り台の下に置かれていた。人の数よりも多いほどの蠟燭が立てられ、黄色い炎が珠玉を散りばめた十字架や聖母マリア、美しく描かれた聖人たちを慎み深く照らしていた。嘆き悲しむ親族たちの黒衣が地上と天国のコントラストの中で黒い染みのように見える。

すぐにレオニーの姿を見つけた。黒い中に金色の頭が一つだけ異彩を放っていた。彼女は一番端の席に座っていた。螺旋模様を描いたロココ式の柱の前に。そして、マーティンが彼女のすぐ横に。彼らはドアの方を見つめていた。そして僕の姿をとらえた。

僕は少しずつ苦心しながら彼らに近づいていった。ちょうどそのとき、豊かな白いローブを纏った司祭が棺の上で香炉を振り、人々がひざまずいて祈りを捧げていた。

僕が近づいて来るのを見て、彼女は素早くマーティンになにか囁いた。すると、彼は参列席から離れ、そろそろと反対側へ歩き出した。席を立つ際、彼は自分の手をそっと彼女の手に重ねた。そして人混みから抜け出し、脇の通路を真っ直ぐ奥へ進み、暗闇に包まれた聖母礼拝堂の方へ歩いて行った。

イタリアの教会では礼拝中に席を立つことは許されているが、一人二人非難がましくこちらを見ていた。彼女が席から離れて近づいて来る。行く手を遮るように目の前に立ちはだかった。

参列者がまわりにいる中で僕は言った。「悪かったね。ちょっと間違ったようだよ。もっと静かな葬式を予定してたんだけどね」

彼女は僕の目を覗き込んだ。「マーティンから聞いたわ。よかった、何事もなくて」

「君はそんな風に思っているんだ」

「ええ、そうよ、私が思っているのはそれだけ。フィリップ『目には目を』なんて古い言葉は最悪の結果を招くだけよ。お願いだから、聞いて」

「そのあいだに彼を逃がそうってことか?」

「いいえ、逃げ道などないわ。たとえあったとしても……」

僕達は小声で話していたが、まわりの人々はじろじろ見ながら眉をひそめた。

口早に彼女が言った。「お願い、聞いて、フィリップ。彼を自由にしてあげて。マーティンに復讐しても今さらなんにもならないわ。グレヴィルの死について、その真相は誰にも永遠にわからないことなのよ。でも、彼が死んだのは、マーティンの意思でも、選択でもないわ。もちろん、わかってるわ。彼がやったのはたぶん人間として最低のこと――でも、二人はまったく別の世界を生きてきたのよ。お兄さんの強い意思が――つまり自殺が――マーティンの計画を狂わせ、つまらない犯罪行為をより大きな問題へと……」

彼女はそこで言葉を止めた。人々が振り返り、こちらを見ている。彼らに詰め寄られ、外へ追い出されるのではと思ったが、葬儀は終わり、棺が運び出されるところだった。静まり返った中、僕らはそこに立ちすくみ、棺が深紅色のカーテンを通り抜け見えなくなるまでじっと待った。人々が一斉に立ち上がり、後に続き、押し合うように外に出て行った。ほんの一瞬、僕らは引き離された。この数時間のあいだ押さえつけていた彼女に対する思いは顔を合わせたことによって再び燃え上がった。しかし、彼女はマーティンを庇い、同情を寄せ、はっきりと彼に加担する立場を取った。事実を捻じ曲げ、非難の矛先を変え、彼女自身もっとも避けようとしていた事態を導いた。静まりかけていた僕の復讐心を再燃させたのだ。

群集の数は砂時計の砂のように段々と減ってゆき、五十グレーン、二十グレーン、そして最後の一粒が消えていった。蠟燭の火を消す司祭と僕、そして暗くなってゆく教会の中で一際白く見えるレオニーを除いては教会は空っぽだった――どこかにマーティンがいるはずだ。

僕は通路の奥へ進んで行った。彼女が来て道をふさいだ。

「そこからどくんだ、レオニー」

「やめて、フィリップ。あなた――あなた、狂ってるわ」

「そうだよ」僕は言った。「血筋なんだ。せいぜいそれを最大限に利用させてもらうよ」

彼女を押しのけ先へ進もうとすると腕を取られた。「あなた、ばかよ、間違ってるわ！　あなたみたいにバランスの取れた人はいないのに、フィリップ。あなたみたいにいい人は。自分自身をそんな風に追い詰めてなんになると言うの？　無意味よ——なんにもならないわ」

司祭が最後の蠟燭を消した。僕達の声に驚くことも興味を示すこともなく、彼は祭壇の上のスイッチを切り、こちらに目もくれず出て行った。

教会は不意に深い闇に包まれた。もはや祈りの場としての神聖さは失われていた。建物は空っぽだった。床は傾き東側がわずかに高くなっている。ドアのそばに巨大な説教壇が置かれていた。身を屈めたライオンが螺旋模様の柱を支え、その上に石でできた戦車のような演壇が乗っている。ぞっとするような怪物像（ガーゴイル）がそのまわりを飾っていた。キリスト教というよりもアッシリア文化の着想を得ているようだ。僕の衝動も、おそらくそれと同じようなものだ。どちらも古くから受け継がれてきたものだ。

そのとき、マーティンの気配を感じた。石の階段に足音が響いた。主祭壇の後ろ、教会の端の方から聞こえるようだ。

腕を摑んでいたレオニーの指を振りほどいた。もし、そのとき彼女の顔を見ていたら、きっと状況は変わっていただろう。

僕は傾斜した中央の身廊を進んで行った。

少なくともここは教会であるはずなのに、見上げても窓一つ見えず、一筋の光すら入ってこない。おそらく今の時間は裏手にある険しい坂道の陰になっているのだろう。

僕は大声で叫んだ。「マーティン！」

彼は答えない。ゆっくりと中央祭壇に近づいてゆく。どこに潜んでいるのかもしれぬ危険を感じながら。今までのところ、彼は武器など持っていないはずだ——武器と言えるような物が教会のあちらこちらに転がってはいるが。素早く床を打つサンダルの音でレオニーがついて来ているとわかった。

祭壇の裏にまわると、彼の姿が見えた。地下室に通じる階段の上に立っていた。同じような階段が反対側にもあった。薄暗がりの中ではっきりと顔は見えなかったが、そこを横切る影と黒い眼窩が闇に浮かんでいた。手にはなにも持っていない。

彼が言った。「やれやれ、君か……」

「やあ、マーティン」

「レオニーは君を追い返すと言っていたんだがね。自分の力を過信し過ぎたようだね」

「外へ出ますか？　それともここで決着をつけますか？」

「君とやり合うつもりはないよ」

「どうでしょうか」

「言っただろう」

「話し合うには、もう手遅れです」

これ以上彼らに時間を与えてはいけない。そんなことをしても彼らが優位に立つだけだ。敵は二人いる。僕はゆっくりとコクソンに近づいて行った。

にじり寄ると、彼は一歩階段から離れた。突然、拳が二発飛んできた。驚きはしなかったが、まともに顔と頭にくらってしまった。次の攻撃に僕は身構えた。

予想に反して拳も蹴りも飛んでこない。しかし、追い討ちをかけようと狙っているのは確かだ。早い段階で決着をつけるつもりらしい。彼の方も半分力尽きているのが見て取れた。よろめきながら、僕は聖ペテロの彫像の方へ後退りした。椅子が悲鳴のような音を立て石の床を滑ってゆく。僕は手摺にもたれ、気力を奮い起こし、彼に立ち向かっていった。一撃を加える。グローブなしの骨と骨のぶつかり合い。昔のボクサーのように力尽き、腕が上がらなくなるまで。

彼を殴り倒し、二人の体は蠟燭の載ったテーブルの方へよろめいていった。蠟燭がけたたましい音を立てて床に転がる。テーブルがひっくり返ると同時に彼はそこを擦り抜け、床を転がり、階段を転がり落ちて行った。後を追いかける。レオニーが僕に向かってなにか叫んだ。

そこは地下聖堂ではなく、守護聖人の聖遺物を保管する埋葬所だった。石棺の上に一本の蠟燭が青い炎をあげて燃えていた。僕が側に寄る前に彼は墓の前の棚に辿り着いた――そこに蠟燭と錬鉄製の火消しが置いてあった。彼は火消しを手にとり、振りまわした。僕は足を止めた。二人の視線が絡み合う。

彼の顔には血がついていた。青白い顔に鮮やかな赤い染みが。奇跡の血を流す蠟細工の守護聖人のようだ。

彼の方へ歩み寄る。彼は鉄の火消しを持ち上げた。僕は一瞬ひるんだが、もう一歩前へ踏み出した。突然人を馬鹿にしたように彼はその火消しを放り投げ、それは大理石の床にやかましい音を立てて転がっていった。背を向け、彼は再び階段の方へ歩きだす。

僕は跳び掛かり、ともに床に倒れこんだ。鋭い膝蹴りを食らった。その気になれば彼にはまだ攻撃の力が残っていたのだ。しかし、今や遅かった。僕の手が彼の喉元に摑みかかる。彼にはそれを解くほどの力はもはやなかった。彼は僕を見つめ、かすかに笑った。そしてそれ以上抵抗しようとはしなかった。

僕は手を緩めなかった。しかしすぐに、これ以上力を込めることはできないと気がついた。とどめを差したいのなら腕の筋肉に命令を下す意思が必要だ。そして僕にはその意思がなかった。この最後の戦いを拒絶し、逃れようとしているのは彼ではない――僕自身だった。

不意に手を離した。自分の手が汚れたもののように感じ、邪悪な行いに罪悪感を覚えた。僕はしばらく動けなかった。どのくらいだったかはわからない。息が切れ、胸の鼓動がはっきりと聞こえるほどだった。

「違う」僕は呟いた。「あんたの務めは……生き続けることだ」

立ち上がり、僕は震えだした。地下室の壁に寄りかかり、ぶるぶると震えていた。最初はその反作用にただ身を任せていたが、やがて、なんとかそれを止めようと、自制心を取り戻そうと奮闘した。マーティンは階段に横たわったままだ。まったく動かない。

地下室がぐるぐると回り始めた。よろめきながら階段を上がり、僕は滑り落ちてゆく世界を必死に摑もうとした。上まで登ると、どこからか、奈落の底から聞こえてくるような小さな声がした。誰かが僕になにか言っている。

「やってないよ」僕は彼女に言った。「彼を殺してはいない」

彼女は両手で顔を覆った。「ああ、神様！」

「そうだよ」馬鹿みたいに僕は言った。「そういうことさ」

「あなた、怪我をしているわ、フィリップ……見せて――」

「なんでもない、大丈夫だ……」確かに気分は少しよくなっていた。ただ教会が傾いているのが気になった。世界が傾いてゆく中、僕は初めて彼女の顔をまともに見た。憎しみとともに愛情を抱いていたものを僕はこの手で殺そうとしていたのだ。

「ねえ、フィリップ、私、どうにか――」

「彼の所に行きなよ」僕は言った。「たぶん彼には――助けが必要だ。そして――君ならそれができる、そうだろう?」

彼女はゆっくりと僕を見た。「ええ……そうね、きっとできるわ。彼は私の夫ですもの」

第二十二章

帰り道のことはほとんど覚えていない。ごくわずかなことを除いては。確か彼女をそこに残し、真っ直ぐに教会を出てきたはずだ。僕が去る前、彼女はなにか言ったが、それがなんだったのかはわからない。

そのときのショックなら、よく覚えている。さらに一撃食らったような気分で太陽の下に出てきた。暑さは和らいでいたが、辺りの明るさに違和感を覚えた。ツバメはまだ飛び回り、さえずり、誰も読めない落書きを忙しく空に記していた。なにかが顔に流れ落ちてきた。汗のようだ。からっぽの埃っぽい広場を抜け、村をあとにした。歩いている間になにかが手に落ちてきた。それは血だった。

ハンカチを取り出し、傷口を塞ごうとした。マーティンの拳が付けた傷跡。人々はまだ葬儀に出ているようで、しばらく行っても誰にも会うことはなかった。僕はひたすら歩き続けた。殴られてフラフラになる気分を味わったのは僕の人生で初めてのことだった。何度も倒れそうになりながら、ただ足を動かし続けた。もちろん、僕を叩きのめしたのはマーティンの拳だけではなかった。

しばらく歩いたのち、大きな道路に出た。道は湾曲し、その下はすぐ崖だった。落差百フィートほどの断崖で、下を見ると、一面白い玉石が頭蓋骨のように日にさらされていた。僕はそこで立ち止まり、手摺にもたれかかり、すべてを鮮明に思い出していた。

人生のどん底だ。そう思った。すべてを失った。グレヴィルもレオニーも大切にしていたすべてを。僕の試みは全部失敗だった。どれもこれも自らの失敗で終わってしまった。最低だ。目の前の崖を見下ろした。もういい、ここで終わりにしよう。生きることになんの魅力も感じない。かえって悪くなる一方だ。口の中の毒のようにすべて今すぐ吐き出したかった。ここが僕の進むべき道だ。一歩踏み出せばいいだけだ。

再び下を見た。終わりにしたいと心から願った――しかし、願うだけではなく、突き動かす衝動が必要だ――そして、僕の中にそれがまったくなかった。二十四時間立っていても膝を手摺に乗せることさえできないだろう。つまり、これではっきり証明されたのだ。僕は失脚者として華々しく最後を飾ることもできないのだと。

苦笑するしかなかった。自分で思うほど僕はグレヴィルには似ていない。どちらかと言うとアーノルドに近かったのだ。画家になれなかったのもこれで納得がいく。おそらくこれが普通であること、平凡であることの利点でもあり、地面にしっかりと足をつけて生きてきた結果なのだ。

僕は先へ進んだ。

一時間は歩き続けただろうか。ようやくアマルフィへ通じる道路に出た。そして幸運なことに、ソレント行きのバスがやってきた。手を上げた。僕はかなりひどい格好をしていたことだろう。運転手はぎょっとしてバスを止め、僕を乗せた。彼の手を借り、大勢の乗客の中に入ってゆくと、一人が席を譲ってくれた。なにか訊かれても首を振り、「アクシデンテ（事故）」とだけ答えた。誰かが僕の運賃を払おうとしたが、ポケットを探ってくしゃくしゃの千リラ紙幣を出し、ソレントまでの乗車を確保した。そこから先はボートを借りられるかもしれない。

ソレントまでどれくらい距離があるのか知らないが、そこはヨーロッパでもっとも美しいと言われるルートの一つだった。イタリアの優れた道路建築家が、こぞってここにやって来て、花々で飾り立てたかのようだった。千フィートもの険しい崖のすぐ横をバスが走る。次々とあらわれるヘアピンカーブはあまりにも角度が急で、一旦止まってはぎりぎりまで後ろに下がり、ハンドルを切りながら進んで行く。ときおりバスは燦々と日差しを浴びた漁村に舞い降り、すぐにまた来た道を登ってゆく。

乗ってすぐ、気分が悪くなった。バスの揺れと海と空のねじれたパノラマで、ますます吐き気に見舞われた。考えてみると、朝、ロールパンとコーヒーを食べたきりだった。何度もバスを止め、降りようかと思ったが、どうにか座席におさまっていた。十分もすると、車掌が前の席から救急箱を取り出してきて、強引に僕の頬に絆創膏を貼り、何かを塗りつけた。額と唇の傷が痛んだ。

今になって思うが、最初に彼を殺そうとして失敗し、再びまた挑むのは間違っていた。もう充分、気力を擦り減らしていたというのに。あのとき、最後に教会でとことん決着をつけたいという衝動に駆られたのは、彼とのつながりや彼のやったこと、彼の主張、すべてを断ち切りたいと思ったからだ。しかし、すべては最初から運命づけられていたのだ。呪われた運命。

レオニーのことも、そのひどく複雑な結婚生活についても考えないようにした。が、長くは続かなかった。彼女から聞いた話を今改めて僕は違う目で見ていた。彼らがなぜあんな行動をとったか、これでよく理解できる。僕にとってはまったく馬鹿げた話だが。結婚生活が神聖なものではなかったとしても、彼女はまだ彼を愛しているのだ。彼の欠点をも充分理解した上で……。

何時にソレントに着いたのかは覚えていない。しかし、太陽はまだ完全に沈んではいなかった。崖が夕刻の日差しを浴びてバター色に輝いていた。埠頭の近くでバスは止まった。僕は足取りもおぼつかなく、長い石の桟橋を歩いていった。力なく頭もクラクラしていたが、ありがたいことに吐き気から は解放された。辺りに小さなボートがいくつか浮かび、桟橋のベンチに腰かけて楽しそうに話し込む男たちがいた。すぐに目を引いたのは、港に停泊した一艘のヨットだった。水着のままで三人の男が乗っていた。二人が帆を張っている。マリーナ・グランデの港でこのヨットを見かけたことがある。声が届くところまで急いで歩み寄り、大声で呼びかけた。

彼らはアメリカ人だった。皆かなり若い。事故に遭い、本土で立ち往生しているのだと話すと、彼らは快く承諾してくれた。十分後に出発するので搬送ボートを今すぐ迎えによこすと彼らは言った。

僕は思いつく限り、もっともらしい言い訳をした。一人がチョコレート・バーを分けてくれると、水の溜まった胃の中が少し満たされた。日が沈む頃にはケーブルカーの中にいた。それは水位計のようにじわじわと、港からカプリの町へ登って行った。

見下ろすと、暗闇の中に港が見えた。それは小さなナポリのように煌めいていた。賑やかな季節がもうすぐ始まろうとしている。波止場のバーから音楽が流れてきた。花束を手にした老婦人が二人、僕のすぐ脇でひそひそと話しこんでいる。隣のボックス席では、フランス人観光客のグループが釣った魚のことで何か言い争っていた。

今日、最初に教会で顔を合わせたとき、マーティンとグレヴィルについてレオニーが言った言葉を思い出していた。そのときは怒りで聞き入れようともしなかったが、今になって彼女の訴えが不意によみがえってきた。マーティンとグレヴィルは異なった道徳基準のもとで暮らしてきたのだ——彼女は確かそんなことを言っていた。マーティンの裏切りに対するグレヴィルの突発的な行動が必要以上に事態を大きくした——言わば、ケチな盗みだったものが深刻な窃盗罪へと変わってしまったと？これがもし、グレヴィルほど優れた人間ではなかったら、友情に対するちょっとした裏切り行為が——物事がうまく運んでいたら、そういう事態も起きなかったはずだが——あんな結果を生むことはなかったのだろうか。彼の死も、すべての忌々しい出来事も、相反する二つの体系、二つの異なった人生と行動基準がぶつかり合った痛々しい悲劇だったのか？　警察に見つかって以来、マーティン・コクソンも心の奥底で深くあえぎ、苦しんでいたのだろうか？

もしも、二人の間に友情が存在しなかったら、おそらくああいった結末には至らなかった。つまり、友情が二人の未来をも閉ざしてしまった。そう言うことか？　もしも、グレヴィルがあれほど優れた人間ではなかったら、あんなことは起こらなかった。それはマーティンにも言えることだ。彼が劣った人間だったら、やはりなにも起こらなかったのだ。どちらもそれぞれ真実なのだろう。

今日のことがあって僕は今まで以上にマーティンのことを理解できたような気がした。まるで彼は、グレヴィルの死という矢尻を体から振り落としたはずなのに毒が体に残ってしまった動物のようだった。今日の出来事がすべてをはっきり裏付けていた——石を投げつけたのもあまりにも遠くからだったし、人を馬鹿にしたような態度で鉄の火消しを床に投げつけたのも説明がつく。奇妙なことに彼はずっとフェアに戦おうとしていた。そうだ、彼はずっとフェアだった。

中央広場は人でごった返していた。僕は人混みをかき分け進んで行った。明かりの灯った夜の闇に人々の囁きがこだまする。観光客の一群が新たに到着したようだ。ホテルに通じる小道の入口で足止めをくらった。人々がひっきりなしに行き交い、通り抜けることもできない。彼らは新たな思想の流入のように突然侵入しては、古きものを混乱させる。煉瓦を運んでいた三人の男は荷物の下で腰を屈め、辛抱強く通り抜けられるまで待っている。僕の顔を興味深く覗く者もいた。ようやく三階建ての家々に挟まれた細い小道に飛び込み、ホテルに向かった。

鍵をもらいに行くと、みんなは驚きの声を上げ、心配し、世話を焼こうとしたが、僕はそれを断り、真っ直ぐ部屋に向かった。鏡の中の自分を見ると、ひどい顔だった。お茶とケーキを部屋に持ってきた少年が、コクソン大佐は今夜夕食をどうするのかと訊いてきた。いらないはずと僕は答えた。彼は今までも数知れず、こんな風に荷物をホテルに置き去りにして立ち去って行ったのだろうか。しかし、そんなことはもうどうでもよかった。少なくとも昼間はそんなことまで考える余裕はなかった。

三十分ほど温かい風呂に浸かり、すべてを忘れ去ろうとした。しばらくすると、少し心の重荷が取り除かれたように感じた。それは、サンフランシスコで最初に電報を受け取ったときからずっと僕の中に重くのしかかっていたものだった。

電話が鳴った。

しばらくそのまま放っておいたが、いつまでも鳴り止まない。風呂から出てタオルを摑み、寝室へ戻った。

「もしもし」

「もしもし」耳を澄ました。男の声だったが、回線が切れたようだ。交換台の方で混線しているのだろう。すると今度は、もう少しはっきりと声が聞こえてきた。「フィリップ・ターナー?」

「そうですが」

「フィリップ、チャールズ・サンバーグだ。帰ってきたんだな、よかった」

「ええ――まあ。帰ってきました、でも――」

「今夜、シャーロットの晩餐に招待されていただろう、覚えていたかい?」

「そうでしたか? いえ、覚えていません」

「まあ、時間は充分ある。八時半からだ。もちろん、来るだろう?」

話を準備していたつもりだが、いざ話そうとなると、うまく伝えられそうになかった。「いいえ、すいません。でも、いつかあなたにお話ししなくてはなりません。あなたのボートのことで――」

「よろしい。では、三十分後でいいかね?」

僕は言った。「お話ししなくてはならないことがあるんです。今日、あなたのボートを沈めてしまったんです。たぶん――いえ、必ずその分をお支払いしますので――でも、あなたにとってはそんなことでは済まされないでしょうね。本当にすいません」

一瞬間があった。「それは残念だな。でも、君も気の毒だったね。まあ、そのうち話し合って決めればいいさ」

彼の声にはなにか含みがあった。「知っていたんですか?」

「電話で話すようなことでもないと思うがね」

「そうですね……明日の朝、そちらへ行きます」

「朝は出かけているよ」

僕は床に目を落とした。お茶の温もりか、部屋の温かさか、なんのお陰かはわからないが、僕は再びしっかりと地面を感じることができた。まだひどく疲れてはいたが、明日の朝にはボートでここを発ちたいと思っていた。「たぶん遅くなってから、一、二分立ち寄ることができると思います」

「シャーロットは特に君が来るのを楽しみにしているんだよ。ランドン・ウィリアムズも来ているし、今夜は特別なんだ。来ると約束しただろう」

ウィリアムズは、最初に出会ったとき、シャーロットが話題にしていた画家だ。つまらない会話をする気分ではなかったし、絵について無意味な会話をするのはもっと嫌だった。「すいません、今、ひどいことになっているんです。顔に怪我をしたもので」

「災難だったな。でも、ぜひ来るべきだよ。ちゃんと偶数になるよう君を当てにしていたんだから」

受話器からパチパチと雑音が聞こえた。「それじゃあ……わかりました。ありがとうございます」

受話器を置き、意思の弱い自分を呪いながら、再び鏡を覗き込んだ。今夜、もっとも避けたいことだったのに。しかし、他にどうすればいいのか？　サンバーグにはボートの借りもある。

絆創膏は剝がれていたが、もう血は止まっていた。ありがたいことに車掌はヨードチンキを使わなかったようだ。しかしまだ打ちのめされたミドル級ボクサーのような顔だった。

出かける支度を始めた。

そのときになって初めて、レオニーを永遠に失ったことに気がついた。

それはたぶん、さっきの電話のせいだ。電話のベルがいくばくか残っていた期待を呼び覚ましたのだ。もう期待してはいけないのだ。僕の中で知らず知らずに大きくなっていった思い。でも、その望みはもうどこかへ消え去ってしまった。

新しいシャツに袖を通したとき、スーツケースの底にあるグレヴィルの日記に目が留まった。手に取り、ページをパラパラとめくってみる。熱帯地方の熱気にやられたみたいに厚紙でできた裏表紙が破けてぼろぼろになっていた。僕はそのとき、もう一度グレヴィルにさよならを言ったような気がした——今度こそ、永遠に。

ネクタイを結び髪を梳かし、ジャケットを羽織ってホテルをあとにした。僕は歩きながら考えていた。もっと違った方法で彼女にちゃんと伝えておくべきだった。僕は自分を見失っていた。もしも彼女に伝えていたら……彼女をここに残したまま、幻影を追い求めてアムステルダムに発つこともなかっただろう……なぜ、彼女のパスポートの名前は今でもウィンターのままなのだろうか。おそらくわざわざ変える必要もなかったのだろうが。そして彼の電報を受け取ったことで……なぜ僕は彼を呼び寄せたりしたのだろう……彼がバッキンガムだろうとコクソンだろうと、それを知ってなんになったと言うんだ……僕は狂っていた……でも、もう済んだこと、今となってはすべて終わったことだ……いずれにしても彼女は彼のものだった、最初からずっと。彼女がそのことをはっきりほのめかしていたはずなのに。彼女の存在は幻影に過ぎなかったのだ。もう忘れるんだ……でも、あの夜、廊下で、アムステルダムに発つ前にちゃんと話していたら……もっとましなことを言っていたら。もっと強く訴え続けるべきだったのだ。でも、そう思えるような根拠はどこにもなかった……そうだ、僕が勝手に思い込んでいただけだ。彼女はなにも言っていない、しかし……

ヴィラ・アトラニへの道を辿りながら、花々が咲き乱れていたポルターノの帰り道を思い出していた。

マーシーとギンベルが威勢よく吠えたて、僕を歓迎してくれたが、その頃には足元がふらつき、また気分が悪くなっていた。いつもの顔ぶれを見て、一層見通しが暗くなった。ナポリの船主カスティリオーニとマドモアゼル・ヘンリオット、この間のパーティーでおもちゃのような帽子をかぶっていたあの女性もいる。ランドン・ウィリアムズとは面識があるが、とても内気な男性で、ほとんどなにも話さなかったと思う。この一行の中でも身構えているように見えた。

カクテルを飲みながら、それぞれが会話を楽しんでいた。サンバーグの姿はまだなかった。シャーロットは僕の顔の怪我を心配してくれたが、詮索はしなかった。何か面倒なことがあったと知っているようだった。しばらくして、帽子の女性が——もっとも今日は帽子を被っていなかったが——そばに迫って来て、女性の性行動に関する『キンゼー・レポート』の話を始めた。そう言えば、このあいだの夜も彼女はじっと僕の方を見ていた。僕のことを医者か精神分析医とでも思っているのか、それともキンゼー・レポートは間違っていると説き、手当たり次第男どもをこてんぱんにやっつけてやろうと思っているのか。僕は彼女に、盲目的で非人間的で、さらには子供じみた男の行動について話してやろうかと思った。今、彼女の目の前にいる男だ。話すべき価値はあると思った。

夕食が始まる時間になってもサンバーグはあらわれなかった。

人はときに空腹なのになにも受けつけなかったり、激しい疲労を感じながらも休むことができなかったりするものだ。まさに今の僕がそうだった。まわりに人がいようがいまいがどうでもよく、なにも感じない。来なけりゃよかったと思い、今、できないことが全部できたらと願う。でも、そうなったとしてもきっと楽しくはないのだ。シャーロット・ウェーバーの視線を何度か感じた。ジェーン・ポリンジャーが隣に座っていたが、彼女も気が気ではなかったようだ。

一皿目が終わる頃、マダム・ウェーバーがドアの方へ目を向けた。「あら、チャールズが来たわ。先にいただいていたのよ、みなさん、飢え死にしてしまいますからね」彼女は僕に微笑んだ。ほら、来てよかったでしょう、とでも言うように。

男性陣は皆立ち上がった。サンバーグが誰か女性を連れてきたからだ。一瞬ためらったあと、その女性は僕の向かい側、ダ・コッサの隣の席に腰を下ろした。レオニーだった。

第二十三章

彼女は僕が来ていることを知らなかったようだ。うろたえる様子からそう見てとれた。ひどく青ざめ、一瞬その場を去ろうとした。ひどく殴られた後というのは次のショックが麻痺するものなのだろうか。もしそうならば、僕には当てはまらない。ちゃんと次の痛みを感じたからだ。遅延反応に関する検査でも受けておくべきだった。

まもなく彼女はシャーロットになにか言い、食事を始めた。僕は愚かなことをいろいろと考えていた。彼女がここにいるはずはない——今日の午後のあの緊迫した出来事も暴力沙汰も、すべて暑さによる幻覚か、それとも妄想だったのではないか。

僕はかなりぼんやりしていたに違いない。ベルトが来て僕の皿を取ろうとしたとき、邪魔をしてフョークを落としてしまった。レオニーは今夜だけ特別に帰って来たのだとマダム・ウェーバーが話した。ダ・コッサはちょっとのあいだ照準を彼女に移し、ローマはどうかと尋ねはじめた。彼女は質問をどうにかかわし、やがてシャーロットが珍しく苛々した様子で二人の間に割って入った。

そこで初めて、僕はチャールズ・サンバーグの方を見た。いつものように『ハーパーズ』の雑誌モデルよろしくリビエラの休暇風といった出で立ちだった。その顔を見る限り、ミサに行ってきても、人殺しに行ってきても、同じように涼しげな表情でここに座っていそうな気がした。

もう一度レオニーを見た。襟の立った青緑色のシルク・ドレスを着た彼女は、ダ・コッサの詮索を逃れてほっとした様子でじっと口を閉ざして座っている。今はもう食べる振りさえしていない。エル・グレコの天使のようだ——美しく繊細に描かれた、少しやつれた天使。

誰かの手が僕に触れた。僕はジェーンを見つめた。「ごめん、なにか?」

「もう少し島に残れないのかって、ハミルトンが」

「明日、発たなきゃならないんだ」

ダ・コッサが満足げに言った。「それで——例の——肖像画はどうなったんだい? え?」

僕は答えなかった。

「そのことなら心配しなくてもいいと言ったでしょう。ねえ、フィリップ」マダム・ウェーバーが口を挟んだ。「せっかくの素晴らしいお天気ですもの。夏らしくなって。日光浴の誘惑には勝てませんわ。去年のこの時期はイグルー(エスキモーの冬の住居)が必要なくらいでしたのよ」

「フィリップはまた戻ってくるさ」サンバーグが言った。

ランドン・ウィリアムズが口を開いた。「君がすっかりやめてしまったんじゃないと知って嬉しいよ、ターナー」

「もちろんですわ」マダム・ウェーバーが言った。「わたくしがね、ぜひ描いてほしいと思っていたのはレオニーの肖像画なの」

沈黙が流れた。サイドボードの上でぶつかり合うボトルの音だけがあたりに響いた。帽子の女性がシニョール・カスティリオーニに何か言っていた。「……百人のうち、一ダース半もの女性が結婚生活に少しも満足していないんですって。つまりはそういうことですのよ、あなた。なぜ統計学者が、その半分の数を……」

　僕はレオニーに切りだした。「マーティンはどこに？」

　それまで彼女は僕の方をまったく見ていなかったが、素早く視線をこちらに走らせた。

「一緒じゃないのかい？」

「一緒だと思ったの？」

「ああ、そうだよ」

　これらの言葉がどんな響きを含んでいたのか、わからないが、明らかに彼らはなにかを感じ取ったらしい。誰もが静まり返った。まるで銃を突きつけられたように。

「レオニーが電話をくれたんだよ」穏やかな声でチャールズが言った。「カスティリオーニのボートを借りて、僕が迎えに行ったんだ」

「あなたが――ポルターノまで？」

「ああ。彼女が荷物を取りにきたいと言ったんでね」

「ああ……」

　静まり返った後、再び誰かが会話を始め、食事の手を進めた。

「どうしてマーティンも一緒に連れてこなかったんですか？」ややあって僕はチャールズに訊いた。

「肋骨にひびが入っていたんだ。二、三日、固定する必要があるようでね」

　ジェーンが僕に言った。「お友達のマーティン・コクソンのこと？　事故にでも遭ったの？　知らなかったわ」

「いや、たいしたことじゃないんだ」詳細は何ひとつ漏らさず、何事もなかったようにサンバーグは取り繕った。

「……もちろん、医学的なことはわかりませんわ」帽子の女性がカスティリオーニに言った。「でも、そのような一般社会の断面図を見ますと、話し合いに同意するのはだいたい外交的な人たちですわ、それにね、あなた、外交的な人間というのは……」

もう一つの道が目の前に開けていた。レオニーは再び僕を見た。今度は目をそらさない。僕らは見つめ合った。

僕は言った。鼓動が速くなる。「もう少し早く言ってくれればよかったのに」

「なにを?」

「彼が君の――」

「話しても、なんになったと言うの?」

「望みを持たずに済んだよ」

彼女は顔を赤らめた。

僕は言った。「彼を再び君の前に連れてきたことで、どんなに後悔したことか」

「よかれと思ってしたことでしょう」

「そうだね、必然的なことだった――遅かれ、早かれ――君の気持ちがそうなるのは。今夜、彼のところに戻るんだろう?」

「ええ……」

「そうか……」

ジェーンが僕の腕に触れた。「ミスター・ウィリアムズが、アメリカのこと聞いてたのよ」

「すいません、聞いてなくて」

彼は微笑み、質問を繰り返した。僕は言った。「向こうじゃまったく絵は描いてなかったんです」

再び沈黙が流れた。シニョール・カスティリオーニの声がそれを破った。「しかしだね、マダム、あなたが言う調査では、ええと、ご婦人の私生活に関する調査……アメリカのご婦人でしたかな？

随分と冷淡なご意見のようだが。一つ言えるのはイタリアのご婦人はまったく違うということですよ」彼はくっくと笑った。「イタリアの女性は――ええと、英語のスラングで何と言ったかな？――

ソース・ピクアンテ（ピリ辛のソース）とか――」

「マスタードですよ」サンバーグが助け舟を出した。

「ああ、そうだ、ありがとう、チャールズ。マスタード、刺激的ってところですな」

僕はレオニーに言った。「きっと、もう決めていると思うけど。今後、どうするつもりなんだい？」

「それは、むしろあなた次第ね」

「僕？　なぜだい？」

「あなた、言ったじゃない、自分が生きている限り……」

「まさか。彼の好きなようにさせればいい。もう復讐なんてこりごりだよ」

「そう――それを聞いて、とても安心したわ」

「今日の午後は頭に血が昇っていて、話が聞ける状態じゃなかったんだ。君が僕を止めようとしたのは正しかったよ。ただ君の言葉がよく聞こえなくて……気づいたときには収拾がつかなくなっていた。今となってはもう遅いけど……」

彼女の声は、どこかおかしかった。「ああ、フィリップ、もしわかってもらえたら……」

そこで言葉を止めた。

「なんだい？　言ってくれ」

「いいえ、いいの」

「あなたたちったら」シャーロット・ウェーバーが口をはさんだ。「なんだか難しいお話をなさっているようね。別に誰も気にしませんけれど、でも……ミスター・ウィリアムズ、パリのショーの話をしてくださらない。わたくし、評論の記事を一つだけ読んだわ……」

ボーイがレオニーの食べかけの皿を下げようと身を屈めた。彼がなにか尋ねると、彼女が目を上げ、瞳がきらりと光った。ボーイが下がると、彼女はいつものように額に掛かる薄い前髪を指でかき上げた。一瞬、僕はマーティンのしぐさを思い出した。二人はまったく似てはいなかったが。再び彼女が僕を見た。このまま形式ばった話をしていても埒が明かないと僕は感じていたが、彼女の方も言いたいことがあるのにそれ以上言えず、苦しんでいるようだった。彼女の唇が、瞳が、そう訴えていた。

「話してごらん」僕は言った。

「できないわ」

「できるさ、きっと、できるよ。さあ、レオニー」

「私のこと、恨んでいるでしょう」彼女が言った。「今になっても、まだ彼のことを……」

「いや、違う、そんなんじゃないよ」

「彼が最初にここに来たとき、初めて話をしたのは――カクテル・パーティーのときよ。庭で――彼はオランダでの出来事をすべて私に語ったわ。彼に言いくるめられたわけじゃないのよ、本当に。驚いたことに、そのときの彼はとても正直だった――いい加減なところなどまったくなかった。アムステルダムで彼とは永遠に別れたつもりだった。彼がいい加減な人間だと思ったから……でも、ここで再び会った彼は違っていた。そんな彼を見たことはそれまでなかったの。グレヴィルの自殺は、むやみに自分の命を無駄にしただけではなかったのよ、ええ、そうよ……それに誰かと結婚するということは、その人の美点だけではなく、すべてを受け入れるってことなのよ」

イタリア人のボーイが次の料理を出そうとしたが、僕は首を振った。

彼女は話を続けた。「決して彼を弁護するつもりはないけれど、普段彼は他人のことにまったく興味を示さない人なの。だけど、あなたとは一緒にいるのを楽しんでいるように見えた。たぶんあなたが不思議なくらいグレヴィルと似ているからね――彼は自分の失ったなにかをあなたの中に求めていたんだわ」

「ねえ」ジェーンが言った。「あなた、結婚してるって本当？　再婚したの？　それとも別居中ってことかしら？」

レオニーは息を吸い、なにか言おうとした。そして、シャーロットを見つめた。「ごめんなさい」声がかすれていた。「私、もう……」

椅子を軋ませ立ち上がると、ドアに駆けより、彼女は出て行った。

再び沈黙に包まれた。帽子の女性が言った。「他人の家の喧嘩って大好きよ。自分のことのように興奮するけど、食器の割れる心配はいらないんですもの」

「フィリップ、どうか――」シャーロット・ウェーバーが口を開くとともに、僕は立ち上がった。

「すいません……」危うくベルトにぶつかりそうになりながら、僕はドアへ向かった。

ホールに出たが誰もいなかった。少し遅かったか。たぶん、寝室に戻ったのだろう。大広間で音がした。僕は急いだ。しかし、やはり誰もいない。部屋から出るとき、今度はサンバーグとぶつかりそうになった。

彼は言った。「じっと待つしかないだろう。もう少し時間が必要だ。時が解決してくれるさ、人生は長い」

説得され、しぶしぶ大広間に戻った。彼は明かりをつけ、煙草を勧めた。

僕はおぼつかない指で煙草を受け取った。見ると、手が震えていた。「せっかくの晩餐が台無しですね。すいません、でも、どうしても――出て行かないわけには」

彼は微笑んだ。「戻って食事を終えてきたらどうだね？　その間に彼女にも戻るよう説得するよ」

僕は頭を振った。「ありがとう、でも、本当に――もう充分です」

「まあおそらく、いろいろとあるだろう」手入れされた指にそっと煙草を挟んで、彼は火を点けた。「メッセージがあるんだよ、君に――君の友人のコクソンから」

「メッセージ？　僕に？　彼に会ったんですか？」

「ああ、あのフラットでね。二人で随分いろいろ話をしたよ。彼に渡してくれと頼まれたんだ」

僕は手渡されたくしゃくしゃの紙を見つめた。鉛筆で何か書かれている。ラテン語だ。

「あまりラテン語は得意じゃないので……」

サンバーグが紙を取り返した。「ええと……こう書いてある。『なぜ人は自分の罪を告白しないのか？　なぜなら、それはまだ罪の意識の中にいるからだ。自分が罪を犯したという事実こそが他人を傷つけた最大の罰である』」

また手紙が戻された。僕は一回、二回とそれを折り畳んだ。苦笑しながら僕は言った。「敵を過小評価するなんて最悪の過ちだと思いませんか？」

「……煙草に火が点いてないようだ」

僕はマントルピースの方へ歩いてゆき、重い体でそこに寄りかかった。「また、あなたのことがわからなくなりましたよ、チャールズ。あなたとシャーロットがどこまで知っているのか、いったいなにをしようと――手助けなのか、妨害なのか知りませんが……」

「妨害ではないよ、明らかに」

「それじゃあ、レオニー一人の計画だったということですか？　ポルターノでマーティンと落ち合うように？　あなたもシャーロット・ウェーバーもなにも知らなかったのですか？」

「計画など、なにもなかったはずだよ。今夜、レオニーから聞いたが」

「でも、二人の間でなにか約束があったはずですよ！　マーティンが昨日ずっと彼女と一緒だったのは確かです」

「それは彼女の選択ではないよ。ダ・コッサが彼女の居場所をコクソンに教えたんだ。シャーロット宛てに届いた手紙の住所を見て、マーティンに教えたのさ」

僕は彼を見た。言っている意味をなんとか理解しようとした。「でも、当然僕は、彼女が彼のもとに戻ったのだと――。そうじゃないと言うのですか？　じゃあ、なぜ彼女はそこへ？」

「察するに、彼女はそうやって自分なりに将来の見通しをつけようとしたんじゃないのかね？」

「見通し？」

彼は煙草の煙を吐き出し、最後の一服が螺旋を描いて消えてゆくのを見つめた。「意外かね？」

しばらくして、僕は言った。「僕は誤解していたのかもしれません――彼女は……でも、結局は同じことです」

「その問題については、彼女も話すのをかたくなに拒んでいてね」

彼の目に、不意に驚きの色が浮かび、僕は後ろを振り返った。ベランダでなにかが動いた。僕は開いたドアの方へ走った。ベランダの端に彼女がいた。庭へ下りようとしている。

階段を四歩下りたところで、彼女に追いついた。

「レオニー……」手摺を背に、彼女は立ち止まった。窓から明かりがこぼれ、あたりを包んでいたが、音が漏れる距離ではない。

「聞いていたのかい？」

彼女は言った。「フィリップ、今夜また、あなたに会うとは思ってなかったのよ。チャールズったら、まさかあなたを連れてくるなんて！」

「そうだろうね。ごめんよ。でも、僕は今、君に伝えなきゃならないことがある」

「もう充分話し合ったでしょう？」

「あれで？　あんなんで本当に終わりなのか？」

彼女は答えない。怒ったような、そしてなぜか怯えるような顔をして。

僕は言った。「僕は誤解していたんだよ。君がマーティンと落ち合うためにポルターノに行ったと思ったんだ。僕がいなくなった隙になにも言わず出て行ったものだと……」

「私、本当は……でも、もういいのよ。今さらなんの違いもないでしょう」

「僕にはあるんだ」

しばらくして彼女は言った。「自分の気持ちを整理する必要があったのよ。できるだけ早く、他人の意見に邪魔される前に……はっきりと確かめなきゃならなかったのよ」

「で、今は？」

「ええ、もう、決めたわ」

「アムステルダムのときとは違った選択を？」

「ええ、そうするしかないわね」

僕は言った。「その前に、これだけは伝えておきたいんだ。君を愛してる。君が必要だ。今まで誰にもこんな感情を抱いたことはない。これからもきっとこんな思いは……でも、君に誤った選択を強いているわけじゃないんだ。君の彼を思う気持ちに偽りがないのなら、僕がなにを言おうと思いとどまる必要なんてない。一番大切なのは君の気持ちだ」

人影が窓の前をよぎった。サンバーグが二階に行ったようだ。

僕は続けた。「彼に同情して、ただ力になりたいと思っているだけなら、マーティンのもとへ戻ってはいけない。それから、妻だからといって戻る必要もない。そんな契約のために我慢することはない。そんなの充分な理由にはならないよ、レオニー。充分じゃない。そんなことをしたら結局は自分を傷つけるだけだ」

彼女はなにも言わない。息遣いが伝わってくるようだった。僕と同じくらい苦しげに見えた。

「彼を愛しているのかい？」

彼女は唇を舐めた。「もう、決めたのよ」

「レオニー」僕は言った。「今度こそ逃げないで、ちゃんと僕を見るんだ」

そして、彼女は僕を見つめた。「フィリップ、私、逃げてはいないわ。でも、彼を失望させることなどできないの。いろいろな面で彼がだめな人間だというのはわかっている――でも、いいところもあるのよ。グレヴィルがそれをよくわかっていたわ。そして今、マーティンは――さまよっているのよ、進路も見つからないまま――彼と初めて会ったとき、私がそうだったように。女性でも逃げずに堂々と戦うべきときがあるわ。こんな私だけど沈みかけた船を見捨てるなんて……」

「彼を愛しているのかい?」僕はもう一度訊いた。

彼女は真っ直ぐな目で僕を見た。「いいえ!」怒りを込めて彼女は言った。「正確には愛してなんかいないわ。ええ、間違いなく。あなたが思っているようには」

「レオニー――」

「でも、だからといって――冷淡でいられるわけでも、すべてから解放されるわけでもないわ。彼の今後を見届けるつもりよ。それは一つの――彼と出会った罰でもあるし、特権でもあるの。誰もがそう思うはず。私はなおさらそう感じるのよ――彼の妻だから。もし、ここで彼を見捨てたら、私は一生、彼という亡霊から逃れられないわ。私に今できるのは彼のもとに戻ることだけ――そして、うまくやっていくしかないのよ……」

ベランダがきしむ音がした。チャールズ・サンバーグがゆっくりと階段を下りてくる。「失礼するよ。部外者が首を突っ込むのは無作法なことだが、君たちがどう決断を下すか、興味があったんだ」

僕は言った。「今夜、僕はレオニーと一緒に戻ります、マーティンに会いに」

「フィリップ――」

「大丈夫だ、もう彼と殴り合いなんてしないさ。終わったんだ、もう充分だ……」

「ばかなことを」サンバーグが言った。

僕は彼を見た。

「もし、私が君ならば」彼は言った。「レオニーをさらって朝一番の飛行機でイギリスへ帰るよ――それから、アメリカへ――もし、彼女が同意するならね」彼は眉を上げた。「いや、たとえ彼女が行かないと言っても、さらっていくだろうな」

レオニーが言った。「いいえ、チャールズ、そんなことできないわ。フィリップには、ちゃんと説明したの――」

「もし、君たちがポルターノに戻れば、この忠義の戦いに勝つのはマーティンだ。そうするのが彼の天性だ。いや、彼の闘争心を責めているわけじゃないよ、決してね。心の赴くままに行動するのは決して悪いことじゃない。自己中心的で一途なのが彼の性分だ。フィリップ、察するに君のお兄さんは、彼のエゴイズムにメスを入れた。その結果、今、マーティン・コクソンは人生の岐路に立たされている。しかし、もしも彼が新たな自己のあり方を見つけようとしているのなら、自分自身で自分のやり方で見つけるしかないんだ。レオニー、君が今、ただそばにいて慰めるためだけに彼のもとに帰ったら、グレヴィル・ターナーの意思を台無しにすることになるよ。フィリップと一緒に行くんだ。君にとってふさわしい場所へ」

彼女は震えていた。「約束したのよ」彼女は言った。「今夜戻ると約束したの。決まったことなのよ！」

「わかった」サンバーグが言った。「君の代わりに、この私が行こう――彼になにがあったか伝えるよ。私に任してくれればいい。フィリップ、彼女をイギリスに連れて帰るんだ」

「だめよ！」彼女は言った。

「だめじゃない！」力の限り僕は言った。「チャールズの言う通りだ、レオニー。たとえ君が僕のことをそんなに好きじゃなくても、僕と一緒にとりあえず家まで帰るんだ。そして、やり直すんだよ――君自身で。アムステルダムで君はそう決断したはずだ。そして、それは正しかった」

「そのときはそれが正しかったわ。そして、いつか、そうすべきときが来るかもしれない。でも……」

「レオニー、今がそのときなんだ。一緒に来るだろう？」

彼女は答えない。

僕は言った。「僕のことなんて全然好きになれないかな？」

彼女は言った。「どんなに無茶なことか、あなた、わからないの？　マーティンに対してなんらかの感情を抱いている人間が、あなたの側にいるということが」

僕は言うべきことを慎重に考えていた。事態がここまで急展開したことが、とても信じられなかった。ただ、すべてはまだ、どちらに転ぶかわからない。

もちろん、仮に彼女の心が一瞬こちらへ傾いたとしても、核心部分はまだ元のところに残されたままなのだろう。マーティンと彼女が突然きっぱり別れられるはずがない。法的な絆は大きな問題ではないのかもしれない。しかし、彼女をつなぎ止めている実質的な錨（いかり）を一夜にして外すことはできないだろう。それは、明らかだった。しかし、今はそうでも、その先は？　その先はどうなるのだろう？　ずっと幻影から逃れられないのか……

僕は言った。「たった一つだけ、僕にくれないだろうか……」

彼女は僕を見た。

「忠誠心でも、友情でも、同情でもなく……君の愛情の、ほんのひと欠片でいいから」

彼女はすぐに小さな声で答えた。「それは私の愛情の、一番大きな部分よ」

サンバーグがこれで決まりだという顔をした。「何時にボートを用意しようか？」

「でも、フィリップとは一緒に行けないのよ！」彼女はなおも訴え続けた。「二人とも、よくわかっていないようね。今、マーティンを失望させたら、自分自身をも失望させることになるわ。そんな状態で新しくやり直すことなんてできない。もしも幸運にも一緒に行けるとしたら、フィリップ、それは真っ白な心で、ちゃんと過去を清算してからでなければならないわ」

長い沈黙が流れた。

サンバーグが言った。「こう考えてはどうかね？　もしも今、君がマーティン・コクソンのもとへ戻るとする、君が今述べた理由で。君もいつかグレヴィル・ターナーと同じようなことをするだろう。同じ男のために。私が思うに、多くの人々が多かれ少なかれ、マーティン・コクソンの犠牲となってきたんじゃないかね？　グレヴィル・ターナーの場合は度を越してと言うか、抜きん出てと言うか――。まあ、なんであろうと、今こそもうやめるべきだよ」

しばらくすると、彼女の中でゆっくりとなにかが変わりはじめた。それは目に見える動きではなく、体の中の形容し難い変化とでも言うのか。わずかな言葉でチャールズは言い当てたのだ。マーティンについて彼女が知っていた多くのことを。疑う余地のないことを。

「レオニー」僕は言った。「君がたった今、僕にあの言葉をくれたからにはもうなにを言っても無駄だよ」

「あんなこと、言うべきじゃなかったわ。でも、あなたが――」

「今になって撤回するのかい？」

彼女は言った。「撤回したいことなど、なにひとつないわ」

僕はサンバーグを見た。「いつか、あなたとシャーロットにお返しできたらいいのですが――なんらかの形で――今夜、僕達を救ってくれたことに対して」

レオニーが言った。「チャールズ……」そして口をつぐんだ。彼女の頑なな心が少しずつ和らいでいくようだった。

去ってゆくとき、サンバーグが僕に言った。「いいかい、フィリップ、忠誠心なんて言葉は近頃じゃもう流行らないのさ――それに少しばかり危険もはらんでいる。その言葉は君たち二人を脅かしてもきただろう。でも、おそらくお互いに対してそれを実践していけば、いつかきっと素晴らしい実を結ぶはずだよ」

そして彼は僕達を残し、戻っていった。再び仲間たちのもとへ。微笑むのか、頷くのか、目配せを送るのか――きっと彼は、シャーロットを満足させるに違いない。

訳者あとがき

ウィンストン・グレアム（一九〇八〜二〇〇三）は、イギリスのコーンウォールを舞台に描かれた作品『ロス・ポルダーク』で注目を集めた作家でもある。『ロス・ポルダーク』はＢＢＣによって一九七五年から一九七七年にテレビ化され、放送された。他にも数々の時代小説、短編小説、サスペンス小説を手掛け、映画化された六作品のうち代表作『マーニー』は一九六四年にアルフレッド・ヒッチコックによって撮影され、作家としてその名を広く世に知られることとなった。本作 *The Little Walls* は一九五五年に英国推理作家協会クロスド・レッド・ヘリング賞を受賞した。

一人の男の心情と出来事を切々と綴ったような本作は、ミステリ小説でもあり、様々な景観がパノラマのように浮かび上がる一つの抒情的な文学作品のようでもある。巧妙なトリックはない。人の心の動きが焦点であり、信条、モラルや人間の本能、特性のようなものが主体となった物語である。一本の映画、またはテレビドラマを見終わったあとのような読後感が特徴だ。主人公フィリップの視覚描写が細やか、かつ鮮やかで、その一方で混沌とした彼の心の動きに読者は想いを馳せることとなる。主人公と対比的な存在、マーティン・コクソンは明らかに悪役であるべきなのだが、その魅力的な人間性にも惹かれるものがある。

カプリを舞台にそこで出会う登場人物も印象的だ。テレビドラマでよくお目にかかるような、くっきりとした人物像が浮かび上がる個性的な面々。謎の美女レオニー、資産家の未亡人マダム・ウェーバーや彼女を取り囲む脇役が物語にちょっとした華を添えている。

もう一つ特徴的なのが、舞台となるアムステルダムとカプリの対照的な町の情景だ。それぞれ「暗」の美しさと「明」の美しさが描かれている。

本作が発表されたのは第二次世界大戦後、約十年を経た頃だが、作品の中でも、まだ戦後の傷跡が所々散りばめられ、その傷を負った人々の生き方も垣間見ることができる。戦争が人々の心や生活になにを残したか、そこからまだ抜け出せないでいる人間もいるということが浮き彫りにされている。

この世に悪が存在するとすれば、それは生まれ持ってのものなのか、環境によるものなのか。まさに性悪説、性善説にまで話が及ぶが、そもそもその悪の本質とはなんなのか。人を理解するとはどういうことか、信じるとはどういうことか。主人公の心の動きが解読できそうでなかなか解読できず、なんとももどかしいが、それもそのはず、主人公自身が己(おのれ)の心を決めかねているのだ。

ミステリと言えば、「加害者」と「被害者」がいて、そこに「動機」が存在するのが定番と言えようが、この物語は、おそらくそういった括りでは説明できない。それ以上に複雑な人間心理がストーリーの根幹となっている。あくまでも中心は事件ではなく、人間の心理である。テーマとなっているのが「モラル」や「信条」「忠誠心」といった言葉だが、キリスト教的教えがあまり浸透していない日本人にはぴんとこない部分もあるかもしれない。そして、そこがかえって新鮮に感じられる。古臭いようで新しいようなテーマ。定番のミステリとは一味違うのが魅力だ。

『小さな壁』がCWA最優秀長編賞受賞作に選ばれたわけを考えてみよう

横井　司（ミステリ評論家）

以下『小さな壁』の内容に踏み込んでいます。未読の方はご注意ください。

1

英国推理作家協会 The Crime Writers Association ――その名称の頭文字を拾ってCWAと通称される――は、一九五三年十一月五日にジョン・クリーシーの呼びかけによって、ミステリの普及と地位向上を目的にする団体として発足した。一九四五年に発足したアメリカ探偵作家クラブ（Mystery Writers of America. 通称MWA）に八年近くも遅れることになったのは、すでにディテクション・クラブ[1]という探偵作家の親睦団体が存在していたからだと思われるが、MWAの方もまたディテクション・クラブにインスパイアされて設立されたものだった。

ディティクション・クラブは親睦団体にとどまり、年度ごとにベスト作品を選ぶということはされなかったが、MWAでは発足当初から最優秀新人賞が選出されており、一九五三年からは最優秀長編賞も設定された。のちに最優秀短編賞、最優秀ノンフィクション賞などが誕生し、それらはまとめてエドガー・アラン・ポー賞（通称エドガーズ）と呼ばれる。

ＣＷＡの方もＭＷＡと同様、発足から二年後に最優秀長編賞を選出しており、今日では最優秀長編賞がゴールド・ダガー賞、次点がシルヴァー・ダガー賞と呼ばれているが、それらの名称が設定されたのは一九七〇年（一九六九年度）からで、当初はクロスド・レッド・ヘリング・アワード The Crossed Red Herring Award と呼ばれていた。[2] ウィンストン・グレアムの『小さな壁』（一九五五）は第一回のクロスド・レッド・ヘリング賞受賞作であり、ＣＷＡが最初に選んだ当該年度の最優秀長編なのである。

当時、最終選考の場にあがっていた作品は、マーゴット・ベネット『飛ばなかった男』、リー・ハワード『死の逢びき』、ナイオ・マーシュ『オールド・アンの囁き』の三長編で、これらいずれ劣らぬ秀作の中から、最優秀長編として選ばれたのであった。「いずれ劣らぬ秀作」と書いたものの、『オールド・アンの囁き』が邦訳されたのがつい最近（二〇二一年）なので、入手が容易であるのに対し、[3]『飛ばなかった男』と『死の逢びき』はかつて東京創元社から一九五〇年代後半に邦訳刊行されたの[4]みで、今日では入手が難しいというのは、皮肉なものだ。

『飛ばなかった男』では、四人の乗客を乗せて飛び立った飛行機が墜落し、パイロットと三人の乗客の死体が発見される。乗っているはずだった四人目の乗客が事故の後も名乗り出ないために、捜査当局は乗客四人の身元を確定することができない、という状況が示される。森英俊によって「パトリシア・マガー風の〈被害者探し〉に新しいヴァリエーションを生み出した、じつに独創的なプロットの作品」であり「戦後ミステリを代表する名作」として『世界ミステリ作家事典［本格派篇］』（一九九八）で紹介されているので、古本で邦訳書を入手したという読者もいるかもしれない。本邦初紹介時も、植草甚一が「トライアル・アンド・エラー Trial and Error と呼ばれているパズル遊戯の方式を推理小説に当てはめた」「独創的プロット」に「なんともいえない魅力」を見出しており、一九五五年にイギリスで、翌年アメリカで出版されると、「推理小説批評家の大部分が同年度ベスト・テンのなかに選んだ」「一九五五年、五六年をつうじて最も評判になった推理小説はこれである」と太鼓判を押している。

『死の逢びき』の方は、作者がこれ一作しかミステリを書かなかったこともあってか、今日言及されることはほとんどなく、本邦初紹介時に植草甚一は『イラストレーテッド・ロンドン・ニュース』の書評を紹介した上で「この作品をどう受けいれるか、それは読者の判断にかかっている。本叢書では、これが推理小説のジャンルに入るかどうかは別問題とし、クライム・フィクションとして読者に提供するしだいである」と書くのみであった。逢引きの約束をした部屋を訪れた青年が警官に拘束され、身元を隠して明かさないために、捜査官とのやりとりが八時間にも及ぶというストーリーで、ジョン・ビンガムの未訳長編 *My Name Is Michael Sibley*（一九五二）のような、警察権力の横暴さを描いた社会派スリラーかと思えば、さにあらず。イギリスの警察官は紳士的に主人公に対応し、まるで素人探偵と事件について論理的に検討しているかのような雰囲気を醸し出しているのである。植草甚一が解説で引用している書評にもある通り、実際に起きている殺人事件の真相はついに明かされない。植草が当時の解説で「独創性にとんだクライム・フィクション」と書いているのはこのためであるし、「推理小説のジャンルに入るかどうか」が問題となるというのは、未解決のまま終わるというプロットを踏まえたものであることは、容易に想像がつく。

これら二作に共通している美点のひとつはプロットの独創性である。この二作に比べると、典型的なイギリスの田園地方における殺人を名探偵（お馴染みロデリック・アレン警部）が解決するというマーシュの『オールド・アンの囁き』は、独創性という点では一歩譲るように感じられるかもしれない。同様に、オランダで次兄が自殺したとされる事件の真相をアメリカから帰国した弟が探り始め、舞台がオランダを経てイタリアのカプリ島やアマルフィへと移るグレアムの『小さな壁』もまた、オーソドックスなサスペンスものという印象を免れないように思われる。それではなぜ、『小さな壁』が最優秀長編賞に輝いたのか。

『飛ばなかった男』は、四人目の乗客は誰だったのかという冒頭で示される謎は魅力的ではあるものの、それを調べるために、搭乗する二日前の時点に遡り、田舎で下宿屋を経営する没落傾向にある一家を中心とする話が語られていく。そうした物語の中に伏線が仕込まれているとはいうものの、その下宿屋を中心とする物語自体は、まるでアガサ・クリスティーの描く世界を彷彿させるものであることは否めない（クリスティー作品よりはユーモア描写で長けているとはいえ）。その意味では『オールド・アンの囁き』も同様である。『死の逢びき』の場合、ロンドンの一区域内で八時間もの間、捜査官とのやりとりが続くというあたりは、ダイアローグ自体は論理的で法廷ものを髣髴させるところもある。だが、独創的と思われるプロットも、演劇の舞台を連想させると考えれば、腑に落ちるように思われる。そうした演劇的なプロットがイギリス人読者の嗜好に適っているということは容易に想像がつくし、そういう意味ではその独創性も割り引いて考える必要があるのではないか。

もう一点、付け加えるなら、『飛ばなかった男』も『死の逢びき』も、登場するキャラクターが類型的、といって悪ければ、典型的であるように思われる。『飛ばなかった男』の場合、生活能力のない詩人というキャラクターと、彼に惚れ込んでいる下宿屋の長女との恋愛関係が物語に絡んできて、長女の愛情は真実のものであるか否かが最後に、唐突といっていいような感じで、示される。ここではある意味、エンターテインメントではお約束ともいえそうなハッピーエンドを迎えており、キャラクター描写という点では類型性を免れていないのである。エンターテインメント小説としてみた場合、それは瑕疵とはいえないが、ある種の物足りなさを感じる読者もいるのではないかと思われる。『飛ばなかった男』と世界観が似ていると思われる『オールド・アンの囁き』の場合、その物語世界は一見するほど伝統的なものではないことは、論創海外ミステリに収録された際、解説で指摘しておいた。だが、そこに潜まされた批評性が当時の読者（特に男性読者）に伝わっていたと見るべきかどうか、微妙なところだろう。一九五五年当時は、選考委員の全てが男性ではなかったかと思われるだけに、なおさらだ。

『死の逢びき』は、新聞社の職を得ている主人公の、妻に知られたくない、世間や同僚に知られたくない、という小市民ぶりが、ユーモラスに描かれており、それはそれで楽しめるものの、それは読者にとって理解の範囲内であり、新しいキャラクターに出会ったという印象はなんら感じられない。日本の読者であれば、植草甚一のように「よくこんな人にロジックが活潑にはたらくものだと感心しないではいられない」という感想を持つ人も多いかもしれず、公権力に対して己の権利を主張して一歩も譲らないという心性が身についていないということもあって、特異なキャラクターだと感じられるかもしれないけれど、イギリス人にとっては自然だったのではないかと想像するのは容易い。

実際にＣＷＡの選考委員がどのように考え、議論したのかは、詳らかではないものの、右に述べたことが話題にのぼり、『小さな壁』が最終的に選ばれたのではないか、と考えられるのである。こういうふうに書いてくると、消去法で選ばれたかのように思われてしまうかもしれないが、最終候補作はいずれ劣らぬ秀作であるという前提を置くなら、最終的には好みで決まるのであり、消去法で美点を抜き出していくほかないだろう。

『小さな壁』は、最初オランダが舞台となり、ついでイタリアのカプリ島やアマルフィが舞台となることは、先にも書いた通りである。オランダでは、タイトルでも示されている紅灯の巷へと読者は連れていかれることになり、イタリアのカプリ島では、島自体が風光明媚であるだけでなく、青の洞窟という観光スポットがストーリーの重要な要素となり、観光ミステリ、トラベル・ミステリ的な魅力が溢れている。そして、主人公の兄の死をめぐって、当初はフーダニット的な側面も見られたが、次第にホワイダニットが前景化してきて、人間心理の不可解さが中心的なモチーフとなる。そして、兄を死に追いやったある人物の正体が明らかになった時点で、当の人物もまた兄の死の真相を知りたかったことが明らかとなる。これは、その人物の正体が伏せられていた時点での、当の人物の発言や行動原理に対する不自然さを解消することにもなっていて、本格ミステリの文脈から見れば、一種のフェア・プレイが意識されていると考えることもできるのである。そして『死の逢びき』のように、最終的な真相は曖昧なままに終わるのだが、『死の逢びき』の真相がある程度、予測の範囲であるのに対し、『小さな壁』の場合、兄の死の真相が曖昧であることが読者に対する問題提起にもなっている。いささか大仰な言辞を弄すれば、読者はそこで、高潔さをめぐる哲学的な問いに直面させられるのである。

そしてもうひとつ、兄を死に追いやった人物への復讐を試みる主人公は、それに途中で失敗し、何度かの小競り合いの後、放棄してしまうのだが、その復讐計画が完遂されないというあたりに、オフビートめいた面白みが感じられる。一般的なエンターテインメントであれば、最終的な目的を果たすまで、復讐計画を徹底的に進めるように思われるからだ。小競り合いの中、地元民が葬儀を営む教会内に入りこんでしまう場面も印象的で、こうした、ちょっと関節を外すようなところが、似たような雰囲気を持つメアリー・スチュアートのロマンティック・サスペンス――たとえば論創海外ミステリ既刊の『銀の墓碑銘(エピタフ)』(一九六〇)や『クレタ島の夜は更けて』(一九六二)、筑摩書房・世界ロマン文庫から出ている『この荒々しい魔術』(一九六四)とは異なる点だろう。植草甚一が『雨降りだからミステリーでも勉強しよう』の中でライオネル・デヴィッドスンの『モルダウの黒い流れ』(一九六〇)を紹介した際、スパイ容疑をかけられた主人公が一晩中逃げ回って結局元の場所に戻っていたところに「スパイ・スリラーとしてオフ・ビートな面白さ」[5]を見出しているが、そういう面白さに似ているのではないか、と筆者(横井)は考えたわけである。

2

これまでウィンストン・グレアムが紹介される際、CWA最優秀長編賞受賞作家であることに加え、アルフレッド・ヒッチコック監督の映画《マーニー》(一九六四)の原作者として語られることが多かった(一九六一年に刊行された原作本の邦題は『マーニイ』)。映画《マーニー》はグレアムに金銭的成功と名声をもたらしたといえそうだが、グレアム自身は映画に満足していたかどうかは分からない。自伝 *Memoirs of a Private Man* に書かれているかもしれないが、本解説執筆の締め切りまでには入手できず、確かめられなかった。ただ、映画公開後に発表された長編『幕が下りてから』(一九六五）を読むと、映画の出来に不満があったのではないか、とついつい考えてしまうのだ。

『幕が下りてから』は、五作目の戯曲が爆発的な成功を収めた作家が、フランスで若い女性を愛するようになり、苦節時代を支えてきてくれた妻を、ひょんなことから殺害してしまうという話である。第一部が妻殺害までの経緯を描き、第二部ではなぜ妻を殺害したのか自分でもよく分からない作家が、キリスト教や仏教、精神分析などにアプローチして、自身の深層心理を探ろうとする姿勢が描かれる。つまり同書は、犯人自身が己の動機を探すというプロットなのだ。第一部に描かれる妻との関係などが、現在では消費され尽くした物語パターンなので、凡庸だという印象を免れないのが欠点だとはいえ、犯人自身の動機探しというアイデア自体は気が利いているように思う。『小さな壁』を読了した読者であれば、似たような趣向を見出してニヤリとさせられることと思われるが、『マーニイ』との絡みでいえば、戯曲作家の動機をめぐる精神分析学的な説明が全否定されるという点が注目される。

映画《マーニー》について、「本の映画館／ブック・シネマティーク」第二巻として刊行された『ヒッチコックを読む――やっぱりサスペンスの神様！』（一九八〇）では「異常な行動と心理の裏にあるものを解いていく謎解きの興味と同時に、精神分析の手法を用いて動機を突き止めようとする」映画として紹介されている。「動機探しのミステリー」として作られていたことをよく示しているが、マーニイの行動原理は精神分析によって説明できるという考え方が、原作者グレアムの癇に障ったのではないか、と想像されるのである。

ハヤカワ・ミステリとして刊行された邦訳版には、デディケーションとしてヒッチコックの言葉が掲げられており、そこでヒッチコックは「この小説は、これまで私がめぐりあったあらゆる女主人公のうちもっとも異常な人物をとりあつかっている」と述べている。「もっとも異常な人物」というのは強烈だが、原文ではどういう表現か、分からない。ネットを検索していてたまたま目にとまった映画の宣伝文中でヒッチコックがShe is a psychoticといっていることから鑑みるに、精神異常という含みを持たせた表現であると想像される。しかし、『マーニイ』を一読してみると、ここに登場する女性主人公は、はたして「異常な人物」なのだろうか、という疑問を抱かされるのである。

身分を偽り、勤め先の会社から公金横領を続けて生きている、というありようはもちろん、反社会的だといわざるをえないし、その意味においては「異常な人物」といわれるのも分からなくもない。だが現在の視点から読むと、マーニイが結婚を強要されてからのち、夫との肉体関係を拒み通すのに対し、精神分析医の治療を受けさせて、「正常」に戻そうとする試みは、世間並みの正常概念に合うよう一人の女性を矯正しようとする男性側の論理が働いているようにも感じられてくるのである。最終的に過去の体験が明らかとなり、衝撃を受けたマーニイが、それを引き受けて、夫の力によって問題を解決しようとするのではなく、自ら関係の再構築に向かう意志を示すところで物語が終えられるのは、運命を自ら切り開こうとする一人の女性の逞しさすら感じさせる。一人の女性が「異常な人物」として社会に馴致される物語という印象は、原作からは受けないのだ。

そこに、マーニイを一個の複雑な人格を持ったキャラクターとして描きたいという原作者の意図を感じてしまうのだが、映画ではその意図が捨象されてしまう。精神分析だろうと何だろうと、一個の人間を解釈して特定の枠組みに押し込めるはずもない、人間はそんな単純なものではない、というのが原作者であるグレアムの考えていたことではなかったか。『マーニイ』の後に発表された『幕が下りてから』という作品のプロットは、そういうことを思わせるし、そう考えると『幕が下りてから』*After the Act*というタイトルも意味深に思えてくる。

興味深いことに『小さな壁』にはフロイト精神分析学をめぐる会話が出てくる。第十五章で、ディナーの席上でアメリカ人弁護士のハミルトン・ホワイトが、法廷で「幾度となく精神医学を持ち出しては、犯罪の言い逃れに使うのを見てきているんだ。答えのない、理由のない行動など存在しないと証明するためにね」と言い、それは「悪しき見解」だといって、反フロイトの立場を明確にすると、チャールズ・サンバーグ大佐が「罪の意識を取り除くことが」「精神医学の主な狙いだね」と述べ、フロイトの観点は「宗教よりもずっと都合がいい」のだと言って、次のように述べる。

我々の行動は潜在意識下の衝動に基づいている、だから我々には責任がない（略）心的葛藤の原因さえ解明できれば、あとは責任を負う必要はない。こちら側にはなんの努力も必要ないってことだ。素晴らしいとは思わないかね？　努力がいらないなんて（略）実際、葛藤を抱くのはよくないとまで言っている。なぜなら、必要以上の抑圧が生じるからだ。我々はただ傍観し、分析専門家がもつれた糸を解く。衝動に身をまかせることによってさらなる葛藤を取り除く。子供たちを堕落させ、家庭をめちゃくちゃにし、早すぎる性交を奨励して、我々は次なる世代の基礎を築いているんだ、確固たる世代の――

こういうサンバーグの言葉は、精神分析学に対する皮肉に満ちているように思うし、『マーニイ』における精神医学の取り扱い方とも通底するものがあるように感じられる。同書では、マーニイが精神分析医の治療を徹底的に拒否する姿勢が描かれているし、マーニイが自分の深層心理に影響を与えていた原因に気づくのは、精神分析医との会話を通してではなく、母親の死に出くわして、その持ち物から古い記事を見つけることによるというプロット自体が、精神分析的な成果に対する懐疑を示しているように思えてならない。そしてマーニイの場合、自ら真実と向き合ったことで、自らがおかれた状況を受け入れた上で、それに立ち向かう意志を獲得することになっている。『小さな壁』でホワイトの話に出てくる犯罪者のように「刑務所行きになっても、自分はなにも悪いことはしていない」「社会が理解してくれないだけだ」と感じるわけでもなく、サンバーグが皮肉るように「心的葛藤の原因さえ解明できれば、あとは責任を負う必要はない」と考えているわけでもない。サンバーグは、ディナーの席でなされた議論の結論として「人は自分の犯した罪からは決して逃れられない」と述べているが、これこそが『マーニイ』の中心的な主題であり、またグレアムの小説に共通するテーマだと捉えていいように思われる。

映画化されたが、日本未公開に終わったグレアムの長編『盗まれた夜』(一九六七)の「訳者あとがき」で岡本浜江は、「自分が最も興味を持つのは〝人間〟で、本当は事件には興味はないのだが、〝人間〟を書くためには仕方がない」というグレアムの言葉を紹介している(出典不詳)。そのために「グレアムの作品は、サスペンスとはいっても、犯罪やスリルそのものが主題ではなく、それを触媒にしてくり展げられる愛や悲嘆、恐怖や不安、憎悪などの人間心理の描写の方に狙いがあり、その犯罪をおかす人物もごく当り前の素人というのが特徴」だと岡本は述べる。同じようなことは『幕が下りてから』のHという執筆者による巻末解説「サイコロジカル・スリラーの傑作」の中にも描かれている。Hは「ひと口にグレアムの作品は、サイコロジカル・スリラーといわれ、人間の心理、性格を執拗に追いつめ、分析し、それが意図されたものであるとないとにかかわらず、犯罪といかに関り合っていくかをじっくり描いていくのを特徴としている」と述べているのだ。そのような前提に立っために執筆者のHは「その点、『夜の戦いの旅』は、グレアムにとってはひじょうに珍しいスパイ小説である」と補足せざるを得なかった。[6]

『夜の戦いの旅』はもともと一九四一年に執筆されたもので、第二次世界大戦後のスパイ小説ブームに乗って一九六六年に再刊されたものであり、邦訳もそのリプリント版に拠っている。同作品が例外的な作品と見なされるのは、人間心理の分析ではなく行動が主体となったストーリーだからでもあろうか。しかし、素人がスパイ活動に巻き込まれ、「それを触媒にしてくり展げられる愛や悲嘆、恐怖や不安、憎悪などの人間心理の描写」に重点を置かれるのは、サイコロジカル・スリラーと称される作品となんら変わりないとみるべきだろう。入念に計画された活動が手違いから狂いを見せ、それに対処せざるを得なくなるあたりの展開は、『マーニイ』や『盗まれた夜』を彷彿させなくもない。

グレアムの作風を『マーニイ』以降の作品をもとに岡本浜江や解説執筆者のHのように説明してしまうと、そこから外れてしまうのが、『小さな壁』や『消えた妻』（一九五六）などの、一九五〇年代に発表された作品だ。『小さな壁』は兄が自殺したという知らせを受けて、それが信じられない弟が殺されたのではないかと考えて調査を進める話だし、『消えた妻』は、自分が殺したと思われそうな状況で行方不明となった妻の死体を発見した夫が、犯人探しに奔走する話である。いずれも犯罪者側の視点ではなく、犯罪を追求する側の視点から描かれており、それが物語の興趣を増し、作品を古びさせない方向に働いているように思われる。『マーニイ』以前の作品がもう少し紹介されていれば、「小説はそこから何か得ようとして読むものではない。とにかく面白くなくては」というグレアムの言葉（出典不詳）も、より素直に納得できるようになるのではないか。

サイコロジカル・スリラーの作家というレッテルを剝がすきっかけとなるという意味でも、『小さな壁』の邦訳を歓迎したい[7]。そして、抄訳のままにとどまっている『消えた妻』が完訳されれば、それに拍車がかかることは間違いないだろう。その刊行を期待して、筆を措くことにしたい。

註

（1）マーティン・エドワーズ『探偵小説の黄金時代――現代探偵小説を生んだ作家たちの秘密』（二〇一五）によれば、発足は一九三〇年。

（2）〈クロスド・レッド・ヘリング・アワード〉とは直訳すれば〈「交差した赤い鰊」賞〉ということになろうか。X状に交差して赤い鰊（燻製鰊）が置かれている状態を連想され、何やら魔術めいたものを想像してしまうが、それはそれでイメージとして興味深いものの、それだけではなかろう。レッド・ヘリングには真相から注意を逸らす偽の手がかりという意味合いがあることは、海外ミステリ・ファンならご承知の通り。手元の辞書で clossed を引くと「妨げられた」という意味も記載されており、無関係なもの（見逃してよい作品）として注意を逸らされることを妨げる、というニュアンスが込められているのである。

（3）二〇二一年四月に『裁きの鱗』という邦題で、松本真一による訳が、風詠社から上梓されてもいる。

（4）『飛ばなかった男』は宇野利泰訳で「現代推理小説全集」の第七巻として一九五七年十二月に、『死の逢びき』は清水千代太訳で「クライム・クラブ」の第十九巻として一九五九年三月に刊行された。

（5）ちなみに『モルダウの黒い流れ』は一九六〇年度のクロスド・レッド・ヘリング賞を受賞しており、

『銀の墓碑銘』は同年度の最終候補作のひとつであった。最終候補作のもう一編はジュリアン・シモンズの『犯罪の進行』で、これらの作品が最終候補に選ばれていることから、CWAの好みを推し量ることができるように思う。

(6)『幕が下りてから』に先立って邦訳された『夜の戦いの旅』の解説で執筆者Hは「サイコロジカル(心理的)・スリラーというか、『マーニイ』(ハヤカワ・ミステリ　758)に代表されるような、人間の心理を鋭く、サスペンスフルに描いた小説では定評のある作者ウィンストン・グレアムの、これは珍しいスパイ小説である」と書き始めている。同解説のタイトルは「『マーニイ』の作者のスパイ小説」であり、グレアムの名と『マーニイ』とが密接に結びついていることをよく示している。

(7)「サイコロジカル・スリラー」という言葉は、*St. James Guide to Crime & Mystery Writers*(一九九六)でグレアムの項目を執筆したJ・C・エンモンスも使っているが、グレアムの作風を代表するものとしてではなく、『マーニイ』の内容を説明するものとして使われているだけだ。ちなみにエンモンスは、グレアムの小説が幅広いジャンルにわたっており、ミステリ作品においては他ジャンルの影響が見て取れると書いている。グレアムの代表作として知られる、コーンウォールを舞台とする歴史小説が未訳・未読なので、エンモンスの評価の是非を云々することはできない。邦訳された作品を読んだ限りでは、モチーフや題材に共通性が感じられるし、自分の体験や印象に基づいて執筆しているのではないか、という印象を受ける。その意味において最もプライベートな作品は『幕が下りてから』ではないかと思われるが、それは戯曲と小説というジャンルの違いこそあれ、文筆を生業とする者を主人公に据えているからだろうか。

●参考文献

植草甚一『雨降りだからミステリーでも勉強しよう』晶文社、一九七二。

権田萬治監修『海外ミステリー事典』新潮選書、二〇〇〇。

筈見有弘責任編集『ヒッチコックを読む――やっぱりサスペンスの神様！』フィルムアート社、一九八〇。

森英俊『世界ミステリ作家事典［本格篇］』国書刊行会、一九九八。

＊

マーティン・エドワーズ『探偵小説の黄金時代――現代探偵小説を生んだ作家たちの秘密』森英俊・白須清美訳、国書刊行会、二〇一八。

ウィンストン・グレアム『消えた妻』訳者不詳、リーダーズダイジェスト名著選集、一九六一。

――『マーニイ』田中西二郎訳、ハヤカワ・ミステリ、一九六三。

――『夜の戦いの旅』大庭忠男訳、ハヤカワ・ミステリ、一九六八。

――『幕が下りてから』隅田たけ子訳、ハヤカワ・ミステリ、一九七〇。

――『盗まれた夜』岡本浜江訳、早川書房、一九八一。

＊

Rosemary Herbert ed. *The Oxford Companion to Crime & Mystery Writing.* Oxford University Press, 1999.

Jay P. Henderson ed. *St. James Guide to Crime & Mystery Writers. 4th ed.* St. James Press, 1996.

〔著者〕

ウィンストン・グレアム

ウィンストン・モズリー・グレアム。1908年、英国マンチェスター生まれ。34年に"The House with the Stained Glass Windows"で作家デビューし、「小さな壁」(55) でクロスド・レッド・ヘリング賞を受賞した。歴史小説〈ポルダーク〉シリーズは英国放送協会によってドラマ化されている。83年に大英帝国勲章を受章。2003年死去。

〔訳者〕

藤盛千夏（ふじもり・ちか）

小樽商科大学商学部卒。銀行勤務などを経て、インターカレッジ札幌にて翻訳を学ぶ。主な訳書に『リモート・コントロール』、『夜間病棟』、『〈サーカス・クイーン号〉事件』（いずれも論創社）など。

小さな壁（ちいさなかべ）

——論創海外ミステリ 299

2023年6月20日　初版第1刷印刷
2023年6月30日　初版第1刷発行

著　者　ウィンストン・グレアム
訳　者　藤盛千夏
装　丁　奥定泰之
発行人　森下紀夫
発行所　論 創 社

〒101-0051 東京都千代田区神田神保町2-23 北井ビル
TEL:03-3264-5254　FAX:03-3264-5232　振替口座 00160-1-155266
WEB:https://www.ronso.co.jp

組版　加藤靖司
印刷・製本　中央精版印刷

ISBN978-4-8460-2163-4
落丁・乱丁本はお取り替えいたします。

論　創　社

アバドンの水晶◉ドロシー・ボワーズ

論創海外ミステリ 292　寄宿学校を恐怖に陥れる陰鬱な連続怪死事件にロンドン警視庁のダン・パードウ警部が挑む！　寡作の女流作家が描く謎とスリルとサスペンス。
本体 2800 円

ブラックランド、ホワイトランド◉H・C・ベイリー

論創海外ミステリ 293　白亜の海岸で化石に混じって見つかった少年の骨。彼もまた肥沃な黒い土地を巡る悲劇の犠牲者なのか？　有罪と無罪の間で揺れる名探偵フォーチュン氏の苦悩。
本体 3200 円

善意の代償◉ベルトン・コッブ

論創海外ミステリ 294　下宿屋〈ストレトフィールド・ロッジ〉を見舞う悲劇。完全犯罪の誤算とは……。越権捜査に踏み切ったキティー・パルグレーヴ巡査は難局を切り抜けられるか？
本体 2000 円

ネロ・ウルフの災難 激怒編◉レックス・スタウト

論創海外ミステリ 295　秘密主義の FBI、背信行為を働く弁護士、食べ物を冒瀆する犯罪者。怒りに燃える巨漢の名探偵が三つの難事件に挑む。日本独自編纂の短編集「ネロ・ウルフの災難」第三弾！
本体 2800 円

オパールの囚人◉A・E・W・メイスン

論創海外ミステリ 296　収穫祭に湧くボルドーでアノー警部&リカードの名コンビを待ち受ける怪事件。〈ガブリエル・アノー探偵譚〉の長編第三作、原著刊行から 95 年の時を経て完訳！
本体 3600 円

闇が迫る――マクベス殺人事件◉ナイオ・マーシュ

論創海外ミステリ 297　作り物の生首が本物の生首にすり替えられた！「マクベス」の上演中に起こった不可解な事件に挑むアレン警視。ナイオ・マーシュの遺作長編、待望の邦訳。
本体 3200 円

愛の終わりは家庭から◉コリン・ワトソン

論創海外ミステリ 298　過熱する慈善戦争、身の危険を訴える匿名の手紙、そして殺人事件。浮上した容疑者は“真犯人”なのか？　フラックス・バラに新たな事件が巻き起こる。
本体 2200 円

好評発売中